嫵妹當道 2

風文創 336

朱弦詠嘆 著

風 文創 336

目錄

第十六章　調教姨娘

蔣嫵總算醒了，且能吃能喝，狀態極好，霍十九熬了這些日終於能放下心，敵不過困倦摟著蔣嫵的纖腰，小心翼翼側身睡在床沿，不多時便呼吸均勻。

這對蔣嫵卻是一種煎熬。她不僅對殺氣敏感，平日裡也不習慣被人近身。她在大帥手下接受特訓時，除了刺探、喬裝那等特工該有的技能，諸如殺手擅長的刺殺也要訓練，其中最要緊的便是心志。

她曾接受過「自相殘殺」類的訓練。九人關進一個訓練基地裡，只能活著走出一個人。在那裡，沒有友情，沒有愛情，只有求生的本能。

她睡覺時亦保持高度警覺，便是那時開始養成的習慣，到了今生雖然鬆懈了一些，但本能還在。

她身上虛弱，甚至覺得動一動手指都累得慌，可霍十九的呼吸吹拂在她耳畔，卻讓她在內心描摹出數十種將他一擊致命的手法，無論哪一種，他都絕無可能生還。

到底將來他是她的枕邊人，她還不能動手。如此「煎熬」之下，蔣嫵都不知自己是忍耐了多久，才因體力不支睡過去的。

趙氏擔憂蔣嫵來探看時，正看到二人相擁而眠的畫面，滿臉都是喜悅的笑，將屋門虛掩便退了出去。

自此，蔣嫵的身子一日好過一日，這會兒便能看得出她這樣常常勞作的女子與那些養在深閨的貴族小姐體質上的區別。

她傷口癒合得很快，且又懂得忍耐，從不會因身體不適而抱怨，更不會有身為病人那些無理取鬧的脾氣。不光是霍十九、趙氏看在眼中也很是動容，就連下人對她都非常喜歡，覺得蔣嫵到底是蔣家的姑娘，品行就是好，外頭訛傳說她是什麼「河東獅」，當真傳得太過分了。

傷口癒合後，她便不肯在床上躺著了，起初只是在院中堅持散步，後來便乾脆去幫霍大栓種地，穿一身粗布衣裳、戴一頂破草帽，動輒在地頭裡一蹲就是一整天，施肥、除草、間苗、灌溉，甚至剁菜餵雞餵鴨，拔草餵牛的活兒她也做得得心應手。

霍大栓攆她回去歇著，她還總是說：「做一些農活，也能恢復體力。」

蔣嫵是真的為了恢復體力。可霍大栓卻對這個救了他和趙氏性命的兒媳愈加喜歡了，只拿她當親生女兒般對待，連霍初六都不及她貼心。

「大嫂。」蔣嫵正蹲在抱香閣的黃瓜地裡摘黃瓜，霍初六就站在地壟上道：「我已經按著妳說的將姨娘們都叫來了，這會兒人都在瀟藝院前廳呢。」

蔣嫵起身，將一籃小黃瓜提上了堤壩，交給一旁的婢女，摘了草帽搧風道：「十三位都到齊了？」

「是啊，娘還讓我問妳，要不要她來幫忙？那些姨娘有幾個可不是好惹的，大嫂是和善的人，可別讓她們欺負了。」

蔣嫵微笑。「無礙的，我總要獨自面對妳大哥的這些小老婆。我如今身子也大好了，正好今兒個有精神。」

姑嫂兩人說笑著往內宅中的瀟藝院走去。

瀟藝院是霍十九所居的上房，也是他們二人洞房所在之處。她近日傷著，都是睡在偏院，今兒一早才吩咐人將她的東西挪回去。

霍初六跟在蔣嫵身後，看著她日益恢復健康的身影，想起趙氏一聽見蔣嫵主動挪回上房去住時的歡喜笑容，還一個勁兒地翻黃曆算日子、幾時能抱孫子，霍初六就禁不住笑。

她從未見過大哥對哪個女子像對蔣嫵這樣，她是他們家的福星，自她進門，家裡的笑聲都比從前多了。

到了瀟藝院，蔣嫵叫了冰松來伺候更衣，換了身正紅色盤領對襟素面妝花褙子，鵝黃色八幅裙，頭髮簡單綰起以碧玉簪固定，隨手拿了把葡萄紋的紈扇，就到了院中。

霍初六本以為蔣嫵要彰顯主母氣勢，必定會精心裝扮，想不到她這麼快就已收拾妥當，仔細打量了她一番，笑道：「大嫂這樣打扮也好看。」

蔣嫵道：「我布裙荊釵慣了，這些矜貴料子上了身，總擔心刮碰壞了。」語氣中有些羞澀靦覥。

霍初六本就是莊稼漢的女兒，過的也都是尋常百姓的日子，對於那些穿金戴銀、附庸風雅的貴族本就排斥，反觀蔣嫵能種地，肯吃苦，不抱怨，還如此直白親近地說話，當真讓她與這個嫂子沒有一點距離感，不禁極為贊同地道：「所以妳瞧，我裡外就愛穿這一身襖裙，另外還有一身綠色的替換著，大哥曾請了『天一坊』的繡匠和最好的裁縫師傅來給裁過衣裳，但那些料子我穿上了就不自在。妳瞧那些姨娘就不同，她們都是穿金戴銀、錦衣玉食慣了的。」

「衣裳是給自己穿的，舒坦即可，旁人想怎麼說就怎麼說去。」姨娘們穿得再好，不也還是姨娘嗎？

不多時，二人過穿堂來到瀟藝院第一進院落的前廳。一進門，就只覺各色脂粉香撲鼻而來，鶯聲燕語嘈雜，釵環錦緞光影交錯喧鬧。

見蔣嫵進了門，穿了彰顯主母身分的正紅素面妝花褙子，與鵝黃長裙搭配出明豔，雖髻鬆綰，不施粉黛，明媚顏色並未被華服奪走光彩，只覺她穿紅衣，眉目中更見英氣和銳利，即使她是在笑著，卻有一種無法言喻的厲害感覺。

眾位姨娘忙給蔣嫵行禮，有叫「夫人」的，也有稱「姊姊」的。霍初六瞬間有種陪大帥進軍營，部下兩列行禮的感覺。

穿紅著綠的婢子們列隊而入，每個人手上都端著漆黑托盤，上頭都是茶碗。

照理說，妾室是要給主母敬茶的。只有主母喝過她們敬的茶，才代表她們是被主母承認的，若是主母不肯吃茶，又不肯訓教，妾室的日子會很難過。

苗姨娘接過茶碗，就要先給蔣嫵敬茶。

蔣嫵卻道：「敬茶先不急，我先說句話。」

苗姨娘臉上一紅，動作僵住。

蔣嫵環視一周，此刻她眉目中流露出的冷厲無從掩藏，聲音卻依舊含笑。「各位姨娘進門都比我要早。我這會兒瞧著妳們十三位倒是一個模子刻出來的，個個都漂亮。但是我這個人腦子笨，記性差得很，要我記住十三位姨娘的名字當真為難，是以我打算按照各位姨娘的年齡來給妳們排排順序，例如據我所知，苗姨娘最年長，以後就稱大姨娘。妳們說如何？」

說著也不等姨娘們作答，她聲音一轉，嚴肅地道：「現在聽我口令，按照年齡站成一列，依次報告姓名、年齡、籍貫、家庭情況、入府的年頭！」

這十三人均為他人所贈，有出身秦樓楚館的，也有是官宦人家落沒旁族的女兒，更有霍十九義子的姪女、外甥女，入門前也都是乾乾淨淨的千金小姐。加之霍十九行事雖乖張，卻從不曾苛待內宅中人，這些女子自進了霍家的門，便都嬌婢侈童、錦衣玉食慣了，家中又沒有主母，僕婢們待她們自然與主子無異。

這樣的人，誰受得了突然來了個才十六歲的小姑娘騎在她們頭上，還要列隊站好，自報家門？

鄭姨娘是十三人中最為驕傲、脾氣也最為火爆的人，早前看到過霍十九對蔣嫵的體貼便已不服，此刻更是按捺不住，尖銳地諷笑了一聲。

「夫人如此，大人可知道嗎？太夫人和老太爺可知道嗎？您這般不是折辱我們是什麼！」

「折辱？」蔣嫵奇道：「只叫妳們列隊報個家門罷了，怎麼就算折辱了？我還沒叫妳們報特長、強項是什麼呢。」

「妳！」鄭姨娘怒極，眉目赤紅，嚷道：「我要見大人，我倒要看看大人是如何捨得這般對待我們！」

蔣嫵搖頭，嘆道：「看來旁人贈來的，資質也是良莠不齊。罷了，我頭回嫁人，不似妳們當中那些有經驗的，也不知道該如何管理十三位年長的姨娘，不如就趁機給妳們個不折辱的法子。」

苗姨娘氣得臉上通紅。

蔣嫵又道：「現在有意願離開的，待會兒去與太夫人說，就說是我說的，可以各自領一百兩銀子離開。」

十三人倏然抬頭，不可置信地望著蔣嫵。其中有幾個原本在側座端坐的人，已不自禁站起身來，躬身垂首而立。「夫人開恩。」

蔣嫵微笑，美目流轉。「要想不被折辱，又要不混個人財兩空，趁著現在請早，我絕不會食言而肥。」

姨娘們都已站起身來，垂首不語。

「這麼說，就是不願意走了？」蔣嫵笑望著鄭姨娘。

鄭姨娘怒極，道：「我就不信大人會允准！」

蔣嫵不欲與鄭姨娘多言，只揚聲喚道：「孫嬤嬤。」

一直站在廊下的孫嬤嬤忙快步進來，行禮道：「夫人。」

蔣嫵紈扇點指鄭姨娘。「她誰啊？」

鄭姨娘氣得打跌。

孫嬤嬤忙回。「回夫人的話，這位鄭姨娘的同宗遠房叔父是您的義子。」

「哦，那豈不是亂了輩分？」蔣嫵又看向其餘人。「妳們中還有誰是大人義子贈來的，出列。」

一句軍中常用的「出列」，姨娘們聽得一愣，隨即便有兩位女子緩緩走到地當間站好。其中一位身穿淡藍色對襟襖子，下著同色八幅裙，身量高挑，模樣清秀，大約十八、九歲，厭惡都寫在臉上；另一位瞧著卻是比蔣嫵還小，模樣算得上中上等，十分謙卑。

蔣嫵問道：「妳們家裡也是與大人的義子沾親帶故？都叫什麼名字？幾歲了？」

穿藍衣的那位道：「我親叔叔可是大人的義子，是大人手下的左膀右臂！」並不回答蔣嫵的問題。

「哦，那妳呢？」

「回夫人的話，婢妾王氏，叔叔是光祿寺少卿王季文，嬸嬸劉氏，夫人應在英國公府見過的。」

蔣嫵恍然，當初在英國公府有兩位一上來就十分熱絡的婦人，一個劉氏，一個孫氏。其中孫氏的夫家乃鄭方龍，想來這鄭姨娘就是鄭方龍遠親家的姪女了？

「不是我不容妳們，從前家中沒有女主人，斷是沒個體統，妳們的叔父是大人義子，妳們豈不成了我與大人孫女一輩的了？著實不合適留下伺候。因有那一層關係在，我這便吩咐下去，請妳們家人親自來接人。」蔣嫵懶洋洋地吩咐孫嬤嬤。「去，給鄭家、王家……」說著又指著穿藍衣的人。「還有那個什麼家送信，來將女兒領回去。」

孫嬤嬤一句「不妥」的勸說就在唇畔，可她是目前為止最瞭解蔣嫵厲害的霍家僕人，她肚皮上的肥肉都生生叫蔣嫵給折磨掉了，這會兒哪敢多言，只得行禮道：「是。」心裡琢磨著要先去回太夫人。

鄭姨娘冷笑。「夫人好大的作派！要送我們回去，難道妳就不怕大人回來怪罪！官場中的事夫人全不懂，就不為大人考慮嗎？」

蔣嫵搖著紈扇，奇道：「怎麼，妳們家長輩認了大人做乾爹，難道不是為了巴結才送妳們來？」

「妳簡直是……」鄭姨娘被氣得一時間說不出話。

因為在絕對的強勢面前，她們的任何辯駁都是無用的。

鄭姨娘與那穿藍衣的人只想著等親人作主，這會兒不能失了體面，否則以後如何做人？便相攜甩袖而去。

王姨娘抹著眼淚，一句不敢分辯，屈膝行禮退了下去。

霍初六以小銀叉叉起一塊西瓜送入口中，都忘了要嚼。

十三位姨娘，就這麼去了三個？

蔣嫵這才道：「餘下的這些，就沒有差了輩分的困擾吧？」

姨娘們不言語。

蔣嫵也拿了小銀叉吃西瓜，慢條斯理地道：「這便開始站隊吧，按著年齡長幼排隊，自個兒報上名來。還有，剛才姓鄭的給我提了醒，妳們在府裡的日子過得太舒坦，都忘了身分，看來也是該讓妳們有些事做，所以妳們都會什麼，就都報上來。」

苗姨娘臉上通紅，只得領著剩下這些人站隊，其中還有兩個模樣標緻，生得一模一樣的雙胞胎面色憤然，說什麼都不願意站進來。

蔣嫵以銀叉點著她們。「妳們是怎麼回事？」

那雙胞胎個頭高一些的怒道：「夫人此舉，當真是不拿咱們當人看了。」

一言得了所有姨娘的贊同，大家都小聲嘀咕起來，一時間屋內又亂作一團。

蔣嫵隨手丟了銀叉，道：「安靜。」

姨娘們依舊在七嘴八舌地抱怨。

蔣嫵便道：「很好，妳們都覺得屈辱了？我這裡還有不屈辱的法子。孫嬤嬤，去叫人來，把這些不服管教的都給我發賣出去，我就不信找不到肯聽話乖巧的人來伺候了！」

前廳一瞬寂然。

蔣嫵站起身，如巡視軍營的女將軍，負手在眾女面前站定。「妳們自恃美貌，只當自己是半個主子？我告訴妳們，往後這個家的後宅我蔣嫵說了算。有看不慣的、受不了的，就趁早給我滾蛋！給臉不要臉是不是？給妳們銀子叫妳們走，妳們賴著不走，這會兒卻自己找發賣？孫嬤嬤，叫人來，把這些都拉走賣了！」

霍初六含在口中的銀叉子叮鈴一聲掉在地上，瞠目結舌地望著身量嬌柔的大嫂已是崇拜不已。

厲害，太厲害了！做主母的還可以這樣子？

姨娘們已是一片寂然。

那一對雙胞胎卻是深感屈辱，就要往外頭去。「我們要去見大人！大人定然會給我們作主的！」

「妳算什麼東西，臭名昭著、惡名在外，才貌品行都沒有，不過是旁人家不要的破鞋，大人好心才收下妳……」

孫嬤嬤搖頭，又是兩個不知死活的。

蔣嫵指著那一對，問孫嬤嬤。「她們是什麼來路？」

孫嬤嬤道：「這二位是周氏，都是大人在外頭得的舞姬。」

「哦，那就叫了人來，先發賣了吧。」

孫嬤嬤瞠目。「這，夫人，咱們府裡只有買人的，沒有賣人的啊。」

「是嗎？不能賣？那就丟出去吧。」

「夫人，這不妥啊！」

蔣嫵立眉瞋目。「還不去辦！」

「是！」孫嬤嬤被吼得一個激靈，慌忙就叫了粗壯的僕婦來拉人。

兩位周姨娘這時才意識到嚴重性，都立刻變了嘴臉，哭著求饒。

蔣嫵卻道：「剛才那樣子就是心裡不敬我，現在又變了樣子來哄我？這樣表裡不一的人留不得，帶走。」

兩位周姨娘就這麼被拉了出去，此時屋內的姨娘還剩下八位。

霍初六看蔣嫵的眼神明亮，用崇拜已不足以形容。

此時，眾人已都看清蔣嫵的性子，絕不是好拿捏的對象，當即都齊刷刷地站好了隊，由苗姨娘先開口道：「婢妾苗氏，家中是……」

不等她說完，蔣嫵就打斷道：「妳不用說，我知道妳。往後妳就叫一號，下一個說吧。」

知道她，知道她什麼？知道她與霍英是青梅竹馬，知道她是醮夫再嫁？還給取個這樣倉促的名字……

苗姨娘臉色由紅轉白，由白轉青。

其餘幾人不敢再怠慢，按著蔣嫵要求的自報家門。蔣嫵記憶力極佳，將這些人的特點都記得熟了。

二姨娘已是花信年華，曾是花魁，愛好丹青，精通詩書，只是身子不好，不常出門；三姨娘是富商庶女；四姨娘是出身書香門第的嫡女；五姨娘特殊一些，是霍英在外頭撿回來的；六姨娘的母親是江南繡娘，是生於江南富貴人家的庶女，善於刺繡；七姨娘就是前兩年在京都城名噪一時的名妓小百合，與二姨娘同樣，都是花魁，只是她比二姨娘年輕些，只比蔣嫵大兩歲；八姨娘與蔣嫵同齡，義父是御膳房的統領太監，自己也善於烹飪。

排好了次序算好了人，分別以數字命名之後，蔣嫵坐回霍初六身畔，道：「我知道妳們心中不服氣我，我再重申一遍，想離開的，現在好生與我請辭，我給銀子，絕不攔，否則方才被丟出去的就是例子。妳們也知道當今亂世，被丟出去會是個什麼命運。不要到往後妳們給我動歪心思，到時候我要是不小心玩死了誰，可都別怪我！」

當家主母不是應該端莊大度，溫婉賢淑，就算心中不喜歡丈夫的小老婆，也絕不會表現出來讓人看成妒婦嗎？為何這位超一品外命婦毫不在乎旁人如何看她？就算在「河東獅」這個名頭上再加個「善妒」，她也不在乎嗎？

姨娘們不敢有半句怨言，都低頭應是，不過誰有心思回去扎小紙人那就是另一說了。

蔣嫵滿意地點頭，道：「一號留下打扇，二姨娘身子不好，暫且回去歇著吧，三、四、五去小廚房幫襯八姨娘做小點心，待會兒大人就要散衙回來了。我那兒有個做了一半的帕子，六姨娘去找我的婢女瞧瞧，指點她一二，至於七姨娘，彈個曲子來聽，這就散了吧。」

蔣嫵雖給眾位都排了序號，可只稱呼苗姨娘「一號」，還讓她做打扇這等下作的活計。苗姨娘咬著紅唇，委屈地應是。

三姨娘、四姨娘和五姨娘都覺不平，畢竟她們都養尊處優慣了，哪裡做過下人的活兒？

蔣嫵最善察言觀色，見她們的表情就知她們心中不滿，道：「三、四、五要是覺得去廚房幫襯八姨娘打下手太委屈，就去抱香閣吧，老太爺今兒正在給黃瓜地除草，妳們也去幫幫忙，那畢竟是自家的莊稼，就這麼定了，去吧。」

「是，婢妾遵命。」

姨娘們氣得臉色煞白，又不敢反抗，嬌滴滴的她們委委屈屈地行了禮。

苗姨娘拿了蒲扇站在蔣嫵與霍初六後頭搧風。七姨娘的婢子則去取琴來，彈起了小曲兒。不愧是當初名冠京都的名妓小百合，古琴在她手中彷彿有了生命和靈魂，每一曲都十分悠揚。

蔣嫵和霍初六一同吃著水果聽著小曲兒，享受著苗姨娘伺候搧風，當真愜意。

霍初六這會兒卻是瞧明白了，也終於理解蔣嫵「河東獅」的惡名是怎麼來的了。她印象中的蔣嫵是個樸實、單純的女孩子。有時候甚至有些不諳世事的「呆」，可遇上正經事卻從不含糊，劍眉一豎，眼睛一瞪，比她兄長還要厲害。

她不是粗魯，而是瀟灑；不是驕縱，而是率性；不是魯莽，而是無畏。

若是女子能如她這般瀟灑過活，不必在閨中學習扭捏作態，又不會遭人非議該有多好？或許，如她這般想法的女子大有人在，只是如蔣嫵這樣灑脫、不在乎旁人怎麼說的卻沒有，所以她才背負上了那些「奸懶饞滑」的罵名。

人都說姑嫂之間的關係難相處，霍初六卻絲毫沒有感覺到自己與蔣嫵之間有障礙，反而越發喜歡她了。從前她的母親寬厚，被這些姨娘們拿捏，今日蔣嫵兩三下就將這些人治得服貼，霍初六真是服了，也明白了什麼叫以暴制暴。

不多時，八姨娘將小點心端了進來，蔣嫵問：「給老太爺、太夫人和二老爺送去了嗎？」二老爺是指她的小叔霍廿一。

八姨娘笑道：「已送去了，請夫人嚐嚐婢妾的手藝。」十分討好的模樣。

蔣嫵拿起了一塊，入口鬆軟，甜而不膩，還有一股淡淡的瓜果香。她吃得喜歡，笑道：「妳的手藝當真不錯。」

八姨娘連忙道：「只要夫人喜歡，婢妾可以每天伺候夫人用點心。」

「嗯。妳很好。」蔣嫵端起描金的精緻茶碗來吃了口茶。要放下茶碗時，八姨娘極有眼色地接過，輕輕放在几上。

苗姨娘依舊拿著蒲扇搧風，搧得手臂已經瘦了。

正當這時，苗姨娘身旁的婢女採蓮快步進門，興奮地道：「大人回來了！」

蔣嫵挑眉。「這是誰的婢子？在我跟前也敢這麼回話？」

採蓮一愣，縮了縮脖子。

孫嬤嬤奉承道：「這是大姨娘身邊的採蓮。」

「哦。」回頭看了眼苗姨娘。

苗姨娘已累得滿額的汗，見蔣嫵望著自己，咬了下唇，當真是我見猶憐。

霍十九與曹玉一前一後進門時，看到的正是這個景象。

蔣嫵和霍初六享受地坐著，苗姨娘伺候打扇，八姨娘伺候點心，七姨娘彈著小曲兒，琴聲悠揚，點心甜香，只不過苗姨娘委屈的神色有些殺風景罷了。

蔣嫵拍了拍身旁的空位。「回來了？來吃點心。八姨娘的手藝當真是好。」

「八姨娘？」霍十九疑惑地挑眉。

霍初六見長兄回來，忙抓了塊點心跑了。

蔣嫵這才輕描淡寫地道：「嗯，你三個義子送來的小妾，我已吩咐人去通知各家來接人了。都差了輩分，你也好意思染指人家姑娘？」

霍十九聞言咳嗽了一聲，曹玉則是脹紅了臉，在一旁低垂著頭。

蔣嫵又道：「還有一對雙胞胎，對我出言不遜，我要發賣了她們，孫嬤嬤卻說咱們府裡只有買人沒有賣人的道理，所以我只好做虧本的生意，將她們丟出去了。現在姨娘剩下八個，我按著年齡給她們排了順序。」

霍十九聞言只是「嗯」地應了一聲，斜靠圈椅，撐頤接過八姨娘雙手遞上的茶碗，吃了一口茶。

一時間屋裡又傳出悠揚的琴聲。

苗姨娘緊抿雙唇，委屈地望著霍十九與蔣嫵並肩而坐的背影，略一想，突然掉落了蒲扇。

蒲扇雖輕，可扇柄落地，依舊是發出輕微聲響，加之苗姨娘的驚呼，終於引得蔣嫵與霍十九同時回頭。

蔣嫵只看了苗姨娘欲垂淚的俏臉一眼，就已經明白了她的心思，無聊地轉回身繼續吃點心、聽小曲兒。

苗姨娘抓準時機，叫了一聲。「阿英……」

後頭的話未出口，蔣嫵已道：「一號，妳可以滾出去了。」

屋內眾人霎時安靜。

七姨娘忘了彈琴，八姨娘目瞪口呆。曹玉微蹙眉。霍十九面色不變。

蔣嫵放下點心，拿了帕子擦手，道：「最煩妳這種拿喬做作的，妳要是想訴委屈，直接說我欺負妳就罷了，這會兒又裝什麼柔弱可憐？真的心悅霍英，妳當初早幹什麼去了？妳但凡真有一點真心，今日也輪不到我來做霍夫人，我沒將妳發賣出去，是看在霍英心善收留了妳的分上，妳可別逼著我心狠。」

「夫人，婢妾沒有啊，婢妾怎敢。」苗姨娘哭得梨花帶雨。

蔣嫵卻哼了一聲。「別跟我裝柔弱，滾。」

「嫵兒。」霍十九見蔣嫵說粗話，不贊同地拉了她的手。

蔣嫵卻道：「你心疼？那今晚你就不用回瀟藝院了，就在外院歇著吧。」

拍開霍十九的手，蔣嫵向外走去。「我去抱香閣看看三、四、五幫爹除草做得怎麼樣了，也不知你是怎麼想的，收了妾回來，一個個寵得無法無天，連我都不看在眼裡，回頭還是要爹作主才管用嗎……」話音漸遠。

霍十九面色如常，清冷得很。

曹玉卻看得出霍十九方才在聽到蔣嫵說那句「今晚就不用回瀟藝院」的時候，眼神明顯變得明亮深邃。夫人可真是……直白啊。

霍十九道：「妳們都下去吧，好生服侍夫人便是。」

苗姨娘委屈地抹了淚，依依不捨地望著霍十九，最後一個離開了前廳。

第十七章　琴瑟和鳴

用過晚膳，霍十九回了臥房時，蔣嫵剛沐浴過，身上穿了件洋紅色的交領素綾褻衣，正端坐在臨窗擺置的妝檯前梳頭。

許是身上還有潮氣，褻衣貼在她玲瓏有致的身上，與雪肌墨髮相映襯，在燈光之下看來清純又嫵媚。

蔣嫵梳著髮梢，目光在西洋美人鏡中與霍十九的相對，嫣然一笑。「看什麼呢？」

霍十九微笑，揮退了冰松和幾名婢子，緩步走到蔣嫵身後，接過她的梳子仔細地為她梳理半乾的長髮。

「看妳。」

蔣嫵霞飛雙頰，雙眼顯得更加明亮，回身仰頭望著霍十九，道：「阿英，我與你說個事兒。」

這是她第一次喚他的名字。以前她都是連名帶姓地叫他「霍英」。不然就稱呼「大人」。

霍十九輕笑，點頭道：「好，妳說。」

蔣嫵站起身，仰望霍十九，認真地道：「今日我聽孫嬤嬤說，正常大戶人家裡都要根據姨娘們的小日子排上日期，你每個月有多少天是歇在主母屋子裡，多少天是要歇在妾室屋子裡。我聽了之後，只覺得很噁心。」

說到此處，蔣嫵調皮地把玩著垂落在胸前的髮梢，似絲毫沒發現從霍英的角度，垂首正看得清她半敞前襟下難掩的雪白溝壑。

他的目光已變得深邃。

蔣嫵卻未察覺。「倒不是說你不能去睡姨娘。只是我善妒，我既心悅你，就希望你只有我一個。你從前的事我管不著，但若是你想與我好生做夫妻，從今以後就不許再有旁人，連逢場作戲都不准有。什麼喝花酒，逛花樓，若被我知道……」

她眼睛瞟了一下他的下半身，又道：「我今日就是要問問你，你要是喜歡去姨娘那裡巡房，我立即給你安排個日期出來，反正還有八位呢，也足夠伺候你的了，以後你就不用回瀟藝院了。我不與旁人共用一個丈夫，我覺得噁心至極。」

如此大逆不道的話，虧她說得出口。霍十九驚愕。

他沒有回答，而是伸手撫上她的臉頰，指尖感受到柔滑的觸感，又緩緩向下移到她領口，突然俯身湊近她的耳畔，道了句。「知道了。」隨即吻上她的脖頸。

蔣嫵身上有一瞬的緊繃，但是她沒有推阻，因為他的觸碰並不讓她覺得厭惡。

愛嗎？她不知道，因為她未曾經歷過真正的感情，不懂何為愛情。

如今的她只是依著自己的本心來對待他而已。但是她心如明鏡，他們之間立場不同，注定會有坎坷，而且再給她一次對他下殺手的機會，她也無法完成任務了。

理智告訴她，這種情狀，她是不該與他有任何感情關聯的，越是這樣，將來她的痛苦就越多，就算是身體上無法抗拒履行霍夫人的職責，但是心慈手軟是她這等人的大忌，可她又不想抗拒心底的想法。

前世她對自己就是太過於苛刻了，今生重來一次，她為何不能率性一點？反正父親也沒有說要她暗殺霍十九，只是要些利於清流的證據罷了。何況，她私心裡還希望霍十九不在這個位置，就算他倒了，她也有能耐護著他與父母親人安全離開，去個沒人認得他們的地方種田養雞，過全新的日子。

蔣嫵緩緩閉上眼，明知道他不可能無緣無故對她好，也明知道自己不知是否真的喜愛他，總歸是不抗拒他。無論她願意不願意，她已經是名正言順的霍夫人，該做的事情也一定會做，她心裡若不抗拒，說不定還是一種幸運。

蔣嫵唇畔便有了笑意。

他的唇順著脖頸向下，乾燥溫暖的手掌剝落肩頭的遮蓋，他的吻就順著圓潤的肩向後落在肩胛處的疤痕上，她被轉了個身置於他身前，靠著他的胸膛，他的手又一次順著褻衣的下襬伸進淡粉色主腰（注），輕撫她右側身前位於肋骨上的傷疤。

溫熱的呼吸落在耳畔，低沈地喚了她一聲。「嫵兒。」

蔣嫵因他的碰觸，身上略微發抖，渾身顫慄。

「剛你說知道了是什麼意思？你還沒確切回答我。」

聽著她不穩的聲音，霍十九輕笑著將她抱起走向拔步床，將她放置於柔軟的大紅錦褥

注：主腰，肚兜，女性內衣。

上。她的長髮如瀑，披散在鴛鴦戲水的枕巾上，嬌顏在紅色帳子映襯下像是粉白的桃花，羞澀又嫵媚，眼中卻有一絲倔強，好似他若不正面回答，今日周公之禮也別想行似的。

霍十九越發覺得她女孩兒心性十分可愛，跨坐在她腿上，卻不敢用力壓著她，緩緩脫了外袍，然後是中衣。

他的動作緩慢，火熱的眼神一直注視著她，讓她不自在地別開臉。

「意思就是，我會照妳說的做。其實那些姨娘我也都沒沾過。」他俯身，雙臂撐在枕頭兩側。

蔣嫵驚訝地抬眸。「沒沾過？」

「嗯。」

「為何？」外頭傳言他可是除了小妾，還養了一群小倌和粉頭的。

「不為何，難道是個女人我就要沾？」

「你……」

蔣嫵剩餘的話被他吞入口中。

她驚愕地張大眼，這種新奇的體驗讓她思維有些混亂。

他回手放下帳子，掩去了明亮的燭光，在昏暗的環境中，人似乎有了安全感，也很難看到彼此臉上的紅暈。他脫去她的褻衣，落吻在她肋上的疤痕，疼惜又珍視近乎於膜拜，隨即緩慢滑上，含住她胸前敏感之處……

凌晨時分，霍大栓和趙氏的臥房裡依舊亮著一盞燈。

趙氏靠著引枕昏昏欲睡，霍大栓則是拿著煙袋滿地打轉，不時地吧嗒一口。

「我說夢田，別睡了、別睡了！」

「哎。」趙氏又被叫醒，蹙眉道：「你到底要做什麼呀？」

霍大栓急得抓耳撓腮。「都這個時辰了，妳說兒子和媳婦兒那邊能成好事嗎？」

「我說你這個做公爹的怎麼這樣沒正經，還關心起兒子屋裡的事了。」

「我還不是著急抱孫子嘛！」

「兒子又不是傻子，媳婦年輕又漂亮，品行又好，人還可愛得很，他會不上心對待？你就趕緊歇著吧，我派去的人明兒一早不就來回話了嗎？」

霍大栓搖頭，道：「我是擔心嫵姊兒厭惡阿英。妳說那渾小子先前多荒唐。」

「有了嫵姊兒，阿英會慢慢學好的，你就別操心了。」趙氏掩口又打了個呵欠。「快歇著吧！天都要亮了。」

霍大栓又抽了一袋煙，搖頭道：「不行，我得去看看。」

趙氏剛要睡著，聞言一個激靈起來，疲憊地起身道：「你這死老頭子！你去看什麼看！兒子和媳婦兒的牆腳你也去聽？趕緊過來歇著，明兒個還要不要給地上肥了？還一堆活兒等著呢！」

霍大栓一隻腳已經邁出了大門，總歸是不想惹趙氏生氣，只得回來躺下，依舊是沒睡著。

直到寅正時分，趙氏起身，叫了身邊服侍的李嬤嬤來，笑著問：「怎麼樣？」

李嬤嬤笑道：「回太夫人，老爺和夫人昨兒歇得晚，一夜裡要了三次水，恐怕要晚些才會起身來給您請安。」

趙氏歡喜地連連點頭。「快，咱們去廚房瞧瞧，嫵丫頭身子弱，得補一補。」

裡間的霍大栓已經樂得見牙不見眼，心中暗想。「要了三次水啊，想不到那兔崽子瞧著瘦巴巴的，還挺能幹的，看來抱孫子指日可待了！」

霍大栓一上午幹活都格外來勁。

蔣嫵睜開眼，就見霍十九側躺在她身旁，二人的長髮交纏在一起，大亮的天光透過紅色帳子照射進來，讓她看到他略帶孩子氣的笑容和笑起來時彎彎的眼睛。

「醒了？」

蔣嫵臉上發熱，彆扭地點頭。「你也太不務正業了，怎麼不去衙門裡，今兒休沐？」

「我怎麼不務正業？」霍十九的手握著她的腰，拉她入懷，笑著問：「妳怎麼樣？還要睡一會兒嗎？」

蔣嫵覺得霍十九可真是無賴得可以，瞪了他一眼，道：「不睡了。」

「那我喚人進來伺候起身。」

霍十九抓了中衣要穿，剛披上，就聽見蔣嫵彆扭地道：「別穿這件了。」

霍十九一愣，回頭望她。

見她面色羞紅地將自己藏在被子裡，立即將中衣脫下檢查，這才發現衣襬下已經乾涸的點點暗紅血跡。

霍十九抿了唇，不知為何，在體會過那等極致的歡愉之後，再看到這些血漬，覺得心疼。他重新鑽進被窩，將她拉入懷裡，親了親她的額頭，道：「往後就不會這樣了。」

蔣嫵掙扎。「都說要起身了，爹娘那兒行禮都要遲了。」

「已經遲了。」霍十九聲音含笑。「別亂動，否則就要更遲了。」

蔣嫵的臉如熟透的紅蘋果，果然僵硬著身子不再動了。

二人起身後，盥洗更衣又耽擱了一會兒，才去後頭上房給霍大栓和趙氏請安。

桌上早已預備了飯菜。一見了蔣嫵與霍十九並肩而來，趙氏立即笑著道：「快來，就等著你們一起用午飯呢。」

午飯？蔣嫵神色如常，面無表情，只是臉上發熱。

霍十九咳嗽了一聲，給父母行了禮，才道：「我不在家裡吃了，caption門裡還有事。」

「caption門裡有什麼事那麼要緊，不能讓你陪丫頭一起吃頓飯的？」霍大栓眼睛一瞪，大掌拍桌子，震得杯盤碗碟叮呤噹啷。

霍十九道：「是真的有事。」

「有事也吃了飯再走！」霍大栓下了命令。

父子倆大眼瞪小眼。

趙氏無奈，道：「嫵兒，坐娘身邊來，別理那對鬥雞。」

蔣嫵聞言，終於禁不住噗哧笑了。

原本緊張的氣氛也一瞬變得輕鬆，連霍大栓的嘴角都開始抽搐，花了極大的力氣才忍住沒笑出聲來。

霍十九略微思索，便也在蔣嫵身畔坐下，好歹沒有忤逆霍大栓的意思強行要走。

趙氏見霍十九如此聽話，很是滿意地點頭，一頓飯下來都只忙著給蔣嫵和霍十九布菜，含笑看著他們吃，自己壓根兒沒怎麼動筷。霍大栓捧著碗扒飯，不時地看看蔣嫵，又看看霍十九。

蔣嫵低垂著頭，覺得自己已經快要敗給愛子心切的二老，他們這樣殷切的眼神，就算是個冰塊也要給看化了。

霍大栓吃了三碗飯，見霍十九終於撂了筷，立馬道：「阿英跟我出來！」說著龍行虎步地往外頭去了。

霍十九來不及漱口，起身要走，正好看到蔣嫵端著碗抬頭關切地看著他。從俯視的角度，蔣嫵的表情就像個可愛的孩子，他忍不住摸摸她的頭，對她安撫一笑才出去。

趙氏見了心裡喜歡不已，又給蔣嫵挾了一塊紅燒鯉魚，連魚刺都挑好了。「嫵兒辛苦了，多吃一些。」

她的「辛苦」，恐怕二老都已經打探到了。

「謝謝娘。」

「哎，謝個什麼，妳身子還沒養好，又要照顧阿英那個渾小子，又要治理那些不懂事的小妾。娘看著替妳心疼的呢。昨兒的事初六都與我說了，妳處置得很好，往後要是有誰不肯聽妳的話，妳只管放手去做。要是妳怕阿英怪妳，妳就來找娘。」趙氏又給蔣嫵挾一塊紅燒肉，將肥肉剔了自己吃，只給蔣嫵瘦肉。「阿英雖然混帳，但是他最懼怕他爹了，咱們都管不了的，就讓他爹狠狠收拾他，窩心腳踹不死他都算他長得結實。」

蔣嫵望著碗裡挑掉魚刺的魚和剔掉肥肉的紅燒肉，心裡暖暖的，不看別的，單看人品，她的公婆當真都是厚道的人，對她也當真是好。

「是，阿英很好，我處置小妾他也沒有不悅。」蔣嫵大口吃飯。

趙氏笑道：「阿英是心悅妳。再說他敢說半個不字試試，他爹踹死他！」

蔣嫵連連點頭，趙氏與霍大栓做夫妻久了，連說話的語氣都一模一樣。

不多時，霍大栓與霍十九回來。

霍大栓面上歡喜，進門就拿了煙袋鍋子，被趙氏瞪了一眼，又訕訕放下了。

霍十九滿臉通紅，坐在蔣嫵身畔，一看她那嬌俏的模樣，想起霍大栓說的話，忍不住咳嗽了一聲。

蔣嫵抬眸，咬著筷子疑惑地眨眼，大眼睛裡像是有一層水霧，清澈地融入了一池山泉。

霍十九發現她越來越美了，笑道：「慢慢吃，吃好了回去歇著。」

蔣嫵見他們父子的神色，也不好多問，就飛快吃了飯，見霍大栓要去地裡，起身道：「爹，我跟您去。」

霍大栓忙擺手，粗聲粗氣地說：「妳別去了，大太陽底下遭那個罪呢，好生歇著去吧。」

她才起床，哪裡就累了……

「我去地裡瞧瞧，正好待會兒姨娘們要來問安。」

「那妳更該在屋裡好生待著了……喔！」霍大栓恍然，笑道：「妳這個丫頭，真壞！」

蔣嫵無辜地道：「我這不是抓些勞力來幫襯著爹嘛！」

眼瞧著他們二人相談甚歡，霍十九跟在後頭無奈地摸了摸鼻子，有了蔣嫵，他就更靠邊站了。

霍十九出門後，蔣嫵就坐在田埂邊看著霍大栓指揮下人們幹活，不多時姨娘們果真來請安，蔣嫵就道：「今日不用妳們伺候，都去地裡幫襯老太爺吧。」

姨娘們昨日領略了蔣嫵的厲害，又知道昨夜她已與霍十九成了真正的夫妻，霍十九對她只會更加寵愛，斷然不會向著她們說話，這會兒對蔣嫵只得恭恭敬敬。

蔣嫵身穿錦衣戴著破草帽悠閒地以紈扇搧風，又有婢子奉了趙氏的吩咐在一旁給她撐傘遮陽或端著水果茶點。

蔣嫵瞧著地裡跟著下人們一同揮汗如雨的霍大栓，都覺得自己這個兒媳婦真是不孝。再看嬌弱的姨娘們個個曬得臉上通紅，更覺得自己這個「地主婆」真是惡毒。

蔣嫵心情大好，又多吃了兩塊點心。

傍晚時分，不等蔣嫵去吩咐廚房，趙氏就已經吩咐人預備好飯菜，霍十九恰好散衙，一家人一同用飯，除了霍廿一始終沒給霍十九好臉色之外，一頓飯吃得也算其樂融融。

用罷了飯，霍十九牽著蔣嫵的手道：「咱們去散步。」

趙氏忙道：「去吧、去吧！阿英好生照顧著嫵兒。」笑著將他們推出門。

蔣嫵回頭，就見趙氏、霍初六和霍大栓臉上都是曖昧又歡喜的笑。

這一家人，當真是極可愛的。相處得越久，就越能感受到他們身上樸實的真感情，讓她都禁不住跟著快樂起來。

蔣嫵的臉上一直都帶著笑。霍十九拉著她的手，離開上房，沿著冗長的小路走至一道月亮門，進了抱香閣。

指著樓閣，霍十九笑道：「此處是我在內宅的書房，原本景色是很美的。」

蔣嫵點頭，道：「是出自那句『寧可枝頭抱香死，何曾吹落北風中』嗎？」左右瞧瞧。「沒見著有菊花了。」

霍十九驚訝，不動聲色道：「現在都改成黃瓜地了。」

二人就手拉手繞著抱香閣的石子路繞圈走。曹玉一直存在感極弱地跟在兩人身後三步遠。

自從霍十九連番出事，曹玉就變得更沈默，與霍十九更是形影不離。

蔣嫵想了想他們住的瀟藝院，就問：「那咱們住的那個院子為何叫瀟藝院？」

「妳猜呢？」

蔣嫵道：「我猜不出，只想到另外一個詞『宵衣旰食』。前兩個字與瀟藝院倒是諧音。」

霍十九極為讚許地點頭，笑道：「嫵兒詩書是極通的。」不愧是蔣學文的女兒。

蔣嫵連忙搖頭。「其實我是恰巧知道這兩個而已，旁的我就不知道了。若說詩書通，我大姊和二哥都比我好……」話到此處，後頭的卻沒有說出口，因為蔣嫵感覺到背後有一陣殺氣。

背後只有曹玉，並無旁人。可曹玉為何會如此？

蔣嫵不動聲色。「……我爹常被我氣得呼頭疼。」

拳風驟然而至，是曹玉出手！

蔣嫵絲毫沒有閃躲，更無反應，仍舊一味往前走。

那一拳到了她脖頸處倏然而止，只拳風帶起她幾根秀髮飛舞。

蔣嫵這才若有所感，回頭看去，見曹玉近在咫尺，保持著方才動作，驚得「啊」一聲，一下子躲到霍十九懷裡。「阿英！」

夜色潑灑在寂靜的院中，將安靜的三人鍍上迷離的幽藍色。蔣嫵的俏臉在此刻就顯得越發白皙，她的神色曹玉也看得越發清楚。

他依舊伸平手臂，拳就在蔣嫵面前不遠一動也不動，眼神不瞬地望著她，彷彿她是一幅畫，他是賞畫人。

蔣嫵面上有被突襲後的驚慌，可倔強得不表現出慌亂，強作平靜地望著曹玉。

霍十九橫臂將她護住，詢問道：「墨染？」

曹玉望著蔣嫵，似不想漏看她所有表情，須臾微笑，緩緩攤開手掌。

卻見他掌中躺著一枚飛鏢，飛鏢後紅色的綢條在白皙掌中如血一般豔紅。

蔣嫵眸光一閃。她方才根本沒有察覺到有飛鏢，為何他手中卻有？

「阿英，有刺客，咱們快離開！」蔣嫵拉著霍十九就要走。

若有刺客，為何不見這會兒有人圍攻上來？為何不見曹玉傳來侍衛？蔣嫵已經明白，這是曹玉高端縝密的試探，而她恐怕已經露出破綻了！

先是出拳，看她有無閃躲，這一關她過了。然後拳中有鏢，若是個尋常不懂得武功的女子，定然不會露出絲毫驚訝情緒的。

但是她剛才，沒忍住。因為她確信並沒有飛鏢襲擊她。她的驚訝是本能的。

想來她的情緒波動雖細微，也逃不過曹玉的眼睛。他到底為什麼會關注上她？

霍十九護著蔣嫵向外快步走去，面色凝重，如臨大敵般邊走邊吩咐道：「墨染，無論發生何事都要以保護夫人為首要。」

曹玉笑著搖頭跟上，凝視蔣嫵背影，若有所指地道：「爺放心，只要有我在，絕不會讓你出半分岔子。夫人也是。」

不讓霍十九有岔子，是保護霍十九的安全；不讓她有岔子，怕是不會允許她輕舉妄動。

她鎮定地回眸。「有勞你了。」

曹玉收起飛鏢，拱手道：「夫人言重。」

一路平安回到瀟藝院，霍十九終於能鬆口氣，扶蔣嫵坐在外間榻上，雙手搭著她嬌柔雙肩，道：「嫵兒不必擔憂，此處我已安排了重重守衛，等閒人進不來的。況且還有墨染在。」

蔣嫵盈盈眸光如水，抬起藕臂環著他脖頸，隨即在他傾身向前時將俏臉貼著他的臉頰，乖巧地點頭。

她的淡雅氣息縈繞在鼻端，讓霍十九內心柔軟，她定是受了刺客的傷害，如今依舊害怕著，便展臂回抱她，安撫地拍著她的背，低沈聲音宛若醇酒，醇厚溫暖。「好女孩，不必害怕，有我在，就算真有刺客也不會先傷了妳。」

蔣嫵閉上眼，長睫忽閃，又一次乖巧地點了頭。

她看得出，霍十九對她沒有絲毫懷疑，且全然將她納入羽翼之下，奮力保護著。

她很動容。她不懂男女的感情可以激烈炙熱到何種程度，可是她知道自己內心的天平在一點點傾向他。

或許，她當真該開始好生謀劃如何能夠保護他和他的家人平安離開這個是非的圈子，如何能夠躲避敵人以及清流，到一個再也沒有矛盾的地方，平淡度日也好啊。

「乖，別怕。」他依舊在哄著她。

「我不怕。」蔣嫵聲音低柔，吐氣如蘭。「這裡也沒大礙的，你還是去看看爹娘。」

這正是霍十九擔心的。「好，我去去就來，讓墨染留下護著妳。妳也不必擔憂他，他最近是心情不好，從前的他是很靦覥隨和的。」

曹玉的變化，怕是因為堂堂高手居然幾次讓霍十九陷入危機吧。

蔣嫵笑著頷首，道：「快些去吧，早點回來。」

「知道了。」他起身，又輕撫了她柔嫩的臉頰，這才出了門。

蔣嫵面上的微笑在他出門之後緩緩消失了。

父母的恩情不能不報，可霍十九對她的疼惜不似作假，難道因為他是奸臣，他所付出的感情就是一文不值，就活該被她欺騙嗎？

她該如何能取雙全之法，既不愧對父親，又可以保護霍十九的性命不被傷害？

冰松與被霍十九吩咐來伺候的聽雨端著熱水進門時，正看到蔣嫵面帶愁容。

二人不敢打擾，輕手輕腳地去淨房預備熱湯伺候蔣嫵沐浴。

曹玉依舊是不肯留下保護蔣嫵，他與霍十九的關係密切，又不全是下人，是以霍十九無奈，只能與他一同去上房查看。

途中，霍十九問：「墨染，方才沒有刺客吧？」

曹玉跟在霍十九身旁，聞言只抬眸看了他一眼，隨即垂頭。

霍十九嚴肅地道：「下次不可如此了，嫵兒雖性子直爽潑辣，也很勇敢，可到底只是個十六歲的女孩子罷了。從前我有疑心，可我既然娶她過門，又與她成了真夫妻，就是因我已當她是我的妻子，是一家人。」

「可爺的計劃呢？」

霍十九微笑，月光下，曹玉看得清他笑容的苦澀。

「這是我的疏漏。但不論將來生死，我霍英此生也只有這一個妻子，這個人只會是蔣氏。迫不得已的作為是無奈，可平日裡，我只想對她好，珍惜與她在一起的日子。墨染，你應懂我的心情，她是我的妻，是自己人，不是外人。」

「但若她不當你是自己人呢？」

「你還是疑心她？」

曹玉沈默。

「生於亂世，誰都有自己的無可奈何，我能看得出她對我的真心，即便有什麼，或許也是迫不得已。」

曹玉聞言抬頭，看著霍十九的背影，許久才喃喃道：「我是不會讓爺再受任何傷的。」

霍十九沒有聽清他的話，回頭看來。

曹玉搖頭，也不回答。

霍大栓與趙氏夫婦當然沒事。霍十九在外頭詢問了丫頭就回去了。

因體諒她初承歡，畢竟嬌弱，這一夜他提供了臂彎做枕頭而已。二人一夜好眠，相安無事。

次日清早去給趙氏與霍大栓問安，趙氏早吩咐人預備了早飯，才剛吃了一半，外頭就來人傳話。「大人，皇上身邊來人，請您即刻去別院商議要緊事。」

霍十九聞言，就知是前些日子得到的那些消息終於坐實，忙放下碗筷出門去了。

霍大栓的臉色很難看。霍十九這樣急匆匆去見小皇帝，不是小皇帝有什麼新玩法玩不明白，就是霍十九又攛掇小皇帝做什麼了。每當這個時候他都恨不能掐死他。

趙氏見氣氛緊繃，怕蔣嫵不自在，轉移了話題道：「嫵兒才進門就出了那樣大的事，三日回門就沒回去，如今妳與阿英成婚也滿一個月了，也該商議一下如何住對月。」

蔣嫵體會趙氏的善意，笑道：「我也正要與娘商議此事，昨日阿英說要我回去住七日。」

趙氏頷首道：「這也好。待會兒我就叫人預備薄禮，妳回去好生與妳母親和姊妹們說說話，女兒大了嫁出了門，做娘的哪裡有不思念的。」

趙氏的體貼與善良，讓蔣嫵動容。

到了晚膳時分，霍十九才剛回到家就去了外院的書房。

蔣嫵只得等他回房才能商議住對月的事，這一等就到了半夜。她不好多問朝中的事，畢竟那都是男人家外面的事，只是察言觀色，見霍十九極為疲憊，似發生了什麼大事。

第十八章　為愛浴血

次日清早，霍十九囑咐蔣嫵。「回去住幾日就回來，缺了什麼就打發人來說……」林林總總安排了一堆，才親她的額頭，隨後急忙出了門。

蔣嫵這廂去辭別公婆，帶了冰松和聽雨乘車，後頭跟了僕婦和小廝們趕車，帶了兩大車的禮回了帽檐胡同。

蔣嫵清早就已經吩咐了人提前回家報信，是以馬車到了帽檐胡同口時，就見穿了身嫩黃色簇新小襖、下著鵝黃挑線裙子的蔣嬌像小蝴蝶一般飛了過來。

「三姊！妳可算回來了，我可想妳了！」

「嬌姊兒。」蔣嫵撩起車簾，對蔣嬌露齒一笑，扶著冰松的手輕巧地跳下車。

車夫見狀，將踏腳的木凳子收了起來。

蔣嬌一把握住蔣嫵的手，上下打量她，眼中的擔憂慢慢散去，變作安心與羨慕。「三姊的傷無大礙了吧？我瞧妳比在家中氣色好得多了。」又看她身上水藍色的交領素面妝花褙子和頭上的一根赤金簪子，笑道：「三姊夫對姊姊很好，這樣我就放心了。」

明明是個小孩子家，卻說出大人的話來，蔣嫵莞爾，揉揉蔣嬌的額髮。「爹、娘和大姊他們呢？」

「爹去上朝了，娘和大姊、二哥都在家呢。知道妳要回來，娘一大早就張羅著預備飯菜打掃屋子，爹本也說要在家等妳，可不知臨時有什麼事，皇上今日居然興起上朝，吩咐了人來告知爹，爹一大清早換了官服興沖沖地出去，還不知會何時回來。」

姊妹二人說著話攜手進了院門，銀姊和喬嬤嬤都在院中，給蔣嫵行禮。見蔣嫵錦衣華服，她身旁的冰松遍身綾羅，打扮起來竟像是大戶人家的姑娘，又見隨行的婢子生得那般美貌，也是穿紅著錦的，眾人都不知是該羨慕還是該感嘆。

聽雨是頭一回來蔣嫵家中，見蔣家果真是尋常百姓人家模樣，不禁對蔣御史的清正之名又有認知，拉著冰松一同去吩咐小廝們往院子裡搬帶來的禮品等物。喬嬤嬤和銀姊則去安排往庫房中堆放，一時間院中比過年還要熱鬧。

蔣嫵和蔣嫣攜手到了正屋，唐氏立即起身，拉著蔣嫵的雙手道：「嫵姊兒可算回來了，今日原本有個學會，妳二哥聽聞妳要返家來，都推了沒去。」

蔣晨風關切地望著蔣嫵，道：「嫵兒身上的傷可好多了？」

「都已大好了，二哥近些日清瘦了許多，可是天氣太熱、讀書太累嗎？」

「想到妳在霍家，我就寢食難安，霍家老太爺和太夫人對妳可好？」

「他們對我很好。」

「那就好。」蔣晨風望著蔣嫵的眼神十分複雜。

蔣嫵最善察言觀色，見蔣晨風如此，便覺他或許是知道了什麼。

蔣嫣拉著蔣嫵的手道：「如今看妳傷勢並無大礙，過得又好，我們也才放心。」

「我素來不是肯吃虧的人，過得哪裡會不好？再者阿英雖與爹政見不合，卻不會虧待家裡人。」

聽聞她對霍十九的稱呼，唐氏、蔣嫣與蔣晨風面色都有異樣。蔣嫵見他們如此，心裡並不好受，好像她是反叛了一般。

一家人去了側間說體己話，轉眼就到晌午。跟隨蔣學文的小廝回來傳話，說政事還未談完，老爺一時半刻回不來。

唐氏心裡不免擔憂，生怕蔣學文又直言進諫，生怕那個倔牛的脾氣一上來會當殿撞柱子，原本還算輕鬆的氣氛，一下子變得緊張起來。

一家人用了午膳，就各自去午歇。

蔣嫵回了出閣前的臥房小睡了片刻，又看了一會兒閒書，就聽外頭銀姊高聲道：「老爺回來了。」

蔣嫵忙下地，由聽雨和冰松二人服侍梳好頭，敞門去前廳。

蔣學文已穿了常服，正接過喬嬤嬤端來的白瓷茶碗，抬眸，恰看到蔣嫵進門來。

蔣學文素來知道他的子女容貌都是出色的，想不到綾羅裹身、梳婦人髮髻斜插金步搖的蔣嫵會如此明豔。他的心一瞬揪痛，放下茶碗，道：「嫵姊兒回來了？」

「爹。」蔣嫵笑吟吟地給蔣學文行禮。「多日不見，爹氣色很好。」

蔣嫵甫大婚便受傷，蔣學文並未前去探望，到今日他們已有月餘不見。

蔣學文頷首。「妳身上可好了？」

「已經無大礙了，只是失血過多，御醫囑咐好生調養便無恙。」

蔣學文又問了蔣嫵一些生活的瑣事，蔣嫵一一答了。字裡行間，蔣學文便聽得出蔣嫵已與霍十九成了真正的夫妻，且霍家人對蔣嫵很好。

他心裡矛盾更深了。若是為了蔣嫵好，他應當現在就收回之前所言，要女兒專心與霍十九過日子，幸福一天就是賺來一天。

可是……或許不必他收回那些話，霍十九就要命喪黃泉了。於國家，霍十九死了是大好事，但他的女兒豈不才成婚就要成寡婦了？

「爹？」蔣嫵疑惑蹙眉。「今日突然上朝，可是有事？」

蔣學文猶豫片刻，道：「妳跟我來。」

蔣嫣與蔣晨風才進門，蔣嫵就跟蔣學文起身走向書房。二人只得側身讓開，均很疑惑。

掩好房門，蔣學文才道：「金國使臣今日來到我國，主張和談。」

「和談？」蔣嫵驚訝。「好端端的，又沒開戰，和談個什麼？」

「金國要與咱們大燕簽訂三年和平條約，約定三年之內相互之間不准開戰。」

蔣嫵聞言，坐上臨窗鋪設官綠色坐褥的羅漢床，略微思考，道：「恐怕是金國老皇帝將不久於人世，新儲未立，恐大燕乘機攻打錦州和寧遠，收復失地還不算，怕他們到時也無暇顧及邊關。若是丟了城池，那便是將臉丟到家了。」

蔣學文早知蔣嫵聰慧，此時已不驚訝了，笑著頷首道：「正是如此。」

「我倒覺得和談未必不是一件好事。三年時間說長不長，說短不短，足夠咱們小皇帝成長起來，也足夠大燕休養生息，且既稱之為和談，就一定會有條件可談，大燕可以乘機與金國開出條件，要回錦州一帶重要的城鎮。」
蔣嫵慢條斯理地說罷了，笑著問蔣學文。「爹，清流一派是不希望此番能成功與金國簽訂條約吧？」
蔣學文心下一動，笑道：「嫵兒為何這樣說？」
蔣嫵分析道：「先前爹不是與清流一派及仇將軍商議主戰奪回失地嗎？我想只要是打仗，就要動銀子，只要動銀子，就會牽扯出英國公縱容手下借貸國庫銀子的事來。此番金國人來簽訂三年的和平條約，豈不是與爹的想法背道而馳？」
蔣學文深深望著蔣嫵飛揚入鬢的劍眉和朗若星子的杏眼，感慨道：「嫵兒為何不生為男兒。」
蔣嫵噗哧一笑。「那也要問爹娘啊。」
一句不著調的玩笑，將方才緊繃的氣氛沖淡了。
「壞丫頭。其實妳分析的不錯，我的確不希望和談成功，一旦簽訂了條約，不但皇上能休養生息，英國公也只會日益壯大而已。」
略微沈吟，蔣學文才道：「這事也不該瞞妳，今日朝堂之上，九王老千歲逼著霍英立下了軍令狀。」
蔣嫵心頭一震，平靜地問：「怎麼回事？」
蔣學文這才解釋，原來朝堂之上，清流一派主戰，絕不給英國公喘息的機會。而霍十九為了保護英國公一黨不被揪出國庫虧空一事，竭力主和，且還言之鑿鑿，可以為江山社稷謀得福利，為邊關百姓謀得三年和平。

九王老千歲是皇帝的叔公，德高望重，雖平日裡不參與政事，今日也發了威風，當下便叫霍十九立了軍令狀，由他去負責與金國使臣談判。若是不能得回錦州下屬的凌海和義縣兩地，他便要奉上項上人頭。

蔣學文此時已是目光嶄亮，興奮不已。「如此當真是雙贏。若他去和談真能謀回這兩地，大燕也算是出了口惡氣，要知道此二地乃是錦州咽喉之處。若霍十九談不成，他若殞命，也是為大燕除掉一個禍害！」

蔣嫵沈默望著蔣學文，半晌方緩緩起身，道：「爹，如此一來對大燕的確是好。」

蔣嫵低柔的聲音不帶一絲情緒，如蜿蜒流淌的清泉讓人心裡熨貼。

蔣學文笑著點頭，道：「正是如此。若他真的談不成而丟了性命，妳往後也就不用那麼辛苦了。妳只管回家裡來，爹養活妳一輩子。」

蔣嫵笑著，並未回答。

恰好蔣嬌站在廊下喚他們吃晚飯，父女二人就一同去了前廳。

吃過飯，不等吃茶，蔣嫵就道：「爹、娘，我這就回去了。」

唐氏一愣。「嫵姊兒，不是說要住上六、七日嗎？為何這會兒就要回去？」

蔣學文漸漸地沈了臉。「嫵姊兒，妳就安心在家住著，這會兒也不適合回霍家去。」或許這一住，就再也不用回去了呢。

蔣嫵站起身，對唐氏道：「若是平日裡，我定然是要好生在家住些日子，孝順父母陪伴身旁的，只是霍家有事，我不能置身事外。」

蔣學文倏然站起身，呵斥道：「嫵兒！」

「爹。您交代的事我一件都不敢忘，但您也別忘了，我已是霍英的妻子。身為女子，一生只嫁一個男子，這是自小父母教導我的道理，我從不敢忘懷。」

「妳！女生外向啊！」蔣學文氣得臉上脹紅。「妳不要忘了爹的吩咐，妳是做什麼的！」

「爹，我沒有忘。」蔣嫵溫和地笑著。「父母的養育之恩，爹的教誨之恩，我不會忘，所以我不會耽擱爹的事，如有需要，我依舊會遵守諾言，聽爹的話。」

「那妳就老老實實地給我待在家裡！」

「可我家現在是在什剎海的霍府了。」

蔣學文怒瞪蔣嫵，只覺氣血上湧，翻江倒海直沖上腦門，腦子一熱，手下動作便也未經思考。待回過神時，已感覺到掌上熱辣辣的疼。

而他面前的蔣嫵被打偏了臉，白皙的左臉上漸漸浮現出指痕。

屋內一片寂靜。唐氏與蔣嫣、蔣晨風都愣住了。

唐氏與蔣嫣不懂他們父女二人的對話，也不懂為何蔣嫵說要回去，蔣學文會如此憤怒。

蔣晨風則是抿著唇道：「三妹，妳就聽爹的話，不要回去了，既是住對月，就好生在家住著吧。爹娘還有大姊也都很想念妳。」

蔣嫵正了神色，笑著搖頭，好似臉上根本沒有挨那一巴掌，面對蔣學文時依舊在笑。

「爹，我這就回去了。」

「嫵兒！」

「待此事解決後，我再與公婆商議回來孝敬父母。爹、娘，大姊，二哥，四妹，你們保重。」

蔣嫵行禮，轉身出了正廳，快步下了丹墀。

冰松與聽雨早已看得愣住，這會兒才回過神來，顧不得禮數周全，急忙追著蔣嫵的腳步出去了。

明亮的前廳之中陷入死一般的沈寂。

半晌，唐氏才道：「老爺，你剛與嫵姊兒說的那些話是什麼意思，你吩咐嫵姊兒做什麼？還有，嫵姊兒為何急忙回去了？」

蔣學文想不到，蔣嫵聽從他的吩咐，去霍十九身旁刺探消息，卻是將她自己當作霍十九的妻子，而非一個外人。

蔣嫵的作為和想法，讓他意外又憤怒，可打了她，他又心疼。原本叫女兒去做刺探之事且刺探自己的枕邊人就不是什麼光彩的事，現下又被唐氏問起，他如何肯說？

蔣學文怒極，一甩袖子去了書房。

馬車上，蔣嫵沈靜端坐。冰松和聽雨二人隨著步行，都十分擔憂地望著緊閉的車簾。

已到了宵禁時間，天色大暗，馬車上掛著乞賜封燈上的霍字成了最好的路引，只見人行禮，不見有人盤查。
一路順利無比地回到霍府，蔣嫵卻並未馬上下車，也並未讓人進去通傳，就讓車夫暫且將馬車停靠在路旁。
冰松與聽雨試探地喚了一聲。「夫人？」
蔣嫵聲音溫柔。「過一會兒再回去。」
「是。」二人不敢再打擾，都垂眸站著。
蔣嫵靠著馬車壁，內心百般糾結情緒都在這一路平穩行駛中漸漸沈澱。或許對於清流來說，除掉霍十九這個大奸臣，比奪回凌海與義縣還要重要，可是客觀來說，她卻認為政客們的思想到底是不好評斷的，只能說，他們兩方各占道理。
霍十九雖說是為了英國公掩蓋國庫空虛的事實才提出贊同簽訂和平條約，但他卻歪打正著，為大燕做了好事。現在的大燕朝，根本沒有國力去與金國一戰，也就慶幸在金國老皇帝病危，朝局混亂，否則以金國兵多將勇、人人驍勇好戰的性子，鐵騎早就入大燕直奔京都城而來了。現在簽訂和平條約，明明是雙贏的辦法，可清流卻一心只想攻訐對手。
蔣嫵搖頭。因政見上的不同，不能說父親的好與壞。霍十九為了英國公做件對國家好的事，也不能算是好，但是他畢竟是她的丈夫，她畢竟是霍家的宗婦。
在不損壞清流和大燕朝利益的情況下，她不希望霍十九喪命。
有了這個認知，蔣嫵心下豁然開朗，就算父親動氣她也無所謂。
恩要報，情也要守！

她既然允許自己感性了一次，沒有理智地控制自己心中的天平傾斜向霍十九，那麼除非她撞上南牆，否則絕不會回頭的。

兩世為人，她什麼都不怕，也什麼都不在乎，重的唯有情而已。

就算霍十九對她的感情來得突然，或許有所算計，她也不在乎。她看中的，只有他真心對她的那一部分。

蔣嫵沈思之時，卻突然感覺到有腳步聲臨近。

她耳力敏銳，又不好顯露出不同，只依舊在車內坐著。直到聽見冰松與聽雨行禮道「大人」的聲音，她才很是驚訝地撩起車簾。

「阿英？」

霍十九與曹玉站在馬車前三步遠。

他身上還穿著飛魚服，斜挎著繡春刀，將秀麗矜貴的容貌襯托得英氣勃勃，十分詫異地看著蔣嫵。

「嫵兒，怎麼回來了？」

「沒什麼。」蔣嫵扶著冰松的手下車。

霍十九立刻迎來，一手扶著蔣嫵的手，長臂一伸，將她帶下馬車放在身前，卻看到她臉頰上腫起的指痕。

他心頭一震，手指輕撫她的臉。「怎麼了？」

「沒事，你要出去？」蔣嫵疑惑地岔開話題。

霍十九蹙眉。「嗯。英國公府上辦宴，叫我過去商議些事。」

蔣嫵內心便禁不住擔憂。

在兩國和談的緊要時期，霍十九又立下軍令狀大包大攬下和談之事，總會有一些希望和談成功或者主戰之人在針對他。

她還想帶著他平安地離開這個是非圈子，再也不礙清流的眼，一起去過平靜日子，可不想他現在就死了。

蔣嫵笑道：「什麼宴？帶我一同去吧。」

「乖，妳還是待在家裡吧。」

「多日沒見英國公夫人，我也怪想念的，你去拜見國公爺，我去看看國公夫人，宴會後咱們一同回家豈不是更好？」

她眨巴著明眸仰望著他，臉頰上還帶著巴掌印，且一句「回家」，著實一下子戳進他心口裡。

霍十九無奈地攬著她的腰，道：「罷了，就一同去吧！」回頭吩咐曹玉。「也不用備車了。」說完，就與蔣嫵一同乘車。

蔣嫵也跟著去了國公府，是英國公未曾想到的。

她與曹玉跟在霍十九身邊，英國公也不好深談，只隨便用了膳，又叫霍十九去耳語了幾句，就客氣地送了他們出來。

回程的馬車上，蔣嫵抱著迎枕望著緊閉的車簾。只聽得車輪轆轆的輾壓聲和周遭人的呼吸氣息。

若是她想的不錯，霍十九從現在起應當隨時隨地都有危險。

誰知剛思及此，她就聽到一陣急促錯雜的腳步聲倏然由遠及近！

仔細聆聽，應該有三十餘人。

蔣嫵不動聲色，馬車外的曹玉卻已先是驚呼。「爺，快下車！」

霍十九並未發現異樣，然之前此等情狀不知經歷凡幾，聽聞曹玉呼聲便知有異，他將蔣嫵摟在懷中，帶她一同下了馬車。

月華如水，潑灑在寂靜巷中，左右是民居高牆，僅容兩輛馬車經過的窄巷兩側，三十餘柄鋼刀的冷銳森光由遠及近，青磚鋪就的地面被照得如雪光掩映般明亮。

他們被包圍了，退無可退！

霍十九面色凝重，伸臂將蔣嫵護在身後，寬肩遮擋她視線，安撫道：「嫵兒莫怕，怕是有事找我相談，或有可談條件即能有轉機。」

真的要談，就不會選在月黑風高之時用鋼刀來說話了。

蔣嫵乖巧地應了一聲。「嗯，我不怕。」

曹玉回眸看了霍十九與蔣嫵一眼，便與聽雨一左一右護在霍十九身側。冰松和車夫早已臉色慘白，雙腿忍不住地打顫。

三十餘人轉瞬便到跟前，竟都是身材魁梧、身穿短衣長褲的漢子，手臂上黝黑結實的肌肉賁起，飽含力量。

大燕人很少有這種打扮！

霍十九揚聲道：「來者何人？」預備談判。

然對方根本不與他談。

一名中等身材、留了兩撇小鬍子的中年漢子揮舞手中鋼刀一指人群中的霍十九，粗狂聲音說的竟是金國話。「殺！」

聽雨、冰松等人聽不懂，可霍十九和曹玉通金語，曹玉渾身緊繃，淺灰色直裰無風自擺。

蔣嫵詫異。她聽得懂，對方說的是記憶中的滿語。

這個歷史偏差的時空，總會有與她前世記憶中相符相合之處。

言簡意賅的命令之後，巷弄兩側的三十名漢子並未一擁而上，而是分作三組，每小組十人，輪流攻上。

一見他們默契地配合，蔣嫵便知今日若她不出手，恐怕只曹玉一人很難保護他們周全了。

蔣嫵的目光，便放在不遠處指揮漢子們攻擊的「小鬍子」和他身邊那位身高約八尺、身形魁偉的護衛身上。

曹玉與聽雨且戰且退，將霍十九、蔣嫵、冰松和車夫圍在馬車前面。曹玉武藝高強，聽雨卻只是尋常功夫，只勉強抵擋，不多時就傷了左臂和大腿。

霍十九面色沈靜，依舊用寬肩擋住蔣嫵的視線，不願讓她看到絲毫血腥，內心飛快計算脫身之法，右手已緩緩握住腰間斜挎的繡春刀。

他會舞劍，也只是文士圖個瀟灑漂亮的招式而已，若是這會兒上前必定殞命，還會成為曹玉的負累，但他必須保護蔣嫵……

正想著，突見曹玉閃身退回，一把抽出霍十九腰間的繡春刀，另一手提著霍十九領子，拉著便往馬車上躍去。

霍十九掙扎無效。「墨染，你做什麼！」

曹玉有一股搏命的狠勁，一言不發地揮舞繡春刀砍傷一人，乘機提著霍十九施展輕功，飛竄上牆。

那些漢子見狀都有遲疑，不知該追殺還是該殺光馬車旁的人。

這略遲疑的工夫，曹玉已帶著霍十九躍上民房。

霍十九被強制帶著，在身形隱沒之時，只來得及看到呆呆站在馬車旁、面色平靜且幽幽看著他的蔣嫵。他心中一瞬刺痛。「墨染，去救嫵兒！」

曹玉似聽不到他的話，只顧甩開追蹤之人。他輕功卓絕，漢子們無人能及，跑出一段距離，就發現根本追上也是徒勞。

那領頭的「小鬍子」氣結，罵道：「想不到大燕盡是生出軟蛋！他能跑，就給老子殺了他女人！」

「喳！」

漢子們散亂的隊形再次向馬車靠攏。這些魁梧的高手望著馬車旁的三女一男，都不屑於動武，紛紛停下腳步，只派了一人上前。

這些人中只有個婢女有兩下子身手，這會兒也傷了，另外一個婢女和車夫已嚇癱了，只一個穿著水藍衣裳的嬌俏婦人平靜地站在馬車旁。

持刀上前的漢子雖有些捨不得傷害這樣的美人，卻也毫不猶豫地高舉鋼刀。

「夫人！」冰松大哭，想救蔣嫵，奈何邁不開步子。

車夫嚇得尿了褲子，一步都動不得。

小鬍子冷哼。「大燕男人都是熊包（注），姑娘也怨不得我們。」這一次說的是燕國話。

在一眾漢子圍觀之下，在柄柄鋼刀森芒之中，蔣嫵緩緩微笑，毫無懼怕。

她不笑時，如嬌花映水般嫻靜溫柔。

驟然展顏，飛揚劍眉下星目聚集光芒，明豔得令人不敢直視。如寶劍歸鞘時只作尋常，一旦出鞘，只有嗜血凜然的氣勢。

「多謝！」嬌斥一聲，眾人只看到藍影一閃，眨眼間那高舉鋼刀的漢子已倒在血泊之中，不可置信地捂著被割開的喉嚨，而他手中的鋼刀已落在蔣嫵手中。

此舉出乎眾人意料，令人駭然，還不等「小鬍子」與他身旁那位身材魁偉的侍衛反應，水藍的身影已如一道閃電，倏然又劈倒一人。

「宰了這臭娘兒們！」

漢子們自動分為三組輪番攻上，將蔣嫵圍在當中。

注：方言，指無用的人、傻瓜。

馬車旁的聽雨、冰松和車夫早已呆愣住了。

那車夫眼珠一轉，連滾帶爬就要逃走。誰知一抬頭，卻看到眼前一雙皂靴，隨即便驚恐地倒退。

「小鬍子」身旁的侍衛手起刀落，車夫的人頭落地，連驚呼都來不及。

那人頭，就滾落在馬車旁的冰松腳邊。冰松嚇得雙眼一翻，暈了過去。

侍衛冷哼了一聲，在車夫的屍首上蹭了蹭刀上的鮮血，饒富興味地看著包圍圈內那道明亮迅捷如閃電的身影，並無了結聽雨和冰松兩個弱質女流的意思，像怕跌了身分。

聽雨咬唇摟著冰松靠著馬車坐在地上，眼中含淚望著蔣嫵。

而只這一會兒時間，地上又多了四具黑衣人的屍首。

他們都是訓練有素的高手，以小組配合執行任務從不曾失手，今日卻被一弱質女流連斃了六人。

這些漢子更加留神仔細，以六人為一小組配合，改變了戰略，似不想立即取蔣嫵性命，只是在與她磨。

她再厲害，只有一人，且體力有限。而他們還有二十四人，三組輪番，早晚將她磨死！

敵方懂，蔣嫵更懂。

若是沒有受傷之前，她的體力會更好，奈何上次那兩箭的傷讓她元氣大傷。此刻她雖如獵豹般敏銳迅捷，卻知自己不可能殺光面前所有人。

蔣嫵在等。她相信霍十九若已逃脫，定然會派人前來營救。

但是一刻鐘過去，沒有人來……

心中的期望與失落都漸漸歸於平靜。空氣中的血腥味似在提醒著她，她是孤兒，她是特工，她手中沾滿鮮血，她不配，她不配……

罷了，罷了。到此刻，蔣嫵已心如明鏡，亦如止水。既然自己心甘情願，何苦怪罪旁人？

手起刀落，又斬一人。

頭顱高高飛起，屍身倒下時，鮮血噴湧而出，濺在蔣嫵臉上。她猛然回頭，步搖擺出一道金光。

蔣嫵反手橫刀在身前，煞氣凜然，縱聲長笑。那笑聲中有滿腔豪情與灑脫，令人動容。

漢子們不禁在想，一個女子尚且如此，若大燕人人如此，金國哪裡還有可乘之機？

「捉活的！」小鬍子高喝。

誰知話音方落，蔣嫵已反手一刀砍倒兩人，又於旋身之間砍傷四人。

包圍圈一瞬凌亂，藍影一瞬掠於馬車旁。

那始終觀戰的侍衛不待反應，蔣嫵手中的鋼刀已架在他脖頸上，低柔溫和的聲音含笑，以金語道：「讓他們閃開，不准傷害我的婢女。」

城郊一處破落民宅中一片漆黑，霍十九渾身緊繃，肌肉虬結，用足了力氣卻不能動彈分毫，他已雙目充血，聲音嘶啞。「墨染，放開我，快救嫵兒！遲了就來不及了！」

曹玉站在霍十九面前三步遠，沈重又痛惜地道：「爺，您別急了。」

「曹玉！你這混蛋！來人、來人！」

可無論霍十九如何叫嚷，這裡又不是霍府，他面前只有曹玉一人，又有何辦法？

曹玉認真地望著霍十九，道：「爺，你最好希望夫人回不來。她就算生還回來，我也會殺了她。」

「她是我的妻！」

「她是刺客！她在你身旁圖謀不軌，這把匕首，」說著從靴子裡拔出蔣嫵在英國公府擲向英國公的那把匕首。「我去打探過，鐵匠鋪子我都找到了！的確是她畫了圖紙去打造的，否則這樣稀奇的匕首哪裡會有？爺，你醒醒吧！她是清流派來暗殺你的刺客！」

「她若要殺我，機會多得是，何至於等到今日還要陪我出門？你怎知鐵匠不是被人收買！」

「這才是她的心機！若非是我注意到這把匕首，她哪裡會有破綻！」曹玉見霍十九被點著穴道，卻竭力想要動彈，急得滿額汗水的模樣，單膝跪地決然道：「爺，我必要保護你周全，一個女刺客，你留不得。今日她若殞身，尚且可以幻想她是無辜，爺好歹沒有被欺騙了感情。若她回來，我會如方才說的那般，絕不會饒了她性命！」

霍十九額上青筋暴起，目眥盡裂，依舊在奮力掙脫，想要衝開穴道。

曹玉卻抬手為他解了穴。

「你！」

「爺，現在就算回去，她也已死定了。」

霍十九不理會曹玉，大步奔了出去。曹玉緊隨其後。

事發的巷中只餘一輛空蕩蕩的馬車和車夫身首異處的屍首，以及滿地血污而已，哪裡還有人？

空氣中有濃稠到化不開的血腥味，烏雲遮蔽月光，須臾間，暴雨傾盆。

雨水沖刷著青石磚上的鮮血，夜色由幽藍轉為漆黑。

霍十九望著空曠的巷子，只說了句。「搜，活要見人，死……要見屍。」

曹玉抿唇拱手。「是。」

傾盆大雨之下，寂靜荒原只聽得到沙沙雨聲，天光暗沈，氣氛格外詭異。

第十九章　文達佳琿

城北郊一座破廟外，林立的二十餘名漢子面色凝重，將破廟團團圍住。

「小鬍子」焦急不已，顧不得身上被雨水浸透，想要伸脖看清破廟中的景象，卻只能看到破敗了半邊格扇的大門內，地面上被篝火橙色光暈拉長的人影晃動。

「告訴你的人，可不要輕舉妄動。」

蔣嫵端著個缺了口子的破陶碗，朝角落裡衣衫襤褸、蓬頭垢面的乞丐微笑道謝，隨即對面色鐵青的魁偉漢子道：「我知你武藝高強，你若想試試是你跑得快還是我的刀快，就儘管試。」

說著她一口氣喝了半碗溫水，再以下巴示意那漢子。「怎麼，不是侍衛嗎？怎這麼沒眼力，你平日裡怎麼伺候你主子的？倒水。」

漢子抿唇，執意不肯動作了。「要殺便殺，何苦折辱我！」說的是金語。

蔣嫵便回以金語，聲音溫柔含笑。「瞧你這般氣節，應當不僅是個侍衛吧。」說著話，捧著破陶碗，笑吟吟打量他。

那漢子年約三旬，身高八尺有餘，猿臂蜂腰，坐姿筆挺，皮膚黝黑，容貌算不得英俊，只是尋常而已，但濃眉深目、眼銳如刃、神色狷傲豪邁，即便如今因打不過一個小姑娘逃不了、走不掉而覺得窩囊，神色中的睥睨之勢仍舊不減。

蔣嫵笑意更深。「你這樣的，也出來冒充侍衛，可不要砸侍衛的招牌了。」

漢子臉色已黑如鍋底，以金語道：「姑娘，我佩服妳的勇氣與膽量，可外頭有二十餘名我們的勇士，方才妳也已領略過他們的功夫，妳就不怕他們攻進來？」

「怕啊！所以我會先拉著你墊背。有你這樣的英雄人物陪我共赴黃泉，也算人生一大幸事，當浮一大白！可惜這兒沒有酒。」

蔣嫵豪邁地仰頭將破碗中的溫水一飲而盡，隨即隨手摘了頭上的金步搖，尖銳的一端足可做飛鏢使用。

因打鬥已鬆散的髮髻如瀑披散在身後，她嬌顏上還有點點血污，水藍褙子上也都是暗紅「梅花」，可篝火搖曳的光影中，這樣狼狽的嬌柔女子，卻有一股出鞘寶刀般的凜冽鋒芒。她的劍眉下星目中無畏無懼的灑脫和隨時會如獵豹一般撲身而上的敏銳，讓漢子內心不禁折服，就生出一些好奇來。

「在下達鷹，姑娘尊姓大名？」

蔣嫵挑眉，並不回答，而是道：「達鷹？你們金語說來應該是文達佳琿。你是皇族中人？」

金國國姓文達。文達佳琿才剛因欣賞美人而好些的心情立即跌落谷底，臉色更黑了。

「只是妳自己在推斷而已。」

「我剛就在想，金國既然主張和談，這會兒卻突然冒出一夥金國人明目張膽地刺殺主張和談的大燕官員，這人必然是極不希望和談成功的。」

蔣嫵慢條斯理地道：「金國中誰不希望和談成功呢？皇長子智勇雙全，手握兵權，然久不在都城，恐怕不如皇次子與三子那般得百官呼聲高吧。如今老皇帝既病危，善於謀算的皇次子定然博得百官讚譽，應當是呼聲最高的。皇長子一旦回了都城，唯一可以與之抗衡的兵權怕都要交出去了。此時，對於皇長子來說，和平才是一大忌諱，所以我想，來和談的人當是皇次子或者三子的人，而你則該是皇長子手下的得力幹將。」

說到此處，不顧文達佳琿面上的異樣，蔣嫵已笑道：「想不到你會自報家門。大皇子，幸會。」她拱手。「我姓蔣。」

「你們大燕女子難道沒有名字？只有個姓氏？未免也太粗鄙了！」

「你們金國男子不也都魯莽有餘、智慧不足嗎？不怎麼樣就先自個兒交代了身分。」

「妳！」文達佳琿瞪目如銅鈴。

蔣嫵依舊笑顏如花。「罷了，佳琿，天快亮了，我夫君這會兒定然在吩咐手下全城搜索我的下落，他那個人，不見到我的屍首是不會甘休的。你此番前來，當也是秘密而來吧？畢竟阻止兩國和談，為了你個人利益觸犯國家利益，一旦昭然於天下，你可要成了千古罪人。你的兩個弟弟又都各有擁護者，只要在你父皇跟前加減一些言語，你當如何？屆時你不但沒了兵權，連長年征戰的軍功怕也要被罪行抵消了。」

文達佳琿聞言，凝眸望著蔣嫵，半晌方道：「妳既分析得如此清楚，且此刻能隨時逃走，為何不逃？妳到底要什麼？」

蔣嫵認真地道：「我與你僵持這樣久，自然是有條件要談。第一，我要我的兩個婢女平安無事。」

「好。」文達佳琿毫不猶豫地回答。

「第二，我要你們歸還錦州與寧遠。」

文達佳琿霍然起身。「蔣姑娘，妳不要太過分！妳憑什麼認為我會答允？」

「嘖嘖，大皇子也不必裝模作樣地憤怒。你這次來刺殺我夫君，為的就是讓大燕國與你們金國挑起戰爭，有戰爭，你就不用交兵權，還能賺聲望。可是你一定也有第二個計劃，一旦不成功，你會幫助大燕謀取最大利益吧？」

蔣嫵也站起身，她身量嬌小，站在文達佳琿跟前，只到他胸口高，氣勢卻絲毫不輸給他，眼觀六路，盯準他可以逃脫的所有路線，彷彿只要他動，她手中的金步搖就會化作飛鏢去取他性命。

文達佳琿面色凝重，內心驚濤駭浪。

蔣嫵又道：「主張簽訂和平條約的，定然不會是你。而一旦和平條約談成，使得金國損失慘重，那麼主張此法的人就會受人詬病，聲望大減。這對你來說，只有利，沒有弊。我夫君足智多謀，你殺他一次不成，下一次就更沒機會了。你現在還不採取第二計劃，難道想跟我一同赴黃泉去？」

文達佳琿沈默不語。

蔣嫵只當他同意了，道：「第三個條件，我不想暴露我會功夫。」

文達佳琿深深凝望蔣嫵，低沈聲音中滿是壓抑的怒氣。「妳憑什麼認為我會照做！」

「不照做，你就死好了，你可以試試。」

文達佳琿沈默，好似真的在掂量是否能夠在與蔣嫵交手的情況下取得勝算，最後終究覺得賭上性命不划算。

「好，我答應妳。」

「甚好。」蔣嫵笑。「既然如此，就帶我去驛館吧。」

文達佳琿略一想就明白了她的意思。「妳就不怕我反悔，將妳會功夫的事說出去？」

「你是那種不守承諾的人？」蔣嫵依舊在笑。「隨你，我曝光了，不過就是曝光而已，身為女子會功夫其實也沒什麼大不了，但是你私自前來如果曝光，你父皇也饒不了你，你就成了金國的罪人，你喜歡，大可以說出去。」

文達佳琿注視蔣嫵半晌，突然朗聲大笑，低沈渾厚的聲音中帶著無限愉快。「好，我達鷹十三歲奪大金金牌勇士之名，十五歲叱吒戰場無人能敵，鎮守錦州、寧遠至今，沒讓你們大燕名將擊敗，卻栽在妳一個姑娘家手上。我如今三十三歲，竟是頭回吃癟，雖不甘，但心服口服。蔣姑娘，敢問妳芳齡芳名，達鷹是真心想與妳結交。」

蔣嫵被他那爽朗笑聲感染，也激發滿腔豪情，灑脫地道：「我姓蔣名嫵，你大了我十七歲。」

「蔣嫵，蔣嫵……」文達佳琿一面唸她的名字，漆黑眸中似點燃一簇火苗，瞬間轉為深沈。「好，我記得妳了。」

二人離開破廟，雨中淋著的漢子們見文達佳琿安然無恙，內心都是一鬆。

「小鬍子」上前行禮，卻不敢問候。

外面暴雨傾盆，寂靜野地裡只聽得到磅礴雨聲。站在破廟的廊簷下，漆黑荒野似都被渲染上一層濃重的墨氣，空氣中是泥土與草木特有的芬芳。

風吹雨斜入廊下，打濕了蔣嫵和文達佳琿的衣裳。

文達佳琿似感覺不到雨淋，負手環視一周，見他帶來的勇士們個個腰桿筆直地立在雨中，人人面上都有凝重煞氣，似只要一聲令下就會化身虎狼撲上，將他身邊的女子撕咬粉碎一般，他心下滿意，沈聲道：「回驛館。」

「爺！」「小鬍子」猶豫著道：「她是霍夫人，咱們也要帶回去嗎？」

言下之意是問是否要現在誅殺，以除後患。

文達佳琿道：「她是蔣姑娘，是我的朋友。你組織一下就啟程吧，我們先走。」

「可是……」這女子是個殺人不眨眼的惡魔，若是要對大皇子不利該如何是好？

文達佳琿了然，也不解釋，堅決地道：「啟程。」

軍令如山，「小鬍子」不敢怠慢，忙行禮應是。

回身吩咐眾人分作幾路，按不同路線和時間回驛館去，囑咐切記不能被人發現，又親自帶了一組六人跟隨文達佳琿。

蔣嫵自然跟文達佳琿一組，她知道那些人的顧慮。不過目的已經達成，這會兒留著文達佳琿比殺了他更有用處，她哪裡會對他不利？他們著實是多慮了。

蔣嫵常常半夜裡出來「練腳程」，最是知道城中巡夜的守軍如何換班，雖今日有穿了便服的一大群錦衣衛沿途搜查，可他們在暗處，要想不著痕跡地避開也不是難事。不多時就到了驛館的高牆之外。

雨水淋濕了眾人的衣裳，濕透的衣物黏貼在身，顯現出漢子們結實的身形，也勾勒出女子的凹凸玲瓏。

文達佳琿略有氣喘，看向額髮濕黏的蔣嫵，驚愕地發現她也只是略微喘了幾下就面色如常，他的爭勝之心，哪裡能允許自己與個才十六歲的女子在體力上並駕齊驅？不免生出為難的意思，低聲以金語道：「蔣嫵，妳自個兒翻牆進去，男女授受不親，我們可幫不了妳。」

說著回身吩咐那六人，以三人為一組登牆，先去查探裡頭是否安全。

三名漢子領命後退，一同飛速奔向牆壁，其中一人做了臺基，另兩人借力翻身蹲在有尋常牆壁一倍高的牆頭，確定無人後，朝著下面的文達佳琿比了個手勢。

文達佳琿挑釁地望著蔣嫵。

蔣嫵覺得好笑。誰說男人三十歲就成熟了？文達佳琿這會兒就像個鬥勇好勝的孩子，急於找回方才丟掉的面子呢。

「好，我自己來。」

話音方落，蔣嫵已退後幾步，隨即飛速直衝向高牆，臨近時縱身一躍，就已竄出一半牆高，四肢如貓科動物急速行走一般在牆上借力，又竄上一截，雙手扣住了牆沿，身子懸掛在半空中，腰身一擰，被雨水打濕的長髮在空中甩出一道晶瑩的黑瀑，人已蹲在牆頭。

比之方才篝火旁以水代酒那等豪邁，此刻的她曲線畢現，面色瑩潤、嫣唇紅豔、烏黑髮絲貼在臉頰和前胸，唇畔掛著挑釁的笑容俯視文達佳琿，又是別樣韻味。

文達佳琿心頭一熱，也學蔣嫵方才之法，不借外人力量上了牆頭，隨即幾人看準巡邏兵士換班的時機，輕巧躍下，猶如極致黑夜中出沒的貓，很快就到了文達佳琿所居的偏院，躲避著人到了一間廂房。

「小鬍子」吩咐隨行六人下去，立即去拿了錦帕來伺候文達佳琿擦臉。

文達佳琿卻將錦帕先給了蔣嫵。

蔣嫵大方接過，抹了把臉上的雨水，問：「我的婢女呢？」

「他們自然會想法子將人安全帶回，妳放心，我們金國人一諾千金，不像大燕那些文臣那樣出爾反爾的。既然答應妳讓她們安然無恙，她們就一定安然無恙。」

蔣嫵不願與人爭論一些無所謂的事，只要能達到目的就好，轉而道：「我餓了，還有，我要一身乾淨衣裳。」

文達佳琿輕笑，朝著「小鬍子」揮揮手。

「小鬍子」雖然詫異文達佳琿的態度，但也不敢怠慢，忙行禮下去，不多時就取來兩套衣裳和一碟點心，一壺熱茶。

衣裳是男裝，典型的金國服飾，交領盤扣的長褂子和腰帶。

蔣嫵拿起其中一件墨綠色的轉入屏風，道：「你也去更衣吧。」

文達佳琿卻不走，欣賞著屏風上美人寬衣的玲瓏身影，一面解衣裳一面道：「左右有屏風隔著，妳瞧不見我，我不擔心。」

蔣嫵挑眉，解開腰帶的動作一頓。

隨即文達佳琿就只看到一道金光從屏風裡射出，放在牆角高几上的蠟燭已經滅了，金步搖尖銳的一端插在牆上，步搖上的流蘇還在晃動。

沒有了燭光，屏風另一側文達佳琿看不清了，他先是一陣緊張。若方才那一下是射向他，他自認是躲不開的。可是轉念一想，她那樣聰慧的女子，最善於審時度勢，現在殺了他對她沒有絲毫好處，她斷然不可能動手的。

莞爾一笑，快速換上了寶藍色的褂子，繫上腰帶。自己都未發覺這一會兒的笑容比往日十天加起來還要多。

「小鬍子」拿來的衣服興許是文達佳琿的。一件上褂蔣嫵穿上就已到了膝蓋，又肥又大，若是不穿正，肩膀都要從領口露出來。褲子也不合身，她索性沒脫自己的綾衣，只穿了外衫，潮濕的綾衣貼在身上有些涼，但好歹也比整個都濕透好得多。

蔣嫵一面用帕子絞著頭髮上的水，一面甩著寬大衣裳走了出來。

見她掩藏在衣裳裡嬌小的身段，文達佳琿失笑，她這樣，就像偷穿大人衣裳的孩子，哪裡還有方才的豪邁與狠辣？

蔣嫵不以為意，擦了頭髮就坐在八仙桌旁，自己倒茶吃點心，悠閒地道：「你這會兒也該吩咐你的人去與你們金國的使臣吩咐了，我相信你有這個本事，否則方才也不會答應下我說的三件事。我累了，要先睡了。」

文達佳琿挑眉。「妳似乎一點都不懼怕也不尊敬我的身分？」

蔣嫵詫異道：「我為何要懼怕你，又何曾不尊重你？你是因為我對你與你們國家的人，和你的手下對你的態度不同才出此言？可對你行禮，也未必是真心尊敬你。況且你的好又不分給我一份，我為何要趨炎附勢地巴結你？至於懼怕，對於已經黏在蜘蛛網上的蟲子，蜘蛛為何要怕？」

這比方打的……文達佳琿覺得自己又被她侮辱了。今日才初相見，她便已侮辱他多次。技藝上沒贏她，鬥嘴皮子也不及她，還被她脅迫答應了三件事，連大金奪來五十年的錦州和寧遠都要還回去。雖然他也達成了自己的目的，可到底還是覺得虧得慌。

蔣嫵吃了點心，又吃茶，隨即掩口打了個呵欠。

文達佳琿看她那隨意灑脫的樣子，覺得自己再留一會兒，人家不怎麼樣，自己先要被氣得吐出幾口老血。

「妳歇著吧。」

蔣嫵又掩口打呵欠，無所謂地朝他擺擺手，像趕蒼蠅……

文達佳琿黑著臉出了門，「砰」地關上廂房門。向前氣沖沖走了幾步，突然停下，覺得自己好笑。他都三十三歲的人了，與一個十六歲的小姑娘鬥氣，她也不過比他的長子大了五歲而已，可真是越活越回去了。

回頭，望著映在窗紗上女子的身影。文達佳琿這才發現，他是這會兒才意識到他面對的一直是個小姑娘。

敵對時被她的狠絕和出神入化的身手震撼，被綁時被她的智慧折服，方才又被她的「飛鏢」嚇了，還被氣了一下。他今天的經歷還真夠豐富。

屋內人影晃動，才點亮不久的蠟燭被吹熄，又一次看不到她的影子。文達佳琿這才發現自己竟傻站了許久，懊惱地快步離開了。

蔣嫵盤膝坐在臨窗的暖炕上，聽不到文達佳琿的氣息才鬆懈下來。靠著引枕，全無睡意。

眼前浮現出的，是方才巷中曹玉帶走霍十九時他回頭焦急與她對視時的眼神。

她感覺得出，他是關切她的。可他為什麼不來救她……是曹玉說服了他，他相信她是刺客後，就決定讓她死在金國人的刀下嗎？

蔣嫵嘲諷地笑，那樣的話，他還真會省事，連自己都不必出手。虧她執意要來，還挨了父親一個耳光。

回想成婚到如今的日子，蔣嫵用理智來分析，只能給自己一句「感情用事」的評價。明知道他對她的好一直都是有目的，明知道早晚她都要夾在中間左右為難，可她的心意終究是慢慢偏向他。

其實，她可以控制得住自己，也知道理智的做法是什麼，只是她今生不想再約束自己的感情。

「哎……」蔣嫵無奈地嘆氣。

此刻，她只有無奈，沒有怨恨，她的選擇是自己作的，又沒人逼迫，何苦怨怪他人？

蔣嫵胡思亂想，一直呆坐，根本毫無睡意，到天色漸漸泛起魚肚白時，雨勢轉小，從敞開的格扇能看到驛館的院中已積了許多水。

霍十九官服濕透，頭髮凌亂，臉色青白地靠在馬車旁，曹玉也陪他一同淋著，淺灰色直裰已變成深灰。

短短兩個時辰，霍十九已是第四次回到事發地點。車夫的屍首已被清理，地上的血污也已被沖刷乾淨，甚至血腥味都已散去，巷子就如往常的清晨一樣寂靜。

如果她難逃一死，好歹也會留下個屍首，何況她身旁還跟著聽雨和冰松，若因為她是要緊人物殺不得，那聽雨和冰松也應會如車夫一般被棄屍於此。如今沒見冰松與聽雨的屍首，就說明她們或許還活著。

只是，她們三個女子，被金國人帶走，會發生什麼……

「爺，地上那些血跡看來，對方必定死傷不少，如此一來就證明我的猜測是對的。她就是行刺你的刺客。」

「她是我的妻子。」霍十九緩緩回頭看向曹玉，臉色難看。

曹玉見狀氣悶。「爺，你這樣不成，還是先回去換身衣裳喝碗薑湯。」

這一次，霍十九乾脆沒有回答，而是吩咐身旁的手下。「繼續找，但切記要保密。還有，郊外也要去，看看有沒有掩埋屍體的痕跡。」

「是。」眾人領命退下。

曹玉見霍十九還在為蔣嫵考慮，擔心張揚開她被人劫走的消息，往後會讓她受人詬病，不免越發慜氣。「爺，你還打算要她？」

「墨染。」霍十九回過頭來，道：「不論生死，也不論她目的為何，我既然認她為我妻子，她就一生是我的妻子。你說她是刺客，或許是吧，可那又怎樣？我心悅她的同時也在利用她，難道我就是完全付出的嗎？我既做不到，如何能要求她做到？我如今只希望她沒事。不是因為她還沒物盡其用，只因為我是她的丈夫，而危險時候我自己逃了，這與她是不是刺客無關。」

一口氣說了許多，霍十九越發覺得疲憊，靠著馬車揉著眉心道：「她的事，她若坦誠對我，我自然會瞭解清楚。她若不說，我也依舊對她如常。終歸是我無能，我若武藝高強，何至於會讓她置於險地。」

「爺！你就是太心軟了！」曹玉就算氣急了也是細聲細氣。「當年苗姨娘那樣背叛你，淪為娼妓都是活該，你卻發善心將她買回來。如今蔣氏明明對你不懷好意，你還真心當她是妻子！」

「人各有志。苗氏當年嫌我沒能耐，我也的確沒有展露出能耐給她看。而蔣氏與苗氏不同，苗氏更沒有資格與她比較。」霍十九望著曹玉，平靜地道：「因為蔣氏在我心中，苗氏不在。」

「你會被你的感情用事害死！」

「死？我何曾怕過……我只怕，答應了兄弟的事做不到。」霍十九緩緩走向雨中，即便被淋得滿身狼狽，依舊是那樣矜貴冷淡。

曹玉長嘆一聲，無奈跟上，生怕他再遇刺殺。

誰知二人牽馬剛走了沒幾步，就見前頭一人騎著高頭大馬飛奔而來，馬上的人竟是小皇帝身旁的內侍小魏子。

「霍大人，可找到您啦！」小魏子翻身下馬，給霍十九行禮。「皇上吩咐奴才來告訴您一聲，您的夫人此時在金國使臣的驛館呢。」

不等霍十九追問，小魏子就解釋道：「今兒一大早金國人就來別院見皇上，說是昨兒晚上有人冒充金人截殺大人，大人平安離開後，刺客卻要殺死夫人。是金國的使臣發現異樣，命手下與那些冒充的金人一番惡鬥，殺了對方八個，並將夫人和夫人身邊的婢女給救回驛館去了。皇上說，讓您趕緊去驛館將夫人接回去吧，別再焦急尋找了。大人您急成這樣子，皇上看著心疼喲！」

一番話說完，小魏子行禮，牽馬道：「皇上已與金國人說了，待會兒您就去接回夫人，奴才這會兒還要回去給皇上覆命，奴才告退。」

「有勞公公。」

「不敢，不敢。」小魏子翻身上馬，揚鞭而去。

霍十九面上的無奈、焦急和憔悴都已消失，化作往常的平靜無波，只一雙眼尾上揚的秀麗眼中含著歡喜。

曹玉卻是驚愕地目瞪口呆。她被金國人救了，她……不是刺客？

「走吧，去驛館。」霍十九也不與曹玉多言，更不質問指責，牽過棗紅馬翻身躍上。

曹玉回過神，忙跟上，不多時就到了驛館。

驛館門前，金國使臣查木罕正翹首以盼，見了霍十九，客氣至極地行禮道：「霍大人，您的夫人此刻正在裡邊呢。」

「有勞查大人。」霍十九將馬交給小廝，就與曹玉一同跟著查木罕到了前廳。

查木罕吩咐道：「去請霍夫人出來。再去將霍夫人的兩位婢女抬出來。」

「是。」

下人領命而去，不多時，就有人先將昏迷的冰松和發著高熱、臉色潮紅的聽雨抬了出來。

霍十九看了看兩人，沒說話。

查木罕道：「我們的人趕到時，兩婢女已有一人昏倒，另一個正在抵死頑抗，忠心護主著實可敬。」

「嗯。」霍十九點頭。

「大人，霍夫人到。」

小廝將珠簾一挑，一道墨綠色人影走了出來。

蔣嫵嬌小的身子被掩在寬大的墨綠色男褂裡，像是孩子偷穿了大人的衣裳。鴉青長髮潮濕凌亂地披散在腦後，小臉煞白，眼中還有懼意，卻倔強地擰著劍眉，即便狼狽，也依舊是霍夫人溫婉端莊的模樣。

一見霍十九，她先是停下腳步站在原地。

霍十九一瞬間心如刀絞。昨晚到底發生了什麼……

蔣嫵見他衣袍滴水，臉色蒼白，眼中難掩心疼和沈痛，心裡好受了許多。看來他對她並非全然不顧。

「阿英。」她走向他。

霍十九拉過她的手，向查木罕道謝，又吩咐曹玉待會兒帶人來接冰松和聽雨。

兩廂客氣了半晌，霍十九拒絕了查木罕要提供的乾淨衣裳，就執意要帶著她離開。

到了廊下，他還是要了一把傘。怕她濕了鞋襪，索性抱起她，讓她撐傘遮住二人，一路走向驛館外。

蔣嫵靠在他潮濕的肩頭，內心百感交集，雖只幾個時辰而已，卻彷彿歷經了滄桑。

灰色的天空，紅牆碧瓦之下，霍十九和曹玉的高眺身影漸漸消失在雨幕中，就彷彿畫中人走回了畫裡。

隱在角落中的文達佳琿緩步走出陰影，如刃鋒利的眼一直望著他們離開的方向，漸漸凝聚狩獵般的興奮光芒，唇角揚了起來。

第二十章 陪君一醉

蔣嫵與霍十九回到霍府門前時，雨已經停了。

因為昨日整晚二人都沒回來，霍大栓和趙氏擔憂不已，正站在門廊下翹首以盼，隱約之中都覺其中有事。

這會兒見霍十九騎著棗紅馬，身前摟著蔣嫵，蔣嫵又是這副打扮，兩人都是一副狼狽的模樣，不禁心頭一跳。

趙氏三步併作兩步奔上前。「阿英，嫵兒這是怎麼了？」

蔣嫵一夜沒睡，到了他懷中就不自禁睏了，聽見趙氏的聲音，一個激靈清醒過來，忙坐正身子笑道：「娘，我沒事。」聲音有些沙啞。

霍十九翻身下馬，又將蔣嫵抱下來，笑道：「娘，沒事。」

霍大栓濃眉緊皺著，道：「回來就好。你們趕緊去換身衣裳，泡泡熱湯，不要染了風寒。嫵丫頭身子弱，要是凍壞了她，可仔細你的皮！」

趙氏就拉著蔣嫵的手走在前頭。霍大栓則與霍十九跟在後頭。

老兩口看到蔣嫵身上穿著男裝，還那般狼狽，但都沒有多問。

一路回到內宅，霍十九便讓曹玉先去沐浴更衣，拜別父母，拉著蔣嫵的手回了瀟藝院，吩咐婢子去預備熱湯沐浴。

蔣嫵一回臥房，就先去翻出二人乾淨的中衣，為霍十九解開帶扣，體貼地服侍他寬衣，道：「先更衣吧，不要感冒了。」

霍十九垂眸望著眼前人，感覺她在自己身上「作亂」的觸摸，任由她動作。外袍、中衣長褲、綢褲件件落下，隨後她又取了錦帕來給他擦身，他那樣站在她跟前，她卻目不斜視，也無羞澀，再也沒有從前動輒嬌羞又驕傲的模樣，而是關切又從容。

這才是真正的她嗎？

蔣嫵推他上榻，拿了床被子裹著一絲不掛的他，又給他擦頭髮。手腳麻利，動作輕柔，讓霍十九覺得自己像個被母親關心的孩子。

他不禁心頭一熱，不論她是誰，她也是他明媒正娶來的妻子啊。

「嫵兒，當時墨染帶我走後，將我帶到一處偏僻民宅，點了我的穴道。他說妳是刺傷我的刺客……」霍十九語氣平緩地陳述著方才事情的經過。

其間蔣嫵將他頭髮擦得半乾，又脫去了外衣，背對他除去身上半濕的中衣和褻衣，拿了乾淨中衣披在身上，隨即鑽進了他的被窩。

霍十九說完時，她正好鑽進他懷裡，坐在他腿上，雙手圈著他的腰，靠著他的肩頭。

「我知道了。」蔣嫵低柔聲音只是這樣說。

並沒有反駁他說「她是刺客」的說法，霍十九的心收緊。

蔣嫵的手緩緩向上，移到霍十九胸口被她刺傷的傷處，那裡已經是一個淺淡的疤痕，指尖打著旋，疲憊地道：「此番你與金國和談，一定不要客氣，能多開條件就多開條件，他們必會答應的。」

霍十九想不到她會突然說起這個，又怕她掉下床榻，忙圈著她的肩和纖腰，感覺到她身上的冰冷，便下意識地為她搓熱。

蔣嫵繼續道：「這次金國簽訂和平條約是他們二皇子與三皇子提出的。我已與他們皇長子談妥，要回錦州和寧遠兩地。」

霍十九是聰明人，不必蔣嫵細說，他眨眼間就已明白了她的意思！

熱血一瞬上湧，溫暖了淋一夜雨而冰冷的身體，他一把撈起懷中人，讓她與他平視。

「嫵兒，妳說什麼！」

「我說，我挾持金國皇長子，威逼他答應我歸還寧遠和錦州。其實這對手握重兵的皇長子也是一個打擊對手的機會，又可以保住他的兵權。阿英，這下你就不用擔心談崩了會丟了性命。九王千歲只叫你想法子得回錦州轄下的凌海和義縣，你卻能一下子要回所有失地，定要嚇他們一跳！」說話時有女孩子特有的俏皮，更多的卻是期待。

她沒有辯解，撫他胸上的疤痕告訴他，她脅迫了金國皇子，談成了這樣大的事……

她是在與他坦承！

霍十九的心禁不住狂跳，是喜悅，是複雜，是疑惑。

她有本事逼得皇長子與她談條件，必然功夫不弱，且當初在英國公府他也見識過刺客的身手，她這樣武藝高強的人，如果真要殺他多的是機會，為何她不動手？

還有這一次，他明白清流是巴不得他談崩丟了性命吧？她如果是為了清流做事，又為何會幫他？如果不是為了清流做事，她為何要夜探霍府與曹玉交手後水遁，又為何要去英國公府冒險？

許多思緒釐不清，懷中的溫香軟玉卻一直乖巧地依偎著他，彷彿她是凶猛的獵豹，只在他面前收起利爪，表露出溫柔可愛的一面。

霍十九的心裡暖暖的，也癢癢的，有生以來是第一次看不清一個人。

錦被被中，二人相貼的肌膚很是溫暖，他的手臂角度剛好，讓她枕得很舒服。蔣嫵累了一夜，已是昏昏欲睡。

霍十九卻是毫無睡意，只要想到被金國占領五十年、先皇幾番征戰都沒有收回的失地竟然被懷中女子成功得回，只要想到她的神秘，他就覺得既疑惑又熱血沸騰。

「嫵兒，別睡。」霍十九將她放平在榻，翻身壓上。絢紫色錦被滑落在他腰間，露出他勻稱結實的背脊。一手撐在她身側，另一手滑入她空蕩蕩的中衣，握住她胸口的豐盈。

蔣嫵張開眼，不等開口，雙唇已被他覆住。

從前，他每一次的親吻都是愛憐又珍惜，還帶著些像是怕嚇壞了年輕女孩的小心翼翼，總在計劃徐徐圖之。

今日他的吻卻比從前每一次的都要狂烈，有種劫後餘生的喜悅，又彷彿是在征服獵物。他的大手在她身上摸索，帶來一陣陣熱浪，蔣嫵的眼逐漸迷離。

他們此即拋卻所有外因，她因他的坦誠相告而拋卻芥蒂，他則因她的坦承越發看不懂她。

從前她只是一篇「美文」，如今卻變成了一本書，讓他想要翻閱，迫切地想要知道結局，又怕錯過其中最精采的部分。霍十九知道，自己對她的心意又發生了變化，不只是簡單的心悅，也不是身為夫君的責任而已。

她的柔軟包裹著他時，霍十九望著她意亂情迷的眼，心頭一熱，愈加狂熱地征服起來。

下人們早預備好了熱湯，因聽雨和冰松都不在，其他婢子不敢貿然打擾，直到裡頭吩咐要水了，才敢垂頭進去伺候。

趙氏和霍大栓原本擔憂二人，預備好了飯菜吩咐李嬤嬤去喚人，李嬤嬤回來卻對著趙氏耳語了幾句。

趙氏喜笑顏開，拉著霍大栓道：「孩子們的事回頭再問吧，咱們先吃。」

霍大栓搖頭道：「不行，還不知道是不是那兔崽子又做什麼壞事帶累了嫵丫頭呢！他要是敢欺負丫頭一丁點，老子打斷他的狗腿熬湯喝！丫頭那麼好的人，做什麼被這種禍害欺負了去……」

趙氏無奈道：「你那大嗓門子，能不能先歇歇，孩子們必然是有事，你等他們歇過再問就是了，這會兒讓他們好生休息，你急個什麼，還想不想抱孫子了。」

「我當然想啊，那個鱉孫也不趕緊……啊！」霍大栓後知後覺地一拍腦門，忙拉著趙氏。「走走走，咱們先吃飯。」

二人去了前廳，雖擔心昨夜的事，臉上卻都掛著笑。

蔣嫵當真是乏累了，睜開眼時，已是天色大暗。

雨後的空氣清新，也並非那麼炎熱難耐。她掀了被子，只腰上搭著一條薄毯，趴在霍十九肩上，沙啞地問：「什麼時辰了？」

霍十九輕笑，聲音清明。「戌時剛過。」

「喔，那要伺候爹娘晚飯呢。」

「爹娘吃過了。嫵兒，妳睡了一天一夜了，是不是累著妳了？」

蔣嫵一下子清醒了。「我睡了那麼久？」

「是啊。」霍十九的眼神落在她圓潤的香肩，剛要搭上她手臂，就被她拍開。

「和談的事進展如何了？」

霍十九將薄毯向上拉攏，遮住她如山巒起伏的魅惑身段，擁著她的肩膀，嗓音略有些沙啞。「已是八九不離十了。」

「嗯，那就好。」蔣嫵又昏昏欲睡。

霍十九瞧著不禁失笑。「怎麼又睏了？看來妳當真是累壞了。乖，先別睡，用了晚膳，活動活動再睡也不遲，再說前兒妳請人做的寢衣也送來了，今兒白日裡就到了，只不過妳睡著，婢子們就沒喚妳起來。」

蔣嫵聞言又迷糊了片刻，才擁著薄毯起身，道：「那不是寢衣。」

霍十九也起身，修長手指順著她柔順如瀑的長髮，指尖留戀在她滑膩的肌膚，最後落在她的鎖骨，那裡有他留下的紫紅痕跡，在如新雪初凝的肌膚上顯得格外誘惑。

蔣嫵被他撫得不自在，推他下榻。「你去幫我拿來。」

「好。」霍十九笑著應了，去外間拿來一個精巧的小包袱，在床榻上展開。

蔣嫵拿起最上頭一件月牙白真絲的，在拔步床上站起身，任薄毯滑落，背過身去穿好。

那是一件琵琶襟盤領無袖高開衩的旗袍。

這裡的夏天炎熱，穿得又多，蔣嫵早就讓人來量身裁衣，自己畫了圖，預備做好了就在臥房裡穿著。

輕巧地跳下地，踮足向前走了幾步，隨意抓了妝奩中一根金步搖綰起長髮，因接觸到前世熟悉的事物而雀躍地笑著。

「阿英，好看嗎？」

旗袍剪裁合身，勾勒著她婀娜身材，雪峰高聳，纖腰盈盈一握，高開衩的下襬使雪白玉腿若隱若現，與雙臂白瓷肌膚呼應，引人遐思。

這樣猶抱琵琶半遮面，當真是魅惑至極，偏她並無他想，只是女孩子得了新衣裳的歡喜，在急於得到丈夫的肯定。

霍十九覺得口乾舌燥，朝著她招手。「嫵兒，來。」

蔣嫵依言款步而來，後腦髮髻上的步搖搖曳出溫柔光暈，好似穿上旗袍後的她，將前世的英氣颯爽最大限度地融入了今生這具嬌小楚楚的身軀。

「怎麼？」

到了他跟前，剛開口，就被霍十九拉住手臂旋身按在榻上。

鬆綰的長髮散開，鋪散成優美油亮的扇形，而她的雪膚與深紫色床褥映襯著，著實奪目。

「你……」

話未出口，就已被他奪去了聲音……

時至八月，當真到了大燕京都城裡最炎熱的季節。原本該被曬得無精打采的老百姓，這一次卻熱熱鬧鬧的，不只京都城，這熱鬧波及全國上下。原因無他，大奸臣霍十九竟然爆冷門，也不知用了什麼法子，竟在與金國使臣的談判之中要回了已經被占領五十年的錦州和寧遠兩地。

雖然他的初衷是為了保護英國公，但這也是朝廷內少數人知情。外界傳言中，對霍十九此番壯舉的誇讚，險些就要沖淡他先前的罵名。更有甚者，說是他迎娶了蔣御史家的三姑娘後轉了性子，說蔣三姑娘不是什麼「河東獅」，而是有旺夫運。文人墨客有誇讚這一收復失地、恢復山河壯舉的，更有讚揚霍十九知錯能改、善莫大焉的。

蔣嫵戴著草帽拌豬食，霍大栓則指揮下人去地裡收菜，又回到食槽邊，讓蔣嫵到一邊去，自個兒拿了鐵鍬攪拌，笑逐顏開地道：「那臭小子還真有本事，我就說嘛，那傢伙從前讀書的時候是個不錯的苗子，腦袋瓜子絕對夠用，怎麼到大了就越活越回去了。這下子可好，旁人再也不能懷疑臭小子了吧。」

霍大栓對著蔣嫵笑，露出滿口白牙。「嫵丫頭果然是咱們霍家的福星，妳一進門，咱們家都好起來了。」
蔣嫵笑道：「那都虧得爹教導得好，阿英做事才爭氣。我一個女子，哪會有那麼大的作用。」
「哎，丫頭可不要謙虛，妳來了之後，臭小子每日都是有說有笑的，不會如以前一般見了面也沒幾句話，老子是他的親爹，他都還冷冷淡淡愛理不理的。以前我是懶得管他，如今他學好了，我自然得謝妳。男人家心情好，做事也順，還不多虧妳。」
二人正說著話，冰松就到了跟前，笑著道：「夫人，大人身邊的四喜回來了。」
四喜是霍十九現在的長隨。自上次的事後，曹玉就不告而別了。
「讓他進來吧。」
蔣嫵用木勺舀起拌好的豬食餵豬，方一倒入食槽，柵欄裡的肥豬就蜂擁而上，擁擠搶食，發出哼哼唧唧的聲音。
四喜不多時到了跟前，行禮道：「夫人、老太爺，大人說今日皇上留飯，不能回來用晚膳了，還有，金國那邊來了個什麼皇子，是專門負責來與咱們簽錦州和寧遠歸還條約的。皇上今日在別院設宴款待，大人讓小的問夫人，可願意同去？」
蔣嫵是不大喜歡這種衣香鬢影的場合，可是曹玉不告而別後，霍十九身邊就沒有了一個貼身保護的高手，蔣嫵到底還是不放心。
「好，你回去告訴大人，我隨後就去。」
四喜嘻嘻笑著行禮，嘴甜地道：「多謝夫人。夫人不知道，大人在外頭雖然辦正經事，可也想著夫人呢，說句大實話，夫人今兒要說不去，大人就算嘴上不說，心裡也會失落的。」

蔣嫵聞言瞪了四喜一眼。

四喜吐了下舌頭，行禮後飛奔離去。

霍大栓笑道：「丫頭也去妝扮一下，待會兒就去吧。妳看著點那小子，讓他別喝太多的酒。」

「知道了，爹。」放下木勺，蔣嫵道：「那爹娘和初六他們好生用飯。」

霍大栓擺手。「去吧、去吧。」

蔣嫵便回了臥房，吩咐傷勢已經痊癒的聽雨和冰松一同來伺候她洗漱更衣，按品大妝。

宴請金國皇子，可不是件小事，她絕對馬虎不得。何況曹玉不在，只有她跟在霍十九身邊，讓他不離開她的視線，她才放心。

寬敞的大廳鋪著光可鑑人的黑色大理石地磚，高懸的宮燈將屋內照得明亮如白晝，也將大廳正中鋪設花團錦簇的地氈和翩翩起舞的六名舞姬映襯得如仙人下凡。

小皇帝穿著明黃色九龍攢珠龍袍坐在正中，英國公與金國使臣的案桌並列在小皇帝左右，霍十九的條案則與使臣的並肩，其餘大臣帶了家眷圍著舞池而坐。

蔣嫵正紅色的身影一進門，就吸引不少人的視線。其中最灼熱的便是來自於正與霍十九低聲交談、身著寶藍錦緞朝服、身材魁偉的金國皇長子文達佳琿。

果然是他！蔣嫵就猜想金國二皇子也會想法子將文達佳琿遣來簽訂「喪權辱國」條約以扳回一局。

她跟隨在小魏子身後，目不斜視地繞了前廳一大圈，來到皇帝身旁行了禮。

小皇帝瞧著明豔動人的蔣嫵，立即眉開眼笑地道：「大皇子沒見過吧？她就是朕的英大嫂。喔，就是霍指揮使的夫人。」

蔣嫵聞言回身，與和霍十九並肩而坐的文達佳琿頷首示意，隨後坐在霍十九身後新添的條案旁。

文達佳琿笑道：「霍大人和夫人倒是郎才女貌。」

「大皇子過獎了。」霍十九語氣平淡。

英國公便又岔開話題，與文達佳琿請教一些金國的風土人情。

文達佳琿與英國公談笑風生，可眼角餘光總是不經意瞥向身後的蔣嫵。

蔣嫵手執琉璃盞，小口啜飲葡萄酒，身旁有一身著金國款式寶藍華服、花信年華的美婦人好奇地在打量她。

男人們看著歌舞，話題便在不經意間轉移到和談條約的簽訂方案上。

文達佳琿似飲了不少的酒，說起話來嗓門拔高，情緒也難控制地憤怒，拍桌子罵道：「他媽的，這樣窩囊的條約就派我來簽，老子心裡不痛快，簽訂條約的事就往後推推吧！」

如今和談的條件已經談成，就差最後一道儀式而已，大燕國還在緊鑼密鼓地準備著儀式，來慶祝這五十年來難得一遇的盛況，誰料想金國皇子卻以一句「不痛快」來敷衍。

英國公聞言笑著端起酒盞啜飲。

小皇帝臉色鐵青，剛要開口，霍十九卻先道：「大皇子所言甚是，畢竟失敗也不是人人都有雅量包容的。我國景色優美，不如大皇子就暫且在此處歇歇腳，休養幾日，待到爽利些了再商議不遲。」

「到底是霍大人懂得體貼人。」文達佳琿笑著湊近霍十九，以眾人都聽得到的聲音道：「不如這樣，你選個美人兒來陪我吃酒，我舒坦了心情自然就好。」

眾人聞言，各自露出鄙夷神色。想不到傳言中英勇善戰智勇雙全的金國皇長子，也不過是個酒色之徒罷了。

「這有何難？」霍十九一指舞池中的舞姬。「大皇子盡可享用。」

「她們不成，都是些庸脂俗粉。」文達佳琿傲慢地道：「她們豈配陪我吃酒？」頭也不回，手指霍十九身後的蔣嫵。「我要她陪。」

絲竹聲還在繼續，六名舞姬的舞蹈依舊如白鶴對舞一般輕盈美妙，只是廳中眾臣及家眷霎時安靜，都看向首位。

文達佳琿面帶笑容等著霍十九的回答，神色倨傲，恍若從未將一個大燕國的三品官放在眼裡，即便他是本次和談的關鍵人物。

霍十九與蔣嫵的表情卻是如出一轍，都十分平靜，不見旁人預想或者期待的怒容。

小皇帝陰沈著臉，也沒有說話。

英國公更是吃著酒菜看著歌舞，就如沒聽見方才他們的對話。

「霍大人，如何？」文達佳琿笑望著霍十九，如刃眼鋒又一次不經意地掃過蔣嫵。

霍十九輕笑道：「內子不善飲酒。不如我來陪大皇子吃幾盅。」

文達佳琿哼了一聲，調笑道：「霍大人雖生得好容貌，可我卻不好男色，怎麼，難不成大燕要回錦州和寧遠的決心就這麼一點兒，連個小小女子都吝嗇？若不然，我還是回去好生與父皇商議商議，此事從長計議即可。」

「你！」小皇帝怒急，就要起身。話出口時，卻看到霍十九的神色沈靜，依舊一動不動。他抿了抿唇，又坐回原位，剩餘的話嚥了下去。

場面一時間僵凝住了。眾臣雖恨文達佳琿的無禮，卻也焦急，若只賠上一個女子就能得回失地，莫說只是陪著吃酒，就是陪著睡一夜也使得啊。

霍十九眉頭微蹙，看似平靜，內心卻已千迴百轉，這一刻，他只想拉著蔣嫵的手，帶她離開這是非地。怪不得金國人要求晚宴，還要求朝臣攜家眷一同前來，原來他是早有打算！

強壓怒氣，霍十九剛要開口，蔣嫵卻先一步站起身來。

「不就是喝酒嗎？也無不可。」蔣嫵起身，端著琉璃杯緩步走向文達佳琿。

霍十九一愣，與眾人一樣回頭看向蔣嫵，一見之下，眼神就都不自禁地追隨她那紅色的身影，很難再移開眼。

因為她此時的氣勢，是時下女子裡少有的銳利，若出鞘的寶刀，鋒利又奪目。

蔣嫵揮手叫來小魏子，在他耳邊低語了幾句。隨即站在文達佳琿面前三步遠，笑道：

「素聞金國皇長子允文允武，智勇雙全，乃是當世無雙的豪傑。妾今日有幸，能敬您一杯，不過小女子酒量豈能與您相較？妾平日在家中與夫婿對飲，是我一杯，他三杯。他乃文生，自然不比皇長子武藝高強又海量，今日必當是我一罈，您三罈，如此方能現您豪情，也顯現金國漢子的豪邁，更只有如此才能叫您喝得盡興，如此比例，當也不算小女子欺負了您。」

說話間，小魏子已率領宮人抬著三十斤酒共計十罈來至殿中，排放在條案前。

絲竹聲這會兒也停了，文臣武將以及在座家眷均屏氣凝神，傾身向前看向此處。

蔣嫵拿起一罈抱在懷中，隨手拍開泥封，挑釁望著文達佳琿。劍眉下朗朗星目中有著不服輸的狠勁，竟比在場大多數男子都要強悍。

文達佳琿原本驚愕她將「陪他喝酒」解釋成這樣，又好奇她當如何代替她夫婿開口，誰料想她竟如此豪邁。

鐵血漢子寧流血也不露怯，何況是在她面前？

文達佳琿也被激起滿腔豪情，朗聲大笑，連道了三聲「好」，目光灼熱，一瞬不瞬地望著蔣嫵，隨意拿起一罈酒，拍開泥封，與蔣嫵懷中的酒罈一碰。

「請。」

「請。」

蔣嫵也不猶豫，以口就罈，仰頭暢飲。

她動作時，腦後的金步搖輕擺，紅衣掩映雪肌和修長脖頸，曲線格外漂亮。

文達佳琿幾大口吃了一罈，又拍開第二罈，喝酒時目光依舊擱在她身上。如此豪氣女子，當真能激發所有男子的征服慾，遑論又是天姿國色，身懷絕技。

豪情變作爭勝之心，他吞嚥更快，心道三斤酒，足夠撂倒任何一個女子了，他且就喝三罈瞧著她醉後美態有何不可？

誰料他第二罈喝了一半，蔣嫵這廂已放下空罈，又拿起一罈，依舊拍開泥封摘下紅綢打算飲盡。

霍十九忙拉住她手臂。「嫵兒，不必吃了。」

蔣嫵水眸比平日還要明亮，閃爍著魅惑的瀲灩波光，紅唇輕啟，聲音柔軟嫵媚。「喝醉了，大不了你揹我回家嘛。」隨即揮開霍十九的手，又喝一罈。

如此，她喝了三罈。丟下第三個空罈時，酒罈掉落在地，發出清脆破碎聲。

除此之外，廳內依舊寂靜得落針可聞。

蔣嫵身形晃動，靠在霍十九肩頭，醉態難掩，嬌憨笑道：「大皇子好酒量，小女子甘拜下風。妾吃三罈，您可要喝夠九罈子才能盡興呢。」

文達佳琿一抹嘴，前襟都已被流下的酒水濕了一片，他虎目中閃爍興奮光芒，哈哈笑道：「妳說的是，我定當喝完，大不了醉上三天三夜，也不辜負了美人捨命陪君子，燕國當真是好風水，竟養出此等夠味兒的佳人來，當浮一大白！」說著又拿起一罈。

蔣嫵輕笑一聲，只覺頭暈目眩，虛軟地靠在霍十九身上，道：「大皇子一諾千金，喝得盡興了，可不要忘了正事。妾可是醉了，您若出爾反爾，下次妾只能醉死了。」

「皇上，臣先帶內子回去了。」霍十九抱起蔣嫵。

小皇帝早已看得目瞪口呆、心悅誠服，心中對這位「河東獅」豪邁的做法只有讚嘆，連連點頭道：「好好，朕回頭派人去探望英大嫂。」

霍十九道：「謝皇上。」說完，就下了丹墀，在眾臣以及家眷各色的注目下，快步走向廳外，聽雨也忙跟在後頭。

到出門時，背後已傳來武將粗狂的勸酒聲，說的大約都是堂堂皇子，不可出爾反爾，定要吃夠九罈才作罷。

夜色寧靜，遠離喧囂，霍十九抱著懷中滿身酒氣的小妻子，內心疼惜又歉疚。方才那樣場合，若非她機智，故意曲解文達佳琿的意思，又以豪氣逼得文達佳琿不得輸給女子，還當真是難以收場。

「嫵兒，妳怎麼樣？」

霍十九抱著她要上馬車。

蔣嫵神志還有一線清明，吐字不清地道：「阿英，我想吐。」

「那就吐吧，吐出來就好了。」

「你，放我下來。」

「妳都站不穩了，下來做什麼，就這麼吐吧。」

「不，我不……」蔣嫵掙扎。

霍十九只能放她下地，剛一站穩，蔣嫵就哇地一口吐了起來。

她未曾用膳，空腹喝酒，這會兒吐的也都是酒水，到最後嘔得膽汁都吐了出來。酒水倒灌入鼻腔，她難受得眼淚直流。

聽雨心疼地直哭，拿了水囊來服侍她漱口。

霍十九則一直拍著她的背，一點也不厭惡她如此狼狽。

吐過之後，蔣嫵反倒是清醒了一些，見聽雨淚流滿面，輕笑道：「傻丫頭，哭什麼，我這樣，文達佳琿更慘，九罈，還不醉死他，哈哈。」

說著愉快地笑了，像是個惡作劇得逞的孩子。

「夫人還笑。」聽雨又是心疼又是擔憂，卻被她那樣逗得破涕為笑。

霍十九已抱起她上了馬車，吩咐車夫啟程。

蔣嫵臉上潮紅地摟著霍十九的脖子，將他推倒在馬車上，壓著他的身子醉笑道：「阿英，我今兒算不算給你丟人？」

她胸口酥軟壓著他的胸膛，他雙手摟著她纖細的腰肢，醉後的她媚眼如絲，比平日裡更添風情，他既疼惜又喜愛地親她的額頭、鼻梁，後落吻在她紅唇。

吞吐之間，是醺人欲醉的酒香。

半晌唇分，他才道：「哪裡是丟人，妳是幫了我。」

懷中的人已靠著他胸膛，呼吸漸漸趨於平穩，臨睡前強撐著神志道：「你，你去書房睡，別跟我同床，也、也別讓人近我身，危險……」最後聲音已是幾不可聞。

話雖這麼說，蔣嫵依舊憑藉意志力保持著一些清明。一路上睡一會兒就強迫自己醒來，著實辛苦。

霍十九將她抱回臥房，由婢子服侍脫了外袍中衣，又要脫掉她的褻衣時，她就一個激靈張開眼，迷迷糊糊只見眼前人影晃動。

分不清是誰，如何肯讓人寬衣？

最後是霍十九到跟前柔聲安撫著，她才安靜了，似是認得霍十九身上的氣息，摟著他的腰就不肯撤手。

霍十九失笑，從不見她這樣可愛，如今卻真真是孩子心性畢露，索性抱她放進浴桶。溫熱的水打濕她的薄紗褻衣，貼在身上，比穿了旗袍還奪人心魄，霍十九又經一番熱火焚心，好不容易服侍她洗了澡，用大浴巾裹著她，抱著回了臥室放在床上。

浴巾一撤，又脫了濕衣，蔣嫵覺得冷，又清醒不少，迷茫中喚了一聲。「阿英。」

霍十九道：「是我。」就要脫靴上榻。

蔣嫵推他。「不是說了，我醉了，別跟我同榻，也別叫人來服侍我。我撐不住了，快睡著了。」

「妳身邊好歹得有人伺候喝水吧？」

「不，不用。除非我自己醒了，走出這個屋子。平日裡我沒醉，睡著也不算睡著……」喃喃聲音落於不聞。

霍十九猶豫著，想起她在英國公府身著男裝手刃那麼多侍衛的鬼魅身影，還是覺得有些膽寒。

或許她也有苦衷……思及此，他就去書房休息。

而在蔣嫵昏睡之時，霍夫人的豪邁壯舉一夜之間傳遍京都城。雖未曾加減多少言語，可她一共喝了三罈子酒，將金國大皇子給喝趴下了的確是事實。

蔣學文聽了消息，興沖沖地就要前往霍家，可是出了家門，一想到霍十九那張臉，他見了怕會氣死，便又退回去，讓唐氏與蔣嫣來探望。

她們母女自然是沒見到蔣嫵，因為蔣嫵還在沈睡。

不過趙氏熱情地拉著她們說了許多話，言語中對蔣嫵是真心喜愛，霍大栓更是粗著嗓門將兒媳婦誇讚得天上有地下無，還說：「要是臭小子敢欺負她，老子窩心腳踹飛他去豬圈！」

唐氏和蔣嫣這才略放心，回家去了。

傍晚，霍十九散朝回來，更衣後就回瀟藝院。冰松和聽雨坐在廊下一面做針線，一面低聲閒聊。

見了他，二人都放下繃子行禮。「大人。」

「夫人醒了嗎？」

「還沒有，沒聽見裡頭有動靜，奴婢們聽大人吩咐，也不敢進去打擾。」冰松擔憂道：「夫人一整日沒起身，水米不黏牙的，怕是對身子不好，要不要先喚夫人起來用了飯再睡？」

霍十九估計她也快睡醒了，略一沈吟，就道：「還是我去瞧瞧，妳們預備些清粥小菜吧，再去書房，叫四喜把我常看的幾本書帶來，我今兒就在房裡了。」

「是。」冰松和聽雨歡喜應是。要知道霍十九除了睡覺是極少待在臥房的。

房裡有淡淡的花果香，霍十九緩步進了內室，喚了聲。「嫵兒。」

誰知剛撩起床帳，就覺得眼前天地翻轉，回過神時人已被全身赤裸的蔣嫵壓在床上，她一手按他手臂，膝蓋頂著他胸口，另一手以奇怪手勢橫在他脖頸附近，彷彿她手中應該有一把匕首。

是了，如果有匕首，恐怕他的喉嚨已被割破。

不過呼吸之間，霍十九已驚出一身冷汗。

蔣嫵依舊迷糊著，不著寸縷的身子感覺到涼，這才張開眼，見霍十九被她以這種姿勢壓著，忙鬆開了手，抬起膝蓋。

「不是叫你別靠近嗎？有沒有傷著？」她有些焦急，又有些懊惱。

「沒有。我想妳該醒了，叫妳起來吃晚飯。」霍十九鎮定地躺在榻上，望著跪坐在他身旁的女子。她的肌膚如溫潤白玉，被紅紗帳子映成誘人的淡粉，尤其胸前飽滿成熟的水蜜桃上兩點粉紅，似等人採擷一般有節奏地呼吸著。

霍十九目光一暗，翻身將她壓住。「妳這小壞蛋，原來是為了這個不讓我靠近。」

蔣嫵沒發現他的神色不對，只是慶幸又自責地道：「虧得我現在沒有在枕頭下放匕首的習慣。阿英，往後我若醉了，你千萬別理我。」

前世養成精神緊繃的習慣，睡覺時也不算完全睡著，還戒備著，所以不會顯露出來，然醉酒後她就只剩獵豹撲食的本能了……

幸虧沒有匕首，也幸虧她習慣用匕首，而不是以爪鎖喉。

「妳嚇壞我了。」霍十九控訴，眼神越發深邃。這樣的姿勢，讓他想控制都難。

蔣嫵揉著太陽穴，又撩開遮在臉上的亂髮，道：「對不住。往後要是醉了，我一定堅持著自己去其他……」

後頭的話，又被他以口封住，紗帳放下，錦被映春光……

冰松和聽雨在廊下候著，沒聽見屋裡傳喚不敢進去。

過了許久又聽吩咐要水，兩婢子對視一眼，都曖昧地笑了，急忙去預備，禁不住低聲議論。「大人和夫人這樣恩愛，說不定咱們府裡很快就要添丁了。」

「妳說的是。」聽雨道。「我從前服侍大人的筆墨，深知咱們府裡那些個姨娘的性子和才華，從未見大人對哪一位姨娘這樣上心過。」

二人議論著下了臺階，轉入月亮門，並未發覺苗姨娘提著食盒站在不遠處，眼神怨懟又悵惋地望著正屋緊閉的房門。

蔣嫵晚膳只胡亂吃了幾口粳米粥，就渾身虛軟地躺下。醉酒之後頭疼，又那樣勞作了一番，她現在又睏了。

第二十一章　散去姬妾

天氣炎熱，霍十九穿了雪白的真絲寢衣，手拿蒲扇給她搧風，還笑著道：「嫵兒還是穿旗袍吧。」

蔣嫵身上一僵，翻了個身背對他。「不穿！」

穿了旗袍，還不知道他到底要怎樣呢！

霍十九側躺在她身後，一手撐頭，一手繼續搧風，看著她凹凸有致的背影，笑道：「嫵兒穿上旗袍更好看，我喜歡看。」

「你朝堂裡的事都忙完了？」蔣嫵臉上燒紅，恨不能將自己埋進被子裡去。

霍十九輕笑，摟著她的腰笑道：「金國大皇子這會兒還醉著呢。他也算個漢子，言而有信地喝了九罈酒。且不說他吐出了多少，就說那些酒的確在他肚子裡待過，他這個人就值得敬佩。」

霍十九說話的語氣中很是有些英雄相惜的味道。

「不論怎麼說，你為朝廷辦成了這麼大的事，皇上也該賞賜你才是。」

霍十九失笑道：「我立下軍令狀，如今抱住脖子上的腦袋留著陪妳，就該慶幸了，還哪裡敢要什麼賞。」

因軍令狀一事多少有清流一派的推波助瀾，蔣嫵不好說自己父親什麼，又不好偏頗幫襯誰，就只得沈默。

霍十九也理解她的為難，不再繼續這個話題，與她閒聊一會兒，見她睡了，就拿蒲扇輕輕地為她打扇，直到自己睡著。

次日，霍十九才剛去見皇上一會兒，蔣嫵正和霍初六一起陪著趙氏說話，外頭就急匆匆來了個小廝回話。「回太夫人、夫人，大人身邊的四喜回來傳話，說咱們大人今日得皇上厚賞，皇上還封大人為錦寧侯了！」

錦寧侯，錦州和寧遠是封地嗎？

蔣嫵挑眉，小皇帝的賞賜，給得還真是合時宜。

趙氏抿著唇笑，吩咐人叫了四喜進來細細地問話，待到四喜去別院跟霍十九回話，她雙掌合十唸了句佛，又拉過蔣嫵的手道：「嫵丫頭，咱們家裡多虧了有妳。妳是咱們家的福星，果然不假。」

「娘說笑了。」蔣嫵真誠地笑。「是我到了咱們府上有福，若說福星，爹娘何嘗不是我的福星？外頭羨慕我有如爹娘這般和善公婆的人不知凡幾呢。」

「妳這丫頭，就是叫人不疼都不行唷！」趙氏疼惜地摟著蔣嫵搖晃。「妳都不知道，妳爹聽說妳把金國來的那個什麼皇子都給喝趴下了，歡喜得跟什麼似的，自個兒也差點喝趴了。他呀，別看他平日裡嘴上說得狠毒，動不動說要用窩心腳將阿英的屎尿踹出來，其實他心裡頭裝著阿英和妳，你們倆若是過得好了，他才最高興。否則我們總覺得愧對妳。」

「娘又說這種話。」

這些天，趙氏偶然與她提起她與霍十九的緣分開始，竟然是因為她將他踢跪下了，做父母的為了兒子自私了一次，將她迎娶進門來，所以他們才對她如親生女兒一般，一方面是喜歡，更多的是因為愧疚。

蔣嫵這廂與趙氏說話時，外頭就已有人來回某某大人送了什麼禮來。

蔣嫵懶得應付那些人，索性將事都交給帳房登記即可。她和霍初六繼續陪著趙氏說話。

同一時間的霍十九斜躺在馬車中，面色如常，恍若加官進爵不過是喝了杯涼茶一般再尋常不過的事，連隨行之人想要奉承幾句，都尋不得合適的時機。

正當這時，突然聽見一陣馬蹄聲由遠及近，來人在追趕上霍十九的馬車時放慢速度，與他並行，在外頭恭敬地道：「錦寧侯，我家崔大人求見。」

霍十九慵懶地問：「哪個崔大人？」

「回侯爺，是鴻臚寺左少卿崔克崔大人。」

霍十九一愣，此番與驛館那方金國使臣接觸的便是崔克，他來找他，必然有事！吩咐馬車停下，霍十九撩起窗紗，見方才回話的那青年對他拱手，又指向身後立於靛藍小轎旁身穿茶金色員外服的崔克。

崔克見霍十九撩簾望來，忙行了一禮。

霍十九素來知道崔克平日裡是有些小聰明的，雖非大奸大惡，卻也圓滑愛財好色，這類人是極少會流露出真實情緒的，他卻在他眼中看到了掩飾不去的躊躇和害怕。

找他說話，怕什麼？

霍十九下了馬車，緩步走向崔克。

崔克距離三步遠就行了大禮。「下官參見錦寧侯，還未恭喜侯爺升遷，您得回失地，立曠世奇功，如今著實實至名歸啊。」

「什麼事？」霍十九聲音溫和又冷淡。

崔克滿面堆笑，不敢在面前這位煞神跟前廢話，又怕接下來的話惹得他當即命錦衣衛去抄他家，一時急得滿額的汗。

霍十九越發不耐煩，見他不開口，轉身就要回馬車上去。

崔克見狀忙躬身攔住，低聲道：「侯爺，是這麼回事，剛金國使臣來找下官，說、說……」猶豫片刻，終究還是踮起腳尖在霍十九耳畔道：「金國皇子醒了，說想要……要霍夫人陪他一晚，否則條約簽訂就免談。下官恨他這樣的小人行徑，可是一時間又沒有法子，只得在此處等您回來一同商議。」說罷，蝦腰退後，恭敬地垂手而立，似怕霍十九會隨時抽他嘴巴似的。

霍十九垂眸，唇角漸漸抿起，血液都燒灼成岩漿，鼓動得他額頭青筋直蹦，袖中雙拳漸漸緊握。

「崔大人。」聲音一如既往平靜。

崔克被他森冷的聲音嚇得渾身一抖。「侯爺有何吩咐？」

「你的轎子，借我一用。」

「侯爺請。」崔克忙為霍十九掀起轎簾。

霍十九卻是快步去馬車上取了一物放在袖中，隨後才上了轎子，吩咐崔克道：「你的人也借我一用。」

「是、是，承蒙侯爺瞧得起下官，全憑侯爺吩咐就是。」

霍十九放下轎簾，冷聲道：「去驛館。」

轎夫應是，聽命啟程。

崔克愁眉不展地望著轎子遠去，總覺情況似不簡單。霍十九平日裡雖也冷淡疏遠，卻不像方才那樣讓人瞧得發慌。

金國人未免欺人太甚，莫說是霍十九，不論哪個男人聽到這種話，怕也會恨不能殺之而後快吧！

殺之……而後快？

殺之！

崔克思及此，嚇得臉色慘白，慌忙吩咐隨從。「快、快，去皇上的別院！」遲了那位夜叉要真的鬧出個什麼來，他脖子上有幾個腦袋夠砍啊！

崔克翻身上馬，催促隨從跟隨他走街串巷，盡是挑近路穿行，誰知才行不多時，到了一處僻靜的巷中，竟有一人影從天而降攔住二人去路。

崔克還不等喝問來者是誰，天靈蓋上就已被拍了一掌，霎時間七孔流血栽倒馬下。那隨從驚魂未定地望著如一陣煙飄走的刺客，若刺客有心，他此刻也已成屍體了。

隨從驚恐大叫。「快來人，快報官，殺人了！」

馬車一路來到驛館，在驛館門前霍十九就吩咐那些人將轎子放下，只需他們去對驛館的人說：「是送人給金國大皇子的。」

下人們照做後，各自離開往崔家去了。

簡樸的小轎就落在門前。

金國侍衛們似已得了上頭的吩咐，也不查看轎中之人，就一路抬進了驛館，人人臉上還都有曖昧笑容。

霍十九握緊手中匕首，腦海中浮現的盡是蔣嫵的一顰一笑。她種地時的麻利，與他父母相處時的和睦，與他笑談時的從容幽默，偶爾的孩子氣，豔壓群芳的容貌和豪氣干雲的魄力……

文達佳琿竟敢提出那樣的條件，是可忍孰不可忍，簡直該死！

轎子平穩地來至一院落中，侍衛們落轎後就離開了。

隨後霍十九聽見有下人回話的聲音。

不多時，他聽見前方有一人朗聲輕笑，快步走近，他手中的匕首握得更緊了。

文達佳琿想不到蔣嫵真的會被燕國人送來，正掀轎簾時，突感覺陰森寒光乍現，他眼疾手快，掐住來者手腕，霍地扯下轎簾，卻見來的不是蔣嫵，而是面上帶有嘲諷的霍十九！

「怎麼是你！」

「皇子殿下很意外，為何不能是我？」

「你不想要和談成功了？」

文達佳琿話音方落，就有一群侍衛從屋內衝了出來。

霍十九持匕首的手腕被文達佳琿攥在手中，又見許多侍衛一擁而上，剛才心中的怒火被強壓下去，冷靜地分析後，給了自己一個結論。

衝動，犯傻。

他不懂武功，雖不是手無縛雞之力，拳腳也著實只是練了強身健體用的，與人動手從未有過。文達佳琿是久經沙場的武將，十個他綁在一起也不是文達的對手，遑論周圍還有許多侍衛？這是必敗無疑的一戰，可是霍十九就是來了。

如今脈門被人拿捏，場面僵持之下，他的怒氣才稍減，停轉的大腦才恢復思考的能力。

若是理智一點，文達佳琿要蔣嫵來陪一夜的事又未曾告知皇上，也不是必須要送來。這種強迫人家妻子來陪睡的行為想必任何人都不會宣揚開，他大可裝作不知，直接不送人來也就罷了，就不信皇上會強迫他為了國家把新婚妻子送給人睡。

可他壓不下這口氣，心裡就只剩下憤怒，多年來歷練出的穩重自持和所有理智都被他拋在腦後，只有一個念頭，誰想動他的嫵兒，誰就該死！

霍十九抿唇，驚覺當初選定蔣嫵時的目的，對她那樣好的目的，竟然已經忘了很久。要她，不就是等著讓她被犧牲的嗎？難道一個女子，抵不過國家大事？

今日這樣的決定，或許在婚前，他還能狠下心來，他曾經就想，這一生只有這一位夫人，也就只對不起這一位女子，無論將來墮了地獄要怎麼償還，他也都心甘情願。

可現在他已對這個本想利用的女子有了感情，且如現在這般控制不住自己的情緒，就已經說明他的感情到了何種地步。只要想到犧牲她，要她在其他男人身下展露出那樣只有他見過的嫵媚，他就受不了。

這一瞬，無數念頭在霍十九腦海中電閃而過，他甚至想到再尋一個女子，將她寵上天來吸引那些對他不軌之人的注意力，可他又不想蔣嫵難過。

罷罷罷！難道他霍英這一輩子的英明，必須建立在女子的犧牲之上？難道他就不能像個男人一樣，將所有的難題扛起來？

他不是什麼君子，更不是善人，可他自己的女人和親人總不能都護不住。就算護不住，一起去赴黃泉，也比摻雜利用來得好。

原本糾結了幾日的問題煙消雲散，心中豁然開朗。

霍十九想了許多，可時間不過一瞬，面上已露出微笑，單膝跪地，道：「剛聽我們的人說大皇子看上了我這把匕首，是以我急忙趕來進獻。」

文達佳琿訝異地鬆開手。其實霍十九來的目的，他心如明鏡，可這會兒卻不好戳破，便接過匕首，笑道：「算你有心。聽說你已是錦寧侯了？還未恭喜你。」

「不敢，不過是虛擔個名罷了，不比大皇子是天生的天潢貴胄，身分矜貴。」霍十九站起身，瀟灑微笑。

文達佳琿便邀霍十九進屋裡去飲茶，聊了片刻才放他回去。

霍十九剛離開，身旁侍衛就道：「殿下，霍英剛一開始絕對是要來刺殺您的，連我等都感受到那股殺氣了。」

「我知道。」文達佳琿將匕首拔出，看著鋒利的雪刃嗤笑一聲。「他的反應倒是快。也對，若是沒些本事，也無法得燕國小皇帝的器重了。」

將匕首「篤」地插入小几，文達佳琿冷著臉不言語，侍衛們自然不敢多問。

文達佳琿這會兒滿心鬱悶。他那樣疆場上從未吃過敗仗的人，竟然會輸給一個小姑娘。且這姑娘不禁將他綁了，逼他歸還錦州和寧遠，還當著那麼多人的面讓他喝得酩酊大醉，這會兒腦子還疼。

氣她敢如此下他的面子，他也是一時衝動，想找回場子罷了。他不確定大燕會不會將她送過來，若是送過來，對她來說頂多是個心理上的攻擊，文達佳琿卻知自己不是她的對手，所以一聽人來回話，說外頭一頂轎子抬著大燕送來的人，他一緊張，將所有侍衛都叫來佈置好，準備應付隨時有可能發飆的女魔頭。

只是想不到來的人是霍十九。

看來，蔣嫵的丈夫，對她是真心的呢！也難怪，那樣的女子，若是他的話，他也捨不得……

他捨不得？

文達佳琿面色一凝，他已有妃子、側室，長子才比蔣嫵小多少？他竟對她有這樣的心思？

「殿下，您？」隨從見文達佳琿面上陰晴不定，遲疑地開口。

文達佳琿卻將匕首還鞘，道：「今日之事，再不許與外人提起。」

「是。」隨從侍衛忙行禮。

霍十九離開驛館，迫不及待地回府裡去，進了府門，直奔著瀟藝院去。原本緊繃的情緒，在到了瀟藝院門前的時候才略有平息。

霍十九深吸了口氣，不願讓蔣嫵知道男人家外頭的難事，面上帶笑地進了院門。

冰松和聽雨早聽說霍十九如今已晉封侯爵，見了他連忙行禮，眉開眼笑地道：「給侯爺請安。」

霍十九「嗯」地應了一聲，道：「夫人呢？」

「夫人在房裡呢。」

冰松和聽雨伺候打起簾籠，霍十九進得屋來，就見蔣嫵穿著雪白的真絲中衣，正披散長髮搖著紈扇納涼。

見他回來，她詫異道：「今兒怎麼這樣早？皇上沒留你晚宴，阿英？」

連問兩個問題，見霍十九不回答，只一步步走向她身旁，且表情十分凝重，蔣嫵的心頭突地一跳。「阿英，怎麼了？你……」

後頭的疑問還沒出口，人已被他一把摟在懷中。

臉頰靠著他的肩頭，因為他的緊抱而感覺到悶熱窒息，她敏銳地察覺到他情緒的波動，不是尋常時那般冷靜自持，今日的他，很奇怪。

難道朝廷中發生了什麼事？

蔣嫵胡思亂想著，一面輕輕拍著他的背。「阿英，怎麼了？」

霍十九將臉埋在她的長髮中，呼吸她身上日漸熟悉的幽香，搖頭道：「沒什麼，只是想通了一些事。」

蔣嫵失笑道：「那也不必要歡喜得像個孩子，不知道的還以為我比你大，你是我弟弟呢。」

「看來為夫平日對待妳太寬和了些，沒大沒小的，妳都敢打趣我了。」霍十九說著搓手，就要騷擾她。

蔣嫵見霍十九心情難得如此好，自然樂得配合他，笑著跑給他追，霍十九果真追著她要撓她的癢癢。

一時間屋內二人的愉快笑聲傳出去很遠。

蔣嫵又不是與他決鬥武藝，最終還是被他抓住，按在臨窗的炕上，他則翻身躺在她身側，喃喃道：「嫵兒，咱們幾時要個孩子吧。」

蔣嫵望著頭頂的承塵，心頭一跳，百般滋味湧了上來，她竟覺難以招架。

他們雖行了周公之禮，可都自覺默契地在避孕。她見霍十九似乎不急著想要他們的孩子，自己也分析如今的情勢的確不適合讓孩子降生，便也背著公婆間或用避子湯。霍十九自然是知道的，也默許的。

怎麼今日他卻突然這麼說？難道他覺得已經是時候了？還是說，她在他心目中的地位發生了變化？

思及此，蔣嫵翻身壓上他，騎坐在他腰上，蹙眉道：「為何突然這樣說？阿英，到底發生何事？」

二人的姿勢當真是說不出的曖昧，霍十九平躺著，雙手扶著她的胯骨，笑道：「沒什麼，只是突然這樣想。我已經二十七了，也是該傳宗接代……嫵兒，咱們還沒這樣試過，我看《鴛鴦秘譜》上頭就有，坐著的，趴著的，還有鞦韆上，馬上……」

說著話，蔣嫵已察覺到某處堅硬抵住自己，臉上羞紅了一片，就要往一邊去。

偏霍十九不放手，還毛手毛腳地解她的衣裳……

屋內安靜著，門扉緊閉，窗欞合緊，婢子們默契地無人敢靠近。

霍十九愣是要了兩次才甘休。

蔣嫵感覺得到今日的霍十九比從前更加熱情，似乎從前封閉克制的一些情緒如今都已放開了。

她不禁在想，難道霍十九當真是因為被封了錦寧侯而如此歡喜？

直到裡頭又吩咐要水，聽雨和冰松服侍盥洗更衣後，冰松才低著頭回道：「回侯爺，外頭來人回，說是您的兩位義子求見。」

霍十九挑眉：「哪兩個？」

「是鄭大人和王大人。」

他們兩個？

蔣嫵已大約猜得出來者目的，不等霍十九開口，已道：「若是覺得為難，就叫鄭姨娘她們回來便是，家裡也不缺這幾雙筷子。」

霍十九挑眉，清泠目光中有著戲謔，輕笑道：「嫵兒是在考驗為夫？妳攆走她們，自然有妳的道理，這會兒我再讓人回來算什麼。那樣豈不是下妳的顏面，讓妳往後如何在內宅中說話？妳呀。」隔著小几，探臂去刮了下她的鼻梁。「妳就是想得太多了。莫說是她們幾個，其餘的那些姨娘我也不打算留了。」

蔣嫵一愣，摸了摸剛被他碰觸的鼻尖，呆呆道：「你說什麼？」

「我說，那些姨娘我也不想留下。回頭妳問問她們，就說是我的話，她們有誰願意走的，咱們給銀子。有誰有要求的咱們也儘量滿足，有心上人的也可以成全，餘下那些實在沒有地方去，就叫人單獨在後宅偏冷處收拾妥當一個院落，讓其餘人搬過去。咱們照常吃穿用度供給，再派幾個丫頭去伺候著，也算是仁至義盡了。」

蔣嫵呆呆望著霍十九，已覺不可置信地心跳都在加速。

她活了兩輩子，不巧都生在亂世，見過那些窮苦人家的漢子因為沒本事而只娶一個老婆的，卻沒見過這等鐘鼓饌玉之門的富貴男子，又是才貌雙全的風流倜儻人物，會主動提出散去小妾的。

見她愣愣地望著自己，霍十九寵溺地又摸摸她的額頭，笑道：「傻女孩，莫不是樂呆了？我不是玩笑，是當真的，妳不必擔心我反悔，我既與妳說這些話，就是已經深思熟慮過了。」站起身，理了理下襬，道：「我去看看他們有什麼事，妳要是喜歡，趁這會兒與姨娘們說說。」

蔣嫵搖動葡萄纏枝的紈扇，看著他的背影離開屋門，才低聲說了句。「知道了。」

低頭望著自己的手掌，蔣嫵唇畔漸漸綻放一個動人心魄的笑容。

原來心悅一個男子，在希望為對方付出的時候得到了對方的付出，感受到對方的善意，是如此幸福的一件事。

蔣嫵笑著，吩咐冰松和聽雨將姨娘們都請來。

不多時候，八位姨娘陸陸續續趕到，都默契地以蔣嫵給她們排的順序站好請安。

蔣嫵雲髻鬆綰，錦衣華服，搖著紈扇端坐首位，笑道：「今日請各位前來，是因為侯爺的吩咐……」

將剛才霍十九與她說的那些複述了一遍，最後道：「妳們都是聰明人，這會兒也應該都聽明白了。侯爺是寬厚溫柔的人，還考慮著眾位姨娘的未來，妳們若有要求，大可以現在就提出來。若有想離開的，想投親去，還是有意中人，都可以現在提出。」

姨娘們已是臉色煞白，苗姨娘尤其最為緊張焦急，顫抖聲音道：「夫人，這話當真是阿英說的嗎？莫不是妳急著趕姊妹們出去，所以故意編排了這些話來誆騙我們。」

蔣嫵聞言失笑，搖動紈扇的微風吹拂著她鬢角和垂落在胸前的長髮，顯得格外肆意瀟灑。「當真是以小人之心度君子之腹，怎麼，如若今日是妳坐在我的這個位置，這類假傳消息的行當妳也做得出？」

苗姨娘聞言，臉上鐵青。「夫人不必強詞奪理，您心裡想的，婢妾們心裡都懂。您不過是容不下咱們罷了。」

這樣說法，暗指蔣嫵善妒不賢慧。

一旁沈默的聽雨和冰松二人聞言都是動氣，又因為身分懸殊不好為蔣嫵辯解。

誰知道蔣嫵卻點頭，認真地道：「妳說的不錯，想不到妳脖子上長個腦袋也不是完全做擺設顯得高用的。」

「妳！」

蔣嫵不再理會苗姨娘，一語已經間接坦白自己善妒，卻又囂張地表現出善妒又何妨的模樣。

蔣嫵站起身，道：「罷了，妳們都各自回房去想想，想好了隨時可以來告訴我，也沒有道理今兒個就逼著妳們作出決定來。都回去吧！」

「是。」眾位姨娘行禮道是。

苗姨娘無奈，只得隨著行禮，跟隨眾人離開正屋時，眼裡含了兩泡熱淚，抬頭就瞧見霍十九正迎面走來。

眼淚如斷了線的珠子般滑落，苗姨娘忍不住，委委屈屈地喚了一聲。「阿英。」

霍十九清俊的面龐上並無表情，眼神如往常待人那般清冷疏遠，似沒看到苗姨娘的眼淚，只微頷首算是聽到了她的話，就要進屋裡去。

苗姨娘捂著唇，眼中滿是不可置信，情急之下一把拉住霍十九的袍袖。「阿英！」

霍十九駐足，回眸望她，眸光平靜無波。「何事？」

「阿英，你……你真要我走？」

「要妳走？」

「夫人說你要遣走我們……」

「不是吧，嫵兒不會這樣說。」霍十九道。「妳是不是聽岔了？」

見他竟那樣相信蔣嫵，苗姨娘心痛欲裂，不甘地道：「阿英，你當真將當年你我之情都忘了嗎？你看著我，我還是你的詩韻啊！你難道不要我了嗎？」

望著她哀怨的臉，霍十九無奈地抽出被她緊握的袖子。「我何曾要過妳？」

「阿英！你別這樣。當年我知是我傷你頗深，可我知道你心中有我，否則我也不可能陪伴在你身邊。我知你氣惱我，過去的事情都已過去，不能丟開手，只望著未來好生過日子嗎？你如今有了妻，我也不與她爭什麼。我只求每日伴在你身旁就好，連這個要求，都不能滿足嗎？」

苗姨娘說著，已是委屈得泣不成聲。「我每日伏低做小，忍耐著各種刁難，難道就是為了如今看你絕情的眼？阿英，你要懲罰我的話，也夠了啊！」

「我從未覺得妳傷我，何來氣惱？從未氣惱，何來懲罰？」霍十九平靜的表情終於轉為無奈，嘆道：「我救妳，是念在妳我自小的交情，不忍看妳那樣受苦罷了。妳當年選擇幸福是妳的自由，我真的從未怪妳。」

「阿英，你就不要再哄我了……」

苗姨娘的話未曾說完，已被霍十九擺擺手打斷。「苗氏，我想妳是自我感覺太好了，才會一直這樣認為。妳我的確是青梅竹馬，當年也的確談及婚嫁，可當時的我一心都在功名之上，何曾有心思談情說愛？若換作另外一樁親，對象是另外一個女子，只要我爹娘喜歡，我也不會反對的。妳既不喜歡，妳爹娘也不同意，那就隨妳去，我也並未覺得難過。」

苗姨娘聞言，已經呆愣住了。

霍十九續道：「至於後來，的確是不忍見故人淪落到一雙玉臂千人枕的地步，才將妳帶回府裡來。別人不知，難道妳還不知？我霍英幾時沾過妳一指頭？」

說到此處，霍十九越發覺得無奈，道：「我與嫵兒商議過，尊重妳與其他幾位姨娘的意思，若有想去的去處，我自然送妳們去；若是不想去，我霍家也不差幾雙筷子，只是妳不要對我抱持任何希望就是了。」

苗姨娘噔噔後退兩步，背脊靠著廊柱，已是淚流滿面，連連搖頭不可置信地喃喃道：「阿英，你騙我……」

「我沒騙妳。」霍十九認真地道：「妳應當知道我的性子，不會在這樣的事上哄騙妳。還有，聽妳方才語氣，似乎覺得留在我這裡頗為委屈，還說了『刁難』二字。妳說，是誰刁難了妳？」他語速不自禁加快，聲音也提高。「妳穿金戴銀，金奴銀婢在旁伺候著，我爹喜愛種地，我連院子都捨了讓他去折騰，叫妳去除草等同於鍛鍊鍛鍊，妳覺得是刁難？還是我爹只叫妳一個人去幹活針對妳了？至於妳說嫵兒那兒，她身為主母，超一品的誥命夫人，吩咐妳一個妾室做事也算刁難？她若真要刁難妳，妳現在怕骨頭渣子都沒剩下了。」

一口氣說了許多，霍十九扶額，覺得自己與她費唇舌著實是不智之舉，搖頭道：「罷了，妳去吧。若不想走，過些日子自然會給妳安排住處。」話畢，人已進屋去了。

苗姨娘神思恍惚地站在廊下，呆呆望著院中那一方天空，眼前景物似都在旋轉，向前一步，卻一腳蹬空，從三層的臺階直接摔在地上，扭傷了腳，疼得「啊」一聲驚呼。

兩旁婢子忙將她扶起，急忙扶著她往住處去。

霍十九這廂才進內室，就瞧見蔣嫵已脫了外袍，只穿了雪白的真絲中衣，盤膝坐在臨窗鋪設官綠錦緞褥子的暖炕上搖著紈扇。

奇怪的是，她看他的眼神似乎不大一樣。

蔣嫵放下扇子，下地趿鞋走到霍十九跟前，也不說話，就將他推得後退兩步坐在圈椅上，再直接坐上他的腿，毫不客氣地吻他的唇。

這是她第一次主動親吻他，且還是以這般強勢霸道的姿態，按著他雙肩不許他動作，只靈活的舌在他口中勾起陣陣的熱潮。

霍十九想要伸手摟她的腰，想要去撫觸她的身子，卻發現自己雙臂動彈不得，只能被動地承受她的吻。

原來只要她願意，他在她面前就是絕對的手無縛雞之力……

雖有挫敗，卻無暇思考，因為她的吻已從唇向下，滑至喉結，她以貝齒輕咬他的皮膚，帶來陣陣顫慄的愉快，又以牙齒咬開他的衣襟，隔著中衣輕咬他左胸的一點。

霍十九身子一震，悶哼道：「嫵兒……」

雖才經過兩次，可他哪裡禁得住她這樣撩撥。

誰知作亂的人卻放開手，起身站在他面前，滿意地笑著。「很好。」

「啊？」腦子已經一團漿糊的人不明所以。

「你方才那番話，我聽了舒坦，這是獎賞你的。」

「呃……那是否該繼續下去，我……」

「不行。」

「為何？」

「誰叫你處處留情的！後面的事留著下次再說。」

蔣嫵說罷，輕巧地躍上暖炕，搖著紈扇，笑得像個惡作劇得逞的孩子。

霍十九哀怨地皺眉，卻也沒有挑戰她的勇氣。

若真被她踢下炕，那才叫丟人……

他這才意識到，老婆是個武林高手這樣的事，其實並不值得高興，他的「委屈」能對誰說呢？

二人相對無言，又覺得這樣的情形好笑，剛笑出聲來，冰松就在外頭道：「侯爺，四喜來了，說有要緊事稟告。」

霍十九面色一凝，忙起身拂了下衣襬，確定無異後道：「妳好生歇著吧，我去書房了。」

「嗯。」蔣嫵點頭，暗想或許是文達佳琿做什麼過分出格的要求了。

兩國之間沒有對錯，只有利益，她還真不好評論。

霍十九這廂到了外頭，四喜連忙行禮道：「侯爺，不好了，出大事了！」

「怎麼了？一驚一乍的。」

「崔大人和金國負責與咱們這兒接洽的大人先後暴斃了！」

霍十九驚愕。「你打哪兒聽來的？」

「小的哪敢扯謊，這樣大的事自然是真的，崔大人是死在往皇上行宮的路上，金國的那位大人則是剛出了驛館的門就被殺了，二人死因相同，都是被一巴掌拍碎了天靈蓋，且殺人者只殺了他們兩位，周遭的隨從無人傷亡。據說，刺客的身手奇快無比，沒有人看清那人的長相，連身材都說不上來。」

崔大人和負責接洽的人死了……

霍十九不自禁就想到這一次文達佳琿提出如此過分要求的事。這件事，可不就是透過這兩個人來傳遞消息嗎？

還是被一個來無影去無蹤的高手，在重重侍衛環繞之下拍碎天靈蓋，還沒有人看到殺手的樣貌。

前後串連起來，霍十九已明白了些什麼，沈吟片刻，吩咐四喜。「這件事不許再張揚了，我先去書房。」

四喜忙行禮道：「是。」

第二十二章　商議對策

蔣嫵這廂心情大好，正好趁著沒人，丟下扇子，將腿架在牆上壓腿舒展筋骨，卻聽到拔步床和屏風後的內室隱約有窗櫺響動的聲音，隨後她便感覺到一個人輕微的氣息和強烈的存在感！

有人潛進來，還是個高手！

她閃身到了拔步床內側，左右瞧瞧並無可充當武器之物，隨手抓了根金簪子握在手中權當匕首。

她屏氣凝神，細細體會那人的氣息，彷佛越來越近，但明明有人，且這樣的距離，依舊聽不到腳步聲。

她開始盤算，那人或許是個絕頂高手，她未必能打得過。

打不過，就要選好逃走的路線。

看了眼半敞的窗櫺，又想，不弄清楚來人的目的，亂逃也不成，況且這會兒霍十九還在外院，家裡這麼多人呢，也不知刺客是只來了一個還是來了一群分頭行動。

正胡思亂想焦急之時，蔣嫵突然感覺到身側氣流的波動。她反手握著金簪，屏氣凝神，倏地攻向床畔突然靠近之人。

不待看清相貌，就已知道來著的身高是高於她許多的男子，而金簪子尖銳一端已抵住對方的咽喉。

但是令蔣嫵沒想到的是，有一冰涼之物品，在寒氣凜凜、煞氣重重的情況之下，抵在她的心窩。

好快的身手！

蔣嫵抬頭。「是你！」

曹玉點頭。「是我。」匕首不向前刺出，也不收回。

蔣嫵手中的簪子也依舊抵著曹玉的咽喉處。

二人不論是誰，只要突然發難，對方必定會丟了性命，可誰都沒有貿然動作。

「你的目的？」蔣嫵問。

「我唯一的目的就是保護爺的安全。」

「阿英說你已走了，我就猜想你或許就在附近。」

曹玉諷笑。「我若不在，誰知妳會如何？」

「我能如何，阿英是我的夫婿。」

「可妳也是蔣學文的女兒。」曹玉嘲諷一笑，手上匕首往前略送了一點。

蔣嫵已感覺到輕微刺痛，似已經割破了皮肉。她面色不變，簪子尖銳的一端也沾了他的血。

兩人就如迅猛的野獸，彼此拿住對方的命門，像是在考驗誰先露出破綻，失敗者便是死。

曹玉嘲諷一笑。「我曹墨染也稱得上是江湖中排名靠前的人物，妳不過才十六，還是養在閨中的弱女子，就有這樣的身手，能與我勢均力敵。我先前被金國人的說法矇騙，還心懷愧疚，覺得是冤枉了妳。誰知今日一來親自試探，妳就露出破綻來。難為爺那樣信任妳，連刺殺金國大皇子的事都做出了！」

「你說什麼？」前頭的話蔣嫵全不在意，只注意到最後一句。「你說阿英去刺殺金國大皇子？」

「妳竟不知？」曹玉收回匕首，隨手丟在地上，清脆的響聲格外刺耳。

蔣嫵也撤回手中的簪子，看著地上那把她親自畫了圖紙打造的匕首，已經明白曹玉的懷疑。

曹玉道：「金國大皇子看上了妳，私下與他們國家的使臣說想要妳陪他一夜，金國人就將此事告訴了咱們的人，咱們的人又私下裡去找了爺。」

說到此處，曹玉十分心痛地道：「爺是多麼冷靜自持的一個人，得知消息卻昏了頭，竟拿了匕首就乘轎去了，被金國大皇子拿個正著。多虧爺機靈，當下冷靜下來，說要獻匕首。妳說，妳是不是害人不淺！」

蔣嫵坐在床沿，呆呆望著地上的匕首。「我竟不知……怪不得他今日這樣奇怪。」

「那兩個知情人我已經殺了，這樣的事若傳開來，對妳的名聲影響還是次要，爺在外頭還如何做人！」曹玉冷冷地道：「爺既喜歡妳，我就暫且先留著妳的性命，也拜託妳省些事，不要出去招惹桃花來讓爺為難。」說罷，甩袖子就往內室裡後窗處去。「那匕首還妳。」

蔣嫵俯身拾起當初在英國公府就已遺失的匕首，低聲道：「多謝。」

「我是為了爺，不是為了妳。妳若有半點不軌心思，我定會取妳性命！」曹玉負氣說罷，人已翻出窗去。

蔣嫵看著匕首上映出自己的影子，笑著搖搖頭。

以曹玉的性子和狠辣，連那兩位大人都已殺了，若是想殺她，方才哪裡會不動手？或許這些天他一直都沒有走遠，潛伏在暗處觀察府裡的動靜，見她與霍十九恩愛且她也當真沒有害人之心，這才勉強放下一半的心吧。

蔣嫵將匕首收好，又將簪子放回梳妝檯，卻思考起文達佳琿這個人。他們交集不多，他每次在她面前似乎都很狼狽，他竟還會說出那種要求來，恐怕是佈置下天羅地網等她去鑽吧。

想不到，霍十九竟然會是那樣的反應。

她一直都知道他對她好是有目的的，也毫不在乎他的目的，她既心悅他，就豁出去被他利用也心甘情願了。

可是一個能為她到如此地步的男人，會是因為利用才對她好嗎？如果她將他的心意理解成那樣不堪，不僅對不住他，更對不住自己的良心。

罷了，往後這種事她不去想了。就算是利用，就算是虛假，至少帶給她前所未有的幸福感，這就已經足夠。

「夫人，小廚房送來了酸梅湯，清涼解暑的，奴婢給您端來一碗。」聽雨端著漆黑木托盤進屋，一抬頭，卻看到蔣嫵左胸口處的一點血跡。

「夫人，您這是怎麼了？」

蔣嫵回過神，這才感覺到皮膚上的刺痛，道：「沒什麼，妳去給我尋件中衣來，還有，這件事不要與侯爺說起。」

「是。」聽雨擱下托盤去取來中衣，伺候蔣嫵更衣時特地查看傷口，見只是破了薄薄的一層皮，傷口還很小，這才放心，去拿了傷藥來給她搽，服侍她穿好衣裳。

一夜無事，次日清早，姨娘們來請安時，都說不願意離開，也沒有去處可去。

蔣嫵自然不會威逼她們離開，要綁著一個男人的心，從來不在於如何去斷絕他身旁是否有出現異性的機會，因為她不可能每日時時刻刻跟在他身邊，要的只有她自己做到極致，讓他對她愛不釋手才行。

蔣嫵當下吩咐人將後宅中的清馨苑收拾妥當，命姨娘們搬到那裡去居住，也免了她們往後來立規矩。霍家養著她們，往後再不必相看兩厭了。

苗姨娘的扭傷嚴重，乍然聽聞這就要挪過去住的消息，又急又氣，索性兩眼一翻暈了過去。

婢女來回蔣嫵，蔣嫵只道：「那就抬過去，請個大夫來瞧瞧。」

婢子也不敢有半句異議，忙飛奔著去了。

蔣嫵雖忙著安置姨娘們，仍照樣去地裡幫霍大栓的忙。

霍十九這廂卻是陪著皇帝，好不容易將使臣暴斃的事解決了。其他人不知其中深情底理，自然一頭霧水，只當是有不希望條約簽訂成功的人來攪局，霍十九與文達佳琿卻心如明鏡。

文達佳琿自然懷疑是霍十九所為，霍十九也大大方方用懷疑的眼神去看文達佳琿，二人暗地裡的眼神交鋒自然瞞不過英國公的眼睛。

但當事人已死，英國公也未曾想到文達佳琿會提出這樣要求，便好奇地吩咐人去查，當然，是毫無結果的。

兩國大臣被害一事，對外只宣稱是暴斃，私下裡還在緊鑼密鼓地調查，卻毫無頭緒。轉眼間，文達佳琿帶領使臣來訪已有一個月。九月，京都城的天氣依舊炎熱，只是早晚溫差大了一些。

這段時間，文達佳琿日日笙歌，夜夜宴席，還定要指名道姓哪些大臣帶著家眷去陪著喝酒，絕口不提條約簽訂的事。

原本條件都談攏了，只是到了這最後一步驟，文達佳琿卻從中彆扭，燕國文武官員的耐心都快被磨光了。

小皇帝卻依舊不理朝政，還極為喜歡文達佳琿那些每日的新花樣，每天晚宴必然會去作陪，全無皇帝形象，既不上朝，又只顧著玩，清流才剛歡喜雀躍起來的心，又因為霍十九加官晉爵、皇帝再度不問政事而沈落谷底。

蔣學文焦急不已，要去見小皇帝，可到了別院即便是等一整天也見不到人。晚宴上他不可能硬闖，除了遞摺子，就再無他法來向皇帝進言。

上一次出了大事，就是遞摺子引起的，蔣學文這一次非常謹慎，不敢造次，就與幾個清流中的重臣商議著該如何辦，最後討論出結果，給小皇帝上了一道摺子。

本以為這摺子會讓英國公的人扣下，這一日竟然真到了小皇帝手中。

小皇帝左手抓炒花生米吃，右手隨意翻看摺子，似很不耐煩地對英國公道：「……說英大哥是錦寧侯，將來得回失地的封地是他的，要與金大皇子談判迅速促成此事的人只能是他。他媽的這叫什麼狗屁道理，難道地裡的菜蔬糧食是誰種才能誰吃？那些個清流覺得自己多高尚似的，要有這個規矩，他們早餓死了！」

「皇上聖明。」英國公拱手行禮。「他們的要求的確過分，錦寧侯雖是英才，可金國大皇子那一行人也都不是好惹的，要利用如此大事來為難錦寧侯，也不擔心到底是否真能談成，可見清流之人的齷齪和自私。」

「這樣的人最可惡，比貪官還可惡。」小皇帝丟下摺子，抓了一把花生米繼續吃，含混不清地道：「貪官是貪錢，他們這些自命高尚的酸儒貪的卻是名。他們為了自己的名，恨不能將全天下的人都踩在腳下襯托出他們的好來呢，英大哥到底怎麼開罪他們了，要被這樣算計。」

小皇帝氣憤之下語速極快的一番話，讓英國公面上一凜。從來不學無術只顧著玩的人竟然能說出這樣一番話來，看來他的確是有本事的，若是不嚴加看管的話……將來皇帝一旦開了竅，開始要親政，後果將不堪設想，一個不好用的棋子，到時候自己只能廢了他。

英國公笑道：「皇上說的是。若非胸中有大丘壑，也斷然說不出這樣一番話來，皇上的智慧非比尋常啊！」

說到此處，英國公眼眶中竟有了眼淚，一副喜極而泣的模樣。「臣回頭定要去給先皇上香，告訴先皇，皇上如今也成長起來了！」

小皇帝羞澀撓頭。「朕有這麼厲害？」

「皇上文治武功，必然不在先皇之下！」

「那就好，那就好。」小皇帝喜氣洋洋地笑著，道：「雖然清流的目的不純，可到底摺子上說的也不錯，不然就叫英大哥全權負責，至於清流麼……」

沈吟片刻，小皇帝噗哧笑了。「就讓蔣學文去錦州做個知府，讓他好生忙活忙活才是正經的，也省得在京都礙眼。」

「可蔣大人與錦寧侯素來不和……」

「不和歸不和，難道他還敢造反不成？就是要他給英大哥的封地好生打理著才是呢！」小皇帝說到此處，覺得自己的主意好極了，立即吩咐人草擬摺子，看也不看，就送到蔣家去了。

小魏子騎著高頭大馬帶著聖諭來到蔣家門前時，蔣學文正在書房裡考蔣晨風的功課。因天熱，爺兒倆都只穿了細棉布的白色背心和綢褲。聽了銀姊來回，說宮裡來了人，專門要見蔣學文一人，才手忙腳亂地套衣裳。

「爹，這個節骨眼上宮裡來人，怕是不好。」蔣晨風手腳麻利地幫襯蔣學文打帶子。

蔣學文繫對襟外袍領口的扣子，道：「你說的是，許是我那個摺子讓皇上為難。你也知道，霍英在皇上心目中的分量著實不一般，讓他去說服金國大皇子這等任務，與先前讓他立下軍令狀大約是等同程度。」

「可這次並未立什麼軍令狀。」

「你以為除了皇上和持重的九王爺，還有誰能逼著他去立軍令狀？也說不準是英國公背後做了什麼手腳，在皇上耳邊又加減多少言語呢。」

蔣學文穿好外袍，便道：「你不要跟來了，且在此處等一等，我去瞧瞧。皇上對我應當也不會為難，若是真想為難我也早就行事了。」

蔣晨風道「是」，看著蔣學文的背影難免憂心忡忡。

若是英國公與霍十九的行為不算過分，其實他也不希望清流與之對上，因為到時候只會讓蔣嫵夾在當中為難罷了。

蔣學文到了院中，見來傳旨意的是小魏子。他素來對這個閹人沒什麼好印象，隱約覺得皇上做那些出格的事是霍十九出的主意，小魏子便是陪同執行的人，他絕不是什麼好東西，是以這會兒對小魏子很不客氣，倨傲地仰著下巴拱了拱手，道：「不知皇上有何吩咐？」

小魏子看不慣蔣學文的傲樣，卻因他是霍十九的岳丈而不敢怠慢，堆笑行禮道：「奴才給蔣大人請安了，今兒個是奉皇上之命令傳一道諭。」說著便將手中諭旨雙手捧給了蔣學文。

蔣學文詫異接過，內心多少有些澎湃。因為小皇帝不勤政也不理會朝中之事，平日裡朝廷大事多是由英國公把持，雖說頂著皇上應准的名，卻很少真正有皇上的意思，而皇上這般派身邊內侍出來傳旨意是極少的。

激動地流覽一遍，蔣學文驚愕抬眸。

小魏子滿面堆笑地道：「大人瞧過了吧？皇上的意思，是將錦州與寧遠交給您與錦寧侯了，您任知府，也可幫襯女婿好生打理封地，有事你們也可有商有量的。不過您要想上任，錦寧侯要想有封地，也還得先得回這片地才是啊。」

蔣學文內心不爽，但對皇帝的話他是極尊重的，即便此刻就叫他死，他也絕不會有半句異議，當下道：「臣遵旨，還勞你轉告皇上，臣定當盡力。」

小魏子笑著頷首，又道：「奴才還要傳皇上的一句話。」說著清了清嗓子，以小皇帝的口吻道：「『蔣石頭，你好生與英大哥相處著，可不准欺負人，還有，如今你已是知府了，好歹要與英大哥配合著，立刻就去找英大哥商議商議，如何能讓金國皇子鬆口痛快地解決了此事。』」

說罷小魏子蝦腰道：「奴才把話帶到了，還要回去給皇上回話，就告辭了。」說著躬身行禮退了下去。

蔣學文也不與小魏子客氣，沒有賞錢，連句客套話也沒說，送也不送，就只當此人不存在地回了屋子。

到了院門外，小魏子哼了一聲，鄙夷地看了眼蔣家半閉且漆黑剝落的院門。怪不得皇上討厭蔣學文的性子，連他瞧著都煩。

蔣學文這廂回了書房，將事情與正擔憂的蔣晨風說了。

蔣晨風先是愣住，半晌方問：「爹有何打算？」

「能有個什麼打算，不過是奉旨聽命，『做一日和尚撞一天鐘罷了』，皇上八成又是起了玩心，明知道我見了霍英就煩，還偏要升我這個官。我倒是寧可只做個言官，也不願意去霍英的封地做什麼知府去。」

「爹。」蔣晨風端來涼茶，伺候蔣學文吃了，見他似臉上好看了一些，才笑著道：「您好生與霍英面兒上過得去也就罷了，也不讓三妹在其中為難。皇上口諭不是叫您去與霍英商議一下嗎？您這就預備一下去吧，恰好也能看看三妹如何了。」

蔣學文百般不情願，這會兒也只好遵旨，回了裡屋去更衣。

唐氏自然要問明，蔣學文大約一說，唐氏卻冷笑了一聲。「女兒出閣後，就連身負重傷你都沒拉得下老臉去看一眼，你何曾顧過嫵姊兒了？這會兒皇上一句話，你就得巴巴地去，你讓嫵姊兒心裡如何想？」

自蔣嫵出閣後發生了種種事，唐氏對他就動輒冷著臉。蔣學文因心中有愧，是以不與唐氏一般見識，並不與她吵。

唐氏卻一看到蔣學文那樣沈默著連句解釋都沒有就窩火，她懷疑他吩咐過蔣嫵做什麼，可怎麼問都問不出，也只能自己去猜，左右八成也是對蔣嫵和霍十九婚姻不利、對蔣學文所謂的那些國家大義有好處的事。

「你蔣玉茗幾時能將咱們這些陪著你同甘共苦的家人放在心上第一位就好了，你總說什麼一切都為了大燕朝，可你這樣自個兒家裡都弄不明白，還有什麼臉去說人家沒理順好偌大一個國家。」

沒來由的一番話，說得蔣學文心中憋氣，失去的土地是不能不得回的，聖旨也是不能不遵的，這便是說他在未來相當長一段時間裡會與深惡痛絕的霍十九共事，今日還要主動去那個奸臣的府上！若是給他帶著火油，他絕對願意去燒了霍家的宅子，可今兒個又是去與霍十九商議對策的。

朝堂上的事已經夠煩，他也已受了夠多的委屈，偏偏在家裡還動輒就要被唐氏冷言冷語。心情好時尚且罷了，心情不好時如何忍受得住？

「婦道人家，理好家中的事就罷了，手還伸得這般長，連男人家在外頭的事妳也要插一手？」

唐氏聞言氣急，帶扣也不為蔣學文繫，竟掄著腰帶就抽了蔣學文兩、三下。「你個死老頭子！你做的事以為我們都不知道？你當我們是傻子瞎子，那你就真真將人看低了，也錯了主意！」

「我做了什麼了？我滿心都為了朝廷，妳目光短淺，不懂還胡說！」蔣學文捂著被抽疼的手臂拔高了聲。

唐氏扔了腰帶，捂著臉哭道：「你為了你的朝廷，為了你的國家大義，到底還要讓咱們全家犧牲多少才行？是不是哪一日全家都被你給拖累死了你才甘心啊？你委屈我的嫵姊兒也就罷了，你不與我解釋，我也姑且當你是抹不開臉，這會兒你還敢這麼說話？你滾蛋，去跟皇上睡，跟你的國家大義睡，老娘今兒個休了你，不要你這老頑固了！」

「妳，妳簡直是潑婦！」

「我是潑婦，我再不潑婦，我的孩子就要遭殃，說不定有一日我還要變成寡婦！我姓唐的到底是作了什麼孽，竟嫁給你這樣沒人味兒的！」

二人吵鬧之聲，將蔣嫣與蔣晨風、蔣嬌都引來，蔣晨風勸著蔣學文快些去辦正經事，撿起腰帶撣掉灰塵後，便扶著蔣學文手臂離開，蔣嫣與蔣嬌則去安撫唐氏。

蔣學文離開家，乘著馬車時依舊覺得烏雲罩頂，唐氏說的那些話，就如同刀子一般扎得他心口疼。

他一心一意為了朝廷，為了大燕，旁人不能領會就罷了，怎麼家裡人都不能領會？虧得嫵姊兒和晨哥兒都是懂事的，否則他真是斷弦無人聽了。

蔣嫵和霍大栓正在一面餵豬，一面商議要養魚的事，就聽下人來傳話，說是蔣學文到了。

二人都萬分驚愣。

霍大栓愣了片刻回過神，急忙丟下木勺就往外走。「嫵丫頭，咱們快去迎妳爹來，蔣御史可是稀客啊。」一邊走邊吩咐下人。「去看看阿英那渾小子在哪兒，就說他老丈人來了，還不趕緊滾出來磕頭，還有，去告訴太夫人預備飯菜，親家來了。」

下人立即行禮道是，飛奔著「兵分兩路」去傳話。

蔣嫵在圍裙上蹭蹭手，跟著健步如飛的霍大栓，不多時候就迎到了正門。

還不等走近，就看到穿了身半新不舊的牙白色袍子、腰間打了帶扣的蔣學文在隨從的陪同下迎面而來。

霍大栓眉開眼笑，粗著嗓門老遠就打招呼。「親家你可來了，真是稀客，稀客啊！哈哈！」

蔣學文拱手，明知像霍大栓這樣的耿直性子是不會笑裡藏刀諷刺他的，但因心中藏著事，畢竟還是覺得戳心窩子，沈聲道：「霍老太爺。」

「嘿！什麼老太爺不老太爺的，親家不必這樣客氣。」

蔣嫵笑著給蔣學文行禮。「爹，您來了。」

蔣學文看到蔣嫵那張如花笑顏，立即覺得那日打了她嘴巴的手上還熱辣辣的，那種熱度到現在還沒散去。

他咳嗽了一聲，乾著嗓子道：「嗯，來了。」

蔣嫵自然知道蔣學文的尷尬，可父女之間哪裡有隔夜仇？多日不見也想念得緊，就與霍大栓一左一右陪著蔣學文去正廳，各自落坐。

蔣嫵親自為兩位老人奉茶，隨後笑著問：「爹今日怎麼會過來？」

蔣學文平靜地將小皇帝的旨意說了一遍，隨後略有不悅地道：「我是奉旨而來。」言下之意，若非奉旨，他才不會登霍家的門。

霍大栓臉上有些發熱，自個兒也知道是他兒子不好，是他做爹的沒有管教好。可到底如今兩家已經是做了兒女親家，往後還指望著蔣嫵多管著霍十九，蔣學文多幫襯霍十九，便賠笑道：「我已叫人預備了酒菜，待會兒咱們老哥兒倆好歹好生喝一盅，自上次之後咱們還沒喝過酒呢。」

蔣學文雖不討厭霍大栓，可厭煩整個霍家，剛要開口拒絕，蔣嫵就已對霍大栓道：「爹，我爹也早說要與您一同喝酒呢，說您是爽利漢子，他最佩服這樣直爽性子的人。」

蔣學文一聽蔣嫵這麼說，卻也不好反駁了，只是含笑點頭。

霍大栓聞言，撓著後腦勺，哈哈笑道：「只要親家不嫌棄我是個粗人。」

「哪裡會，要說是粗人，我更是粗人。」蔣嫵莞爾。「我一個女人，還去跟金國皇子拚酒呢。」

「妳那是為了咱們國家，是親家教導的好。待會兒嫵丫頭也一起來喝一盅吧，妳有酒量。」一說起這件事，霍大栓就與有榮焉，心情越發好。

蔣嫵卻搖頭。「不成，我可不敢再喝多了。斷沒有個體統，若被我娘和我大姊知道，又是一頓好訓。」

「嫵丫頭這樣很好，做什麼訓妳？妳瞅瞅地裡那些黃瓜，一根一個樣兒，也沒有哪根刺兒、花兒都一樣的吧，人不也是這樣嗎？非要把一個活潑開朗的好姑娘管束成一個木頭疙瘩，京都城裡那些大家閨秀都清一色是那個模樣，那還有什麼趣兒。嫵丫頭就只管來喝酒，爹保管妳娘和初六她們都沒意見，要是阿英那個熊孩子敢說妳半個不字，妳只管告訴爹，爹窩心腳踹死那混蛋。」

「謝謝爹。阿英對我很好，也很縱著我，哪裡會說我。」

霍大栓眼睛一瞪。「他敢對妳不好試試！」

蔣嫵與霍大栓說話時，蔣學文在一旁看著，竟覺得自己半句話都插不上。自己的女兒在別人家父母跟前，竟被這般如寶如珠一般寵愛著，而這樣的輕鬆環境在他家裡是沒有的。

見蔣學文沈默，蔣嫵也猜得到他心中所想，一時不知該說什麼，只與霍大栓聊天不讓場面冷下來，不叫這樸實的莊稼漢子難做。

不多時，外頭就有丫頭來回話。「老太爺，侯爺來了。」

「來了就來了，還回個屁話！叫他趕緊滾進來見過他岳父，難道還等著老子去迎接不成！」

丫頭被霍大栓訓得臉色脹紅，連忙行禮，連滾帶爬地退下去。

蔣學文看得詫異，掩口咳嗽了一聲定住心神。

抬眸，就見身量高䠷、穿了身天水藍交領直裰、頭戴黑網巾的霍十九舉步而來。他步履悠然若漫步花叢，俊顏明朗，唇畔帶笑地進了屋來。

蔣嫵起身。「侯爺。」

霍十九對著她微笑，給霍大栓行了禮，又問候了蔣學文。

蔣嫵就給霍大栓使了個眼色。霍大栓會意，忙與蔣嫵退了出去，將明廳空間留給了二人。

霍大栓擔心翁婿二人萬一打起來鬧得不好收場，也不走遠，在院門外臺磯坐下，點了一袋旱煙。

蔣嫵見狀也不好走遠，索性在另一側的臺磯坐下，道：「爹，阿英有分寸，我爹也不是粗魯的人，他們打不起來的，爹不必擔憂。」

「妳這丫頭，都知道爹為啥犯愁。」霍大栓對這個兒媳婦喜歡得緊，整日裡幫襯他種地不說，又不像尋常那些千金小姐般只知道塗脂抹粉、妖妖俏俏，他心底就拿她當自己的閨女一樣，所以說話也很直接。「我的確是怕親家性子直爽，萬一真與阿英鬧個不愉快，以後兩家人不好見面不說，還會拖累了妳在中間左右為難。」

他能如此為她著想，蔣嫵著實感動，笑道：「爹放心，不會的。」

霍大栓又道：「我這會兒去不方便，要不嫵姊兒，妳端茶進去，看看他們爺們怎樣，要是真吵起來了妳也好勸勸，沒吵起來妳就出來，也告訴我一聲。」

明明總是將霍十九罵得狗血淋頭，動不動就要窩心腳，可真到了有事發生，霍大栓又是如此愛子心切的一個慈父。

蔣嫵覺得，霍十九除了政治上的做法她無法認同之外，其他方面的好性子，或許也多虧了有霍大栓這樣的父親。

「是。」蔣嫵起身，就吩咐了婢女去沏茶，自行端著進去，站在門前說了句。「打擾。」

邁步進門，就看到霍十九面色如常，而蔣學文已氣得面紅耳赤，正壓抑著聲音怒道：「……你這叫個什麼主意，難道拖延、等待，就能讓金國大皇子乖乖將條約簽了？我說你平日裡那麼多的歪心眼兒，慫恿皇上做荒唐事連想都不必想，張口就來，這會兒卻一個正經主意都拿不定。」

「爹，喝茶。」蔣嫵放下茶碗，打斷了蔣學文。

霍十九也接過茶碗，對蔣嫵微笑。

蔣嫵便道：「往後阿英和爹還要商議錦州和寧遠的事，相處的機會還多著，總不能一直這樣僵持著相處吧。爹說話也太焦急了，以後就慢點與阿英說吧，他也不是個三歲的奶娃娃，不是聽不懂。」

蔣學文聽聞女兒開口竟然是對霍十九的維護，當即覺得怒火中燒，恨不能立即將她領回家去。可是一想到他安排給蔣嫵的任務，若是她不能完全得霍十九的信任，又如何能為清流探聽到有用的消息？

蔣學文將臉一沈，站起身來道：「男人家說話，有妳插嘴的分兒嗎？」

霍十九眉頭一皺，剛要為蔣嫵辯解，就聽蔣學文道：「還不退下！」

蔣嫵見蔣學文真的動怒了，不願與父親爭辯氣到了他，便退下了。臨出門時，她與霍十九的目光相對，二人同時一笑，格外默契。

蔣學文來這一趟是奉旨，如今已經達到目的，該說的也都說了。就算是要想法子也不在乎這一時，是以趙氏吩咐下人來請蔣學文等人去飯廳用飯時，蔣學文已經要起身告辭。

蔣嫵再三挽留，蔣學文執意要走，最後她只能和霍十九將人送出府去。

回去路上，霍十九拉著蔣嫵的手，心疼地道：「委屈妳了。我與妳父親不對盤，他不喜歡我也是情有可原的，就是為難了妳。」
「我也沒什麼為難的，你別這樣說。」若是他不開口還好，一開口就讓蔣嫵覺得臉上發熱。
回了飯廳，霍大栓竟然沒見到霍十九帶了蔣學文來，當即發怒，指著霍十九的鼻子就要開罵，卻被趙氏一瞪眼阻止了。
蔣嫵被趙氏拉著坐在身邊，也不叫她立規矩布菜，反而拿了公筷替蔣嫵挾菜，道：「蔣御史怕是還有要緊事要做，就急著回去辦了，往後請來相聚的機會多得是，還在乎這一次了？嫵兒，妳多吃點。」
「謝謝娘。」蔣嫵也給趙氏、霍初六布菜。
霍十九和霍廿一坐在對面，都端著碗不言語。
霍大栓也覺得趙氏說的有道理，且現在發脾氣，訓斥的就不單單是霍十九，怕蔣嫵也吃不下飯了，是以也就強壓火氣。
誰知霍廿一吃了半碗飯，將碗筷一丟，銀筷、瓷器和桌面碰出一聲響，冷哼道：「也怪不得蔣御史要走，看到他我也倒胃口。」
「廿一！說什麼呢！」趙氏冷聲訓斥，又對蔣嫵笑著道：「嫵兒不必理會他，我看也是該給廿一說一門親，找個好姑娘來好生管著他了。」
蔣嫵笑著，剛要接話將這難看場面掩過去，霍廿一卻道：「有這樣的大哥，我還說親？莫說初六嫁不出去，也不會有人願意嫁給奸臣的弟弟！」

「廿一！」

霍廿一的一句話，說得眾人都是沈默。

霍十九緩緩放下碗筷，起身緩步出去。

蔣嫵望著霍十九的背影，只覺得蒼涼，隨即看了霍大栓與趙氏沒有開口的意思，當下忍不住火氣，冷哼一聲，不等霍十九走遠，訓斥的話就已出口。「霍明，我這當大嫂的今日少不得要討你的厭惡了。你將我看成奸臣的老婆也罷，但見你這樣不知好歹、不分輕重的，我就忍不住想揍你一頓！要不是看在爹娘的面上，我早就窩心腳踹飛你去豬圈了！」

「咳咳！」霍大栓禁不住咳嗽起來。

「你大哥是有哪一點對不住你了？他在政治上與人見解不同，就算做錯了事，自有那些被虧待的人說嘴，輪得到你在這裡義憤填膺？就算是他犯了法，自然有大燕朝的法律約束制裁他，輪得到你開口嗎？反倒是你，整日裡對你大哥像他欠了你銀錢似的，見了面就冷嘲熱諷，長幼你都分不清，當著爹娘的面就擺出那個嘴臉來，我看你是要造反！你還讀聖賢書呢，書都讀到狗肚子裡去了！莫說你現在這樣子就只是個娘兒們作態，就算你真的金榜題名，你要做大好人，要跟你大哥抗衡，我看也還差得遠！」

誰也想不到，蔣嫵會當眾訓斥小叔，且是在公婆面前。

她句句咬著道理，著實讓霍廿一想不出如何辯駁，一張與霍十九極為相似的俊臉脹得通紅，欲要吵嘴，又覺得與長嫂吵，輸贏都是自己的不是，還會跌身分。

蔣嫵點到為止，放下碗筷，道：「爹、娘，我先去看看阿英，你們慢慢吃。」

「哎，丫頭還沒吃飯呢。」霍大栓擔憂地站起身。

「沒事，待會兒叫小廚房預備些點心。」蔣嫵對霍大栓與趙氏微笑，又對霍初六頷首，就疾步追著霍十九出去了。

看著她的背影，趙氏不悅地訓斥霍廿一。「你也太不懂事了，都這麼大的人了，還整日裡孩子作為。你大嫂說的是，你大哥就是再不好，也是爹娘養的，也是你大哥。你好歹也要尊敬尊敬，別總是冷嘲熱諷。他在外頭就算是殺人不眨眼的魔頭，回到家裡來不也時時刻刻都孝順溫和？就算是一頭猛虎，到家裡也變成了貓，你還有什麼不滿足。」

霍廿一冷哼，推了碗筷起身便走。「我沒有這樣的大哥。連大哥我都不認，還認大嫂？虧她還是蔣御史的女兒，就知偏頗幫她男人。」

「你個兔崽子，她不幫她男人還幫你？明明就是你的不是，你還敢回嘴！」霍大栓氣得追了出去，脫了鞋掄圓了，朝著霍廿一後背拍出兩個鞋印。

霍廿一不敢躲，卻也杵在原地倔強的不吭聲，與霍大栓一樣瞪著彼此，似是比誰的眼睛大些，最後又挨了好幾次鞋底子。

第二十三章　和離風波

蔣嫵回瀟藝院見霍十九並沒回來，就派遣冰松去小廚房吩咐預備飯菜送去外院書房，自己則先趕過去。

書房所在的院落很安靜，四喜等隨從都遠遠地在外頭候著，沒人靠近主屋，見了蔣嫵，眾人都行禮。

蔣嫵微頷首，就直奔著裡屋而去，上了丹墀，站在門前叫了聲。「阿英。」

「進來吧。」霍十九的聲音如往常清泠平靜。

蔣嫵撩珠簾進門，就見側間裡，霍十九盤膝坐在臨窗的漆黑羅漢床上，正翻著書冊，見她來了，放下書笑道：「怎麼來了？沒吃飯吧？」說著話就要下地來。

蔣嫵先他一步坐在他身旁，笑道：「我吩咐了人待會兒將飯菜送來，咱們一起吃，你不會有不在書房吃飯的規矩吧？」

「不會。」霍十九笑著摟過蔣嫵的肩膀。

雖然一切如常，可蔣嫵分明感受得到他的疲憊，就算是做奸臣，也有許多無奈吧。

「阿明說話就是那樣子，我剛都替你訓了他一頓，你就不要往心裡去，爹娘心裡是疼你的。」

「我知道。」霍十九摟著蔣嫵的肩膀。「只是委屈了妳。」

「我不委屈，又沒有人欺負我，我有什麼好委屈？現在委屈的是阿明。」

「下次他要說我什麼，妳不要為了我去與他辯解，免得妳在爹娘面前為難。」霍十九摸著蔣嫵細滑的臉蛋，道：「我知妳滿心裡是為了我，但妳也要多留個心眼，我是爹娘的兒子，阿明也是，哪個做父母的會喜歡自己的孩子被人說，小心他們不高興。」

「你這人，就不怕背後說這些話讓爹娘聽去，生你的氣。」蔣嫵愉快地笑著。

「我是為了妳好。」霍十九也笑。「我是已被罵慣了，早已經習以為常，再說我臉皮厚，不怕的。」

蔣嫵沈默，抬眸望著霍十九精緻的側臉。皮膚細膩光滑，鼻梁高挺，紅唇秀氣，像個安靜的孩子。

蔣嫵突然禁不住疑問：「阿英，你為什麼要做到今日這樣地步？」

霍十九聞言倏然看向蔣嫵。

蔣嫵劍眉微蹙，明眸中閃爍著懷疑。「你我雖才成婚不久，可我看你的為人與外頭傳言有很大出入。」

「妳不也是？」霍十九莞爾。

「可見流言不可信。」

蔣嫵依舊認真地望著霍十九，道：「所以我才覺得你和外頭傳聞中的大惡人不同。我不懂朝堂上的事，或許你的所作所為有你的道理，只是不入大多數人的眼吧，他們可以罵你，但是不准在我面前罵，我也絕不會允許你有事的，只要我在。」

霍十九聞言，倏然看向蔣嫵。

陽光自背後糊著明紙的格扇照射進屋，將蔣嫵的身形勾勒出明媚曲線。她的臉半掩在陰影中，嬌美輪廓有了稜角，就越發覺得她眉目英氣，眼神明亮。

本該是被他保護的小姑娘，如今卻用如此堅定的眼神望著他，說出那樣動人心魄的話來。一句「絕不會允許你有事，只要我在」，比任何情話都叫人感動，霍十九突然覺得心裡的空虛都被溫暖填滿了，他望著蔣嫵，竟一句話都說不出來。

蔣嫵見他唇角翕動，輕笑道：「瞧你，我是不會再傷你了。當初若不是被墨染逼急了，我也不會出此下策。」

霍十九卻認真地道：「我不怕，也感激妳傷了我。」

「怎麼說？」

「妳若不傷我，一則是妳自己有危險，二則我又怎麼能入妳的眼？」

蔣嫵臉上發熱，正不知該如何回答，外頭恰好有婢子抬著食盒進來。她起身拉著霍十九的手去用飯。

霍十九心中一掃陰霾，二人也不遵什麼食不言的規矩，談笑間，他竟比平常多吃了一碗飯。

蔣嫵又拉著他出去散步遛食兒，道：「我瞧你體魄雖然好，可也還是弱了點，往後不如每天來跟著我運動，得了空就來地裡做農活，多與爹相處一下也是好的。」

被老婆說「弱」，且老婆還是個小姑娘，霍十九當真覺得很受傷，可他也不得不承認自已與她相比的確是「弱」，便咳嗽了一聲道：「我就不去地裡了，免得爹見了我氣不順，總嚷嚷著要踹死我。」

「窩心腳嗎？那是爹的口頭禪，又不會真將你如何。你呀，不要有事沒事自個兒待在書房，我看你總是在看書，你也來院中種地活動活動，通些稼穡也是好的。」

二人攜手聊得愉快時，已有下人高高挑起了宮燈，將傍晚的院落照得明亮。

霍十九第一次生了悶氣又用飯之後，胃裡居然沒有存了一個石頭般的硬疙瘩。

「侯爺，國公府來人了，說是有要緊事要與您說。」四喜遠遠地傳話。

霍十九停步，道：「知道了，我這就去。」

一個國公府的下人來，竟要讓霍十九這個錦寧侯親自去見，難道只是因為錦寧侯的封地現在還沒有要回嗎？

蔣嫵蹙眉，道：「那我回去等你。」

「妳若累了就早點歇著。」

霍十九囑咐了蔣嫵幾句，就快步去了外院前廳會客之處。

蔣嫵回了臥房，脫去外袍，穿著中衣壓腿舒展筋骨，又做仰臥起坐，還打了一套拳，等了一會兒，外頭就來人回。「侯爺去英國公府赴宴去了，請夫人自個兒先歇息，不必等。」

婢子行禮退下，蔣嫵已全沒了鍛鍊的心思。

霍十九對英國公一直很恭敬，英國公也很重用霍十九，可她始終覺得其中有些不明白的事，還有，她不確定文達佳琿這一次會不會再弄出刺殺這等事。

蔣嫵終究是不放心。她叫了冰松來，吩咐她去拿自己的夜行衣。

冰松驚愕，壓低聲音道：「夫人，您要出去練腳程嗎？這兒可不是咱們府裡了，在霍家練腳程，萬一被發現了可怎麼好。」

「我會被人發現？」蔣嫵曲指彈她額頭。「別婆媽了，妳又不是不知道我的厲害。」

冰松領命去取來夜行衣，伺候蔣嫵換上，又替她將長髮梳了個馬尾，拿了面巾為她遮面。

蔣嫵將匕首綁好，就推開後窗，回身吩咐道：「妳和聽雨在屋裡看家。若來人，就說我乏累，先睡了。」

「知道了。夫人，您可千萬留神，早些回來啊！」冰松囑咐時，只見黑影一閃，蔣嫵已經躍出窗戶不見蹤跡。

她忙向前追了幾步，站在窗邊時，外頭已經看不到蔣嫵身影。

憂心忡忡地望著漸漸降下的夜幕，冰松半晌才關了窗。

蔣嫵離開府門，很快就追上了霍十九的馬車。她卻不上前打擾，也免得他知道了擔憂，身子就如同輕盈的貓，在一旁屋簷或者院牆邊緣，再或者陰影處前行，始終不加速超過，但也不會距離馬車很遠。

到了英國公府，她掩藏在牆角陰影處，眼看著換了身絢紫色錦緞外袍的霍十九在僕從簇擁下上了丹墀，這才尋找一處寂靜無人之地，一縱身躍上牆頭，悄無聲息地跟隨著他的步伐。

霍十九去的依舊是天香閣，就是上一次蔣嫵被發現後擄走霍十九的地方。她翻上屋頂，俯身掀開片瓦，附耳聽著屋裡動靜。

就聽霍十九與英國公客套了一番，上了茶，二人不過閒聊幾句，英國公就問：「聽說你府裡這些日子將小妾都打發了，你那些義子乾兒送的妾室也都送回去了？」

霍十九笑著頷首道是。

英國公順著鬍鬚，朗聲笑道：「到底是年輕人啊，端的是讓老夫羨慕不已。你如此對待蔣氏，蔣石頭那老頑固豈不是歡喜得上了天？」

「國公爺說笑了，您也知道我那個岳丈老泰山的性子，我恐怕就是將金山銀山堆在他腳下，他也不會正眼看，送上我項上人頭說不定還能讓他一笑。不過那麼點的事，他會放在心上才怪，遑論是喜歡？」

見霍十九表情無奈，英國公莞爾道：「罷了，翁婿之間素來就是微妙的，你娶走了蔣石頭的掌上明珠，還不准他彆扭了？只要你自個兒與蔣氏的日子過得好也就罷了。我是見你當真為了蔣氏遣走原本在身邊伺候的人，覺得驚訝。」說著抿口茶，似不經意地問：「這些日皇上可好？」

「皇上很好，每日參加金國大皇子要求的那些宴會，玩得不亦樂乎。」

英國公聞言道：「那就好。皇上畢竟年輕，小孩子心性貪玩一些也是有的，咱們做臣子的，無非就是要皇上過得開心罷了，寧可咱們多勞動一些，為皇上分憂，讓皇上過得好，我們就心滿意足了。」

「國公爺說的是。」霍十九十分受教地點頭。

英國公又笑著道：「你既瞭解皇上的心思，就多陪著皇上。」

「是，最近又想出一些新法子，回頭去與皇上商議商議。朝政上的事還要多勞動國公爺了。」

「哪兒的話，這是老夫的本分。」英國公笑著捋順鬍鬚。

兩人又閒話一會兒，下人就在外間將晚宴備齊了。

英國公與霍十九謙讓著入席，下人魚貫地上了開胃小菜、正菜，又抬著酒罈子來。

坐了片刻，英國公便吩咐人將他手下的清客門人都叫來，又說：「雅座無趣，難得錦寧侯來，須得盡歡才好。」

於是舞姬來了，絲竹聲響起，靡靡之音下又有清客陪著划拳行令，不多時霍十九就面色酡紅，眼神迷離。

蔣嫵俯在屋頂乾著急，一面注意屋裡的動靜，一面還要仔細著自己不要一個疏忽再被發現——有了上一次的經歷，蔣嫵哪裡還能不小心？

眼看著到了半夜，霍十九已經醉得幾乎不省人事。英國公就笑著吩咐了兩個姿色出眾的舞姬來一左一右扶著。

「妳們好生伺候著錦寧侯。今兒天也晚了，就讓錦寧侯在此處歇下，來人，去給霍府送個信。」

下人應是去辦差。

兩名舞姬粉面含春地望著俊美無儔的男子，嬌羞無限地就要架著他去裡屋。

蔣嫵依舊在屋頂看著，凝眉，覺得無奈。這類事情，男子在外應酬大約是少不了的。若是清醒時候自然不礙事，可醉酒之後的男人，哪裡受得住溫香軟玉的引誘，她看得分明，卻無法下去阻攔。難道要趁著那兩名女子行事之前將她們宰了？

她們畢竟也是奉命行事，濫殺無辜不是她所喜的。她是會殺人，可也不是殺人的機器。

正糾結時，誰知已走到裡間門口的霍十九突然推開了那兩名舞姬，含糊道：「我得回去。」

英國公一條腿已經邁出門檻，聞言回頭，笑道：「這麼晚了，回去做什麼？你今兒就在此處好生放鬆放鬆。」

「不行，我得回去，嫵兒……嫵兒定會等我。」霍十九搖搖頭，強迫自己清醒一些，搖晃著身子就往外走去，路過英國公身邊，還不忘了晃晃悠悠地行禮作別。

英國公無奈，只得吩咐四喜。「好生扶著你家侯爺。」

四喜領命，半拖半攙地架著霍十九趔趄著上了代步的小車。

蔣嫵將一切瞧在眼中，懸著的心放下了，心裡只覺得踏實又窩心。小心翼翼蓋好瓦片，身法輕靈如燕地躍下屋頂，以院中山石迴廊為掩護，往外頭而去。

回程時，她依舊是不靠近馬車，只遠遠隨行。一面跟著，霍十九方才推開兩名美貌舞姬說必須回家去的那個認真表情，依舊在她眼前打轉，越想就越是覺得甜蜜。今兒個本是為了他的安危而來，卻讓她看到如此暖心的一幕，想必擱在平日裡，他就算真的與她說這樣的事，她也會覺得是他在她跟前賣乖吧。

正胡思亂想時，突然聽到寂靜街道上馬車裡有哐噹一聲，隨即就有人從裡頭跌了出來！蔣嫵連忙要去接住，可她身法再好，會的也不是輕功，目測距離，她也是絕對接不到人的。

正當四喜慌亂要去扶時，就見眼前白影一閃，原本大頭朝下就要栽倒在地的霍十九，已經被一身白衣的瘦高身影接了個滿懷。

正是曹玉！

四喜驚喜地叫。「曹公子！」

曹玉蹙眉，將霍十九放回馬車。剛要掩車簾，原本醉暈的霍十九卻將眼睇出一條縫來，嗓子沙啞道：「墨染。」

曹玉渾身一僵，這下子被抓個正著。他竟然沒走，還跟在一旁將掉落馬車的他給接住了，可讓霍十九如何想呢？

他很想期待霍十九已經醉傻了……

霍十九卻道：「我知道你沒走，往後、往後就別再彆扭了。」

「爺，你……你怎知道我沒走？」

霍十九閉上眼，道：「你的性子我還不知？你放心不下，定然不會走遠。」

曹玉臉上發熱，抿著唇，垂眸不語，不過片刻他就似明白了什麼，結巴道：「你、你是故意跌下馬車的？」

霍十九依舊閉著眼，唇角揚起一個淺淡的弧度。

就算不回答，看他的笑容也懂了。

曹玉憤然，又不好罵霍十九，鐵青著臉吩咐馬車啟程，回頭向著蔣嫵的方向瞪了一眼。

蔣嫵無辜地眨眼。她方才在英國公府就已經發現曹玉也在，只不過二人即便察覺到彼此的氣息，也沒有眼神交會罷了。

怎麼，他被霍十九算計地出現了還來怪她的不是？

蔣嫵撇嘴，輕盈地遠遠跟上。不論怎麼說，曹玉能回來保護霍十九是好事，她畢竟是個女子，不好什麼場合都跟去吧。

回了霍府，蔣嫵先一步回去臥房，照從前那樣悄無聲息地翻窗而入。才剛脫了夜行衣，外頭就傳來腳步聲，倒是嚇得冰松手忙腳亂地服侍她穿衣。

蔣嫵笑著擺手。「不必忙。」隨便在褻衣外披了件袍子，披散著長髮就去拉開屋門，正看到霍十九滿面酡紅，被曹玉和四喜扶進院裡來。

二人不好靠近正屋，蔣嫵就讓婢女們去扶人，別看霍十九清瘦，可到底身高在那裡擺著，喝醉的人又格外重，費了九牛二虎之力才將人放上拔步床。

見他滿身酒氣，四仰八叉的睡相，再想起方才在英國公府他的表現。蔣嫵笑著吩咐聽雨去預備溫水，親自服侍他擦澡更衣才睡下。

曹玉這會兒則孤坐在屋頂，鬱悶不已。

他縱然有滿身武藝，可到了霍十九跟前也敵不過他不經意之間的一個小算計。他知道霍十九的酒量並不是很好，今日喝那麼多酒肯定是醉了，然而醉酒中的人還能動心思乘機算計他、哄他出來，可見霍十九的心機。

曹玉鬱悶地憑空揮了一拳。

此刻的蔣家依舊燈火通明。

蔣學文和唐氏剛大吵了一架，全家人都沒有睡覺的心思，此刻都聚集在前廳。

唐氏眼睛哭腫成核桃，吩咐喬嬤嬤。「去，給我將衣裳收拾收拾，明兒天一亮，我就走！」

「妳能不能別再鬧了！」蔣學文覺得頭疼欲裂。「外頭的事已經夠忙，妳還在家裡添亂！」

「我走了，自然不給你添亂了！」

「妳做娘的人，說走就走，妳打算讓嫣姊兒和嬌姊兒怎麼說親？」

唐氏語氣一窒，含淚冷笑道：「嫣姊兒和嬌姊兒是我親生的，我自然為了她們的好，人說『喪婦長女不娶』，沒說『喪父』的也不娶吧！我一併帶著她們兩人走，沒有你蔣學文，難道我們三人還餓死了不成？你和晨哥兒打的好主意，你們爺們往後就好生自個兒過吧！」

「娘！」蔣晨風急得面紅耳赤。「有話好商量，爹也是為了國家啊，再說這件事三妹也是答應了。」

「呸！答應？」唐氏抹了把眼淚，唾沫險些啐在蔣學文臉上。「你不去問問你爹做的好事！你三妹重情義，他那一跪求，你說你三妹還能推辭嗎？人家爹娘都是為了兒女好，甘願犧牲一切也都值得，咱們家呢？你爹是為了他所謂的國家大義，連自己的女兒都得犧牲！虧得咱們為了救他出來，又是要賣身又是要做小妾的，他可倒好，不為了女兒著想，整天腦子裡還裝著大燕，就把孩子往火坑裡推！」

「我身為臣子，食君之祿，忠君之事，何錯之有？」

「你沒錯，那你就繼續做你的忠臣，我們都入不得你的眼，我們走！」

唐氏坐下，厲聲吩咐蔣嫣和蔣嬌。「我要與妳們爹和離，妳們要跟娘一起走的就馬上收拾好行李，離開妳爹這個冷面冷心、鐵心腸的臭石頭，現在妳們不走，少不得將來妳爹再有個什麼，將妳們姊妹的幸福也都搭上了。呸！虧這樣利用嫵姊兒，還好意思腆著老臉去霍家呢，也難怪你沒臉見你女兒，我都替你寒磣得慌！」

蔣學文臉色鐵青，看著盛怒之下的唐氏，也不知要如何說得過她。

唐氏也似懶得再與蔣學文爭吵，只抓著茶碗不言語。

蔣家子女幾時見過父母口角得這般厲害，蔣嫣和蔣嬌也隱約知道發生了什麼，一時不知該如何勸解。蔣晨風更是急得如熱鍋上的螞蟻一般，聽母親這話，是將他也連帶給恨上了，他並沒有出主意，也是隨後才知道的啊！

「娘。」蔣晨風斟酌著開口。

誰料才說一句，唐氏就凜然抬眸。「滾！」

「娘！您息怒。」蔣晨風被母親罵得腿一軟，提袍襬撲通一聲跪下。「娘，兒子知道您氣惱爹，可爹也是為了整個國家著想，您從前不也是贊同的嗎？您如今若真是帶著大姊和四妹出去，才真是難看了，不光是您，還有爹的體面可往哪裡放，您想外頭的人會怎麼看爹？人會說爹堅持的大義連自個兒家人都不支持，會說爹眾叛親離，到時候大姊和四妹臉上才真的是不好看，真的是難說親，娘您……」

「啪！」

蔣晨風還要繼續拿道理辯白，盛怒之下的唐氏已一巴掌摑了過去，將蔣晨風打得當下愣怔住。

「你個混帳王八羔子，你以為我不知道你們爺們的心思呢！你爹對你妹子做出那樣的事來，你不會來與我說？你爹是堵著你的嘴了？你爹能為了他的好名聲犧牲閨女，你就是想跟著沾光吧！你覺得犧牲了你三妹不夠，難道還要繼續再搭進去你大姊和你四妹？」

唐氏的眼淚又一次湧上，成串如珠子一般滾落，拍著小几泣道：「就是現在英國公那個老混帳說要納你大姊為妾，要你四妹子去做什麼童養媳，只要是對國家有好處，你爹也絕對不會說個不字！」

「娘，您別這麼曲解爹啊！」

「你給我滾蛋！」唐氏氣急踹開蔣晨風。「你們男人就是人，女娃就不是人，就可以隨意贈人、隨意犧牲。嫵姊兒現在有個好夫婿，知冷知熱知道疼惜她，你們不勸說著讓嫵姊兒好生與霍英過日子，居然還要讓她做那些難做的事左右為難，你們是要擠兌死我的嫵姊兒啊！你們老爺們家的朝政做不下去，就要拿女娃子往裡頭做墊腳石，給你們往高處爬。蔣玉茗，那身官服你也穿得下去，你也不怕將來下十八層地獄去！」

唐氏站起身，就往外頭去，高聲吆喝。「還沒收拾好？」

喬嬷嬷提著兩個大包裹出來，賠笑道：「夫人，都收拾妥當了。」

「收拾妥當了就走！明兒官府裡一開衙，我就送去義絕書作見證！」唐氏回頭怒瞪著蔣學文。「你就跟你的朝政，跟你的好兒子過下半輩子去吧！」

說完，唐氏隨即怒瞪蔣嬌和蔣嫣。「還不跟我走？還等著妳爹把妳們也賣了？」

「娘，這會兒還有宵禁呢。」蔣嫣使緩兵計。「不如等明兒一早咱們再出去？去舅舅家住些日子也好。」

「妳走是不走？妳不走，就留下給妳爹當豬狗賣！」

蔣嬌拉著唐氏的手。「娘，我跟您去。」

蔣嫣擔憂唐氏在氣頭上，帶著小妹出去也怕有事，只得與蔣學文道別，跟著唐氏要走。

蔣晨風呆坐在地上，被唐氏連打帶罵，心裡已百般不是滋味，猶豫著不知該如何勸說。

蔣學文終於憤然起身，點指大門呵道：「出了這個門，妳就再也別回來！」

唐氏回眸冷笑。「你放心，你就是八抬大轎去抬我，我也不回來！」

推開院門，喬嬷嬷、幻霜二人隨行，唐氏就帶著長女和么女走入茫茫夜色之中。

蔣學文跌坐在圈椅上，彷彿一下子老了十歲。

蔣晨風焦急地道：「爹，娘和大姊她們就這麼走了，怕有危險啊！」

蔣學文繃著臉，心裡彷彿倒了一整鍋熱油正烹炸著，也不說話。

蔣晨風真真是焦急不已，就要追出去。

「要是敢去追，你也不用回來了！」蔣學文倏然抬頭。

蔣晨風腳步頓在門前，沒敢再往前走一步。

唐氏這廂帶著女兒和下人，一行五人離開了帽檐胡同，身處茫茫夜色，駐足不前，竟想不出該去哪裡。

蔣嫣與蔣嬌都很是擔憂，她們都是閨閣小姐，白日裡出門也是乘馬車，哪裡有如此站在大街上的時候，何況現在還是四下無人，夜幕漆黑。

蔣嬌緊緊拉著唐氏的袖子，顫抖著叫了一聲。「娘。」

唐氏握著女兒冰涼的手，果斷往前去。「走，先找個客棧住一夜。」

「也只能如此了。」蔣嫣扶著唐氏，就往前走去。

誰知還沒走過一條街，迎面就遇上巡夜的兵士。

「什麼人！」一群漢子提著燈籠上前來盤查。

唐氏將蔣嫣推在身後，底氣十足地道：「我是霍英的岳母，你們也敢阻攔！」

錦寧侯的岳母？

幾人面面相覷，都知道霍十九的岳母是蔣御史的老婆，這會兒看面前這婦人的穿戴打扮，還真像蔣學文那窮酸的家眷。

霍十九是什麼人物？那是讓清流恨得牙癢癢、老百姓避之唯恐不及的煞星。這些人不敢怠慢，哪裡敢阻攔？商議一番，就有一人去霍家報信，也算確認一下。另外幾人就賠著笑臉，主動問了唐氏等人去向，一聽說要去住店，連忙殷勤地將人送去附近最好的一家客棧。

到了客棧坐下，漢子們領了唐氏給的幾個小錢退下，喬嬤嬤才吁了口氣道：「到底還是姑爺的名頭管用。」

唐氏不言語，只獨坐在桌邊發呆。

喬嬤嬤有心逗唐氏開懷，這會兒也不好再多言，就去伺候蔣嬌和蔣嫣先睡下。

至於那報信的人當然沒見到霍十九，將信傳給門房的人就去了。

霍家的豪奴在外頭雖然霸道，可在霍家當差，尤其是在霍十九那樣的人的眼皮子底下，哪裡敢有絲毫怠慢？忙飛奔著進了裡頭去傳話。

可夜深人靜的，二門上守門的老媽子也睡死了，小廝在那兒又耽擱了一會兒時間，才將口信告訴了老媽子，叫老媽子進裡頭去回。

等到了瀟藝院，又耽擱了一些時間，霍十九聽見消息時已經過去半個多時辰了，偏偏他酒喝多了，這會兒正頭疼欲裂，費力氣也起不來。

蔣嫵問清楚原由，笑道：「沒事，我出去瞧瞧便是了。」

「妳別去，還是我去。」霍十九揉著額頭，臉色也不好，披上衣裳就要下地。「大半夜裡的，婦道人家出去做什麼。」

蔣嫵卻道：「你好生在家裡醒酒，朝廷裡多少大事還要等著你做，你當皇上安排了你與我爹配合著去與文達佳琿打交道是那麼好纏的？」

「可是妳出去我不放心。」

「你忘了我是什麼人了？」蔣嫵莞爾，看著霍十九憋屈地抿著唇的模樣就像個負氣的孩子，禁不住失笑，推著他躺下道：「你歇著，左右有墨染在，我也不必擔憂你的安危，我去客棧瞧瞧家裡到底怎麼了。」

此時也想不到其他更好的法子了。

霍十九點頭道：「我派些人跟著妳。」說著揚聲喚人來吩咐下去。

由於怕打擾了霍大栓那邊休息，也不敢聲張開，最後，蔣嫵帶了二十名的功夫好手悄悄離開霍家。

到了客棧，二十名侍衛跟著，那掌櫃的何曾見過這等陣仗？只當蔣嫵不知是哪一位貴人，見了面就先行大禮，隨即極為客氣地引著去了唐氏住的客房。

唐氏這會兒正對著燭臺發呆，喬嬤嬤坐在臨窗的圈椅上撐著下巴打瞌睡，聽見外頭有錯雜的腳步聲和說話聲，又見格扇上映出的人影重重，都不免心驚，大半夜裡來住店也不至於這般浩浩蕩蕩一群人來吧？

喬嬤嬤也醒了，緊張地站在格扇前，附耳貼在格扇聽著外頭的動靜。

正當緊張之時，卻見一嬌柔倩影緩緩而至，熟悉的低柔聲音道：「娘，是我。」

喬嬤嬤面上一喜，連忙拉開格扇，卻見蔣嫵穿了身紫色素面妝花褙子，長髮綰了個簡單的髮髻，笑顏如花地站在門前。

「三姑奶奶！大半夜的，您怎麼來了？」

蔣嫵微笑進門，與喬嬤嬤打了招呼，就一面走向唐氏一面道：「巡城的兵士怕有事，就去傳了消息，可巧英國公拉著阿英去吃酒，這會兒後勁正大，在家裡頭躺著呢，他偏要來看看，我沒讓他來，就帶了二十名侍衛先來了。」

見唐氏哭得眼睛紅紅的，蔣嫵笑著打趣。「娘，可是爹他欺負了您？要是他做錯什麼了，您告訴我，我回家去說他，定給您出口惡氣。」

蔣嫵若見了她就哭訴，唐氏心裡或許會好受一些，可蔣嫵就如同沒事人一樣，明明背負著那樣沈重的負擔夾在父親與夫婿之間左右為難，還要強顏歡笑，從未讓她們瞧出半點破綻來。

唐氏剛止住的眼淚又一次湧上眼眶，心疼地喚了蔣嫵一聲。「嫵姊兒。」後頭的話卻一句都說不出了，只顧摟著蔣嫵放聲大哭。

蔣嫣與蔣嬌在隔壁聽見動靜，慌忙趕來，見唐氏哭得如此傷心，也都跟著落了淚，就連蔣嫵也都淚盈於睫，拍著唐氏的背道：「娘莫哭了，您有什麼委屈，都與女兒說，女兒給您出氣。」

唐氏與蔣學文成婚多年，一直風雨同舟，婆家親戚齷齪，公婆不喜蔣學文也連帶著她得不到好臉，日子過得又拮据，教導子女的同時又要想法子生財好應付種種花銷，每一日過得都很辛苦，可她一直都覺得那不是蔣學文的錯，也不遷怒到他身上，是以一直安分地與他過日子，從來沒有怨言。

而這一次，蔣學文當真碰觸到她的底線。她可以吃苦，可以受窮，可以與他擔心受怕，可就是不能容許他出賣自己的女兒。若是敵不過奸臣也就罷了，大不了全家一同赴死，黃泉路上也不孤單，然這一次卻是不等著敵人將刀架上他們脖子，蔣學文就為了所謂的正義犧牲了他們的親骨肉。

蔣學文可以罵她沒有氣節、不懂得國家昌盛的重要，而她就真心只期望全家人平安健康、平淡度日，又有什麼錯？越是想，唐氏哭得越是傷心。

蔣嫵的身子雖然嬌柔，可臂膀有力，彷彿她在就能為她支撐起一片天，讓唐氏放心地將委屈的淚都灑在她身上。

蔣嫵不知到底發生何事，以詢問的目光看向抽泣的蔣嫣、蔣嬌和喬嬤嬤。

三人本就知道發生何事，見蔣嫵清澈的眼中滿是焦急，又想她身之所受，似越發能體會到此刻唐氏的心痛。

三人的淚湧得更凶，蔣嬌更是「哇」的一聲哭出來，兩、三步奔到蔣嫵身邊摟著她的腰哭道：「三姊，娘要跟爹和離，不然爹會把我們也都『賣』了。三姊，三姊夫真的是個壞人嗎？我看他很喜歡妳，對妳很好，妳可千萬別聽爹的話，妳好好跟三姊夫在一起，娘就不難過了！」

蔣嫵聞言，身心俱震。「娘，您……」

唐氏直起身，抹了把眼淚，又輕撫蔣嫵的臉頰，道：「嬌姊兒說的是，我要與妳爹和離。妳也聽娘的話，不必做妳爹叫妳做的事！那老混蛋腦筋不清楚了才叫自己女兒往火坑裡跳，如今霍英是個靠得住的人，妳就好好地孝順公婆，做一個正常的霍夫人該做的事，不要對不住他，要是傷了他的心可是彌補不了的，妳要切記啊。」

蔣嫵此刻滿腔動容。她做慣了棋子，前世今生，不論是大帥還是父親，都只會考慮他們自己的想法，然後不論她的死活直接吩咐下來。她出於忠義、孝道和感情的羈絆，又無法拒絕。

母親竟然會考慮到她的感受，終於有人考慮到一個棋子的感受，她如何能不感動？

「娘，我沒事的。我和阿英的感情很好，我也知道我該怎麼做。」蔣嫵摟著唐氏，臉頰貼著她的臉頰，安慰道：「爹那樣做，也因他一心向著國家大義，我能理解。」

「但我無法原諒！」唐氏忿恨道。「我與妳爹成婚至今，風雨同舟，不離不棄，我能忍受貧窮、忍受擔驚受怕，卻無法容忍他不顧我孩子的死活。這次和離，我勢在必行。」

蔣嫵沈吟，垂眸不語。

蔣嫣卻期盼地望著蔣嫵，急著給她使眼色。蔣嫵對人的注視特別敏感，抬頭，看到蔣嫣的神色，就明白了她的意思。

這個時代的婦人若真的和離，往後的路會很艱難，但是蔣嫵卻不以為然。

女子離開男子，難道就不能好生過活了？若父母感情真的不和，在一起也是一種折磨，那當真不如分開來，大家都好過。

各人心中底線不同，唐氏不能容忍丈夫這樣對待家人，也是可以理解的。其實若是她，也未必忍受得了，縱然有感情，也敵不過失望吧。

只是現在的情況，唐氏還在氣頭上，並不適合立即下決定。

「娘，您若是與爹和離的話會過得更好，女兒自然不反對，只是這些日我身子有些不適，原本也不預備與娘說的，這會兒娘既然搬出來，又帶著大姊和四妹，不如就先去我家中，照看我些日子，也順帶散散心。」

「什麼，嫵姊兒身子不適？」

唐氏聞言，慌亂地打量她，見她神色如常，面色也很好，根本不似有病的人，不免就往旁處想去……

「算日子，妳與阿英成婚也有兩個多月了，除去妳臥床的那段日子……是不是妳……」唐氏的眼神晶亮，又顧及身旁兩個還未出閣的姑娘，後頭的話就沒出口。

蔣嫵只是胡謅個藉口罷了，想不到唐氏就往這方面去想。饒是她再大方，這樣的事也著實讓她臉上發熱，索性胡亂地點頭，道：「所以娘還是去住下，您與爹的事先不張揚，先與大姊、四妹一同陪著我住一段日子再說。讓二哥與爹作伴，也好觀察觀察。畢竟夫妻一場，也不是說分開就分開的。」

唐氏鄙夷地罵了蔣學文一句「王八蛋」，又覺得蔣嫵現在可能有了身孕，不好為了自己的事太過勞神，就道：「也好，聽妳的。」

蔣嫵笑道：「那敢情好，今兒已經晚了，等明兒天亮了咱們就回去。府裡有的是現成的院子，足夠住了，且我公公婆婆都是溫和善良的實誠人，小姑和小叔也都是樸實人，根本不像外頭說的那樣跋扈。娘來了，他們只會舉雙手雙腳歡迎，娘絕對不需要有顧慮。」

唐氏自然知道霍大栓與趙氏都對蔣嫵極好，她的小叔和小姑子也都是本分人，就笑著點頭。

蔣嫵又俏皮地道：「爹敢惹娘生氣，就叫他嘗嘗孤單一人滋味去！」

唐氏見蔣嫵這樣，噗哧笑了。

一旁的蔣嫣總算鬆了口氣，妹妹的緩兵之計用得可比她高明多了。

蔣嫵就住在客棧，與唐氏同榻而眠。蔣嫣和蔣嬌則回了隔壁屋子，由喬嬤嬤照看著。

吹了燈，屋裡再沒旁人，唐氏才悄然與蔣嫵說體己話，問得蔣嫵面紅耳赤，只胡亂點頭，為了哄唐氏去霍府住下，有些問題只能含糊著也不好解釋。

唐氏越發確定蔣嫵一定是有喜了，歡喜又心疼的複雜情緒油然而生，竟然是一夜沒睡，到了天矇矇亮才勉強睡下。

第二十四章 赴邀遊湖

好夢正酣，就聽見有輕微的敲門聲。

唐氏倏然張開眼，見蔣嫵已經披著褙子去應門。

「嫵兒，是我。」

「阿英？怎麼這樣早來了？」

蔣嫵回身將內室與外間之間的簾子放下，這才開了門。

霍十九臉色不大好，進了門目不斜視地背對著內室坐在八仙桌旁，笑道：「不放心妳，就來看看。」說話間，以詢問的目光對著蔣嫵眨眨眼。

他那表情極為有趣，逗得蔣嫵噗哧一笑，對著他搖頭，又使了個眼色，道：「我這些日子身子不是不大舒服嗎？才求了娘與姊妹來陪我、照看我。」

「那敢情好。」霍十九笑道：「也免得妳在家中待著無聊。」

「我也是這樣想。」

正說話，簾幕被拉開，唐氏已經穿戴整齊，笑著出來。

霍十九忙起身行禮。「岳母。」

「好，好。」這會兒看著容貌出眾、彬彬有禮的女婿，唐氏更加喜歡了。

霍十九又配合蔣嫵說了許多客套話，一行人就啟程回霍府去。

府裡自然有現成的客院，霍十九一句話，就有人去準備妥當，幫襯著搬行李。

唐氏自然要去見過霍大栓夫婦，誰知才說了兩句話，唐氏就說要請個大夫來。

霍大栓只和她打了個照面就去地裡幹活了。趙氏以為唐氏身子不適，也不大清楚為何親家母會帶著兩個女兒突然來，更不好問，當下就讓人去請大夫。

蔣嫵這廂已經想好另一套說詞，若大夫來了，就說是身上兩處箭傷有些疼。

不多時，常來往霍家的周大夫便出現了。富貴人家自然有規矩，蔣嫵被安排著躺在小屏風後，只伸出一截皓腕。

周大夫目不斜視背對屏風坐著，由婢子幫他找到寸關尺處，隔著一層紗帕切脈。

沈吟片刻，雙手都診過，周大夫起身道：「錦寧侯夫人的脈象來往流利，如盤走珠，是喜脈，應當有一個月的身孕了。」

「啊！」趙氏驚喜地呆愣住。

唐氏喜上眉梢。屏風裡的蔣嫵則是傻呆呆地愣住，忘記起身。

周大夫又道：「恕老夫直言，夫人先前身體大大的虧損，雖然底子好，可也著實虧了血氣，這會兒卻不是孕育子嗣的最佳時期，對孩子怕不大好。」

一句話，就將剛歡喜不已的趙氏和唐氏潑了滿頭冷水。

「周大夫，那可怎麼是好？」

「無妨，老夫且為夫人開些補氣補血的方子，且先將養著。」周大夫又對屏風方向行禮，道：「夫人的身體底子好，然虧損之後時常會有虛弱盜汗、頭暈乏力的現象，切不可胡亂忍耐就罷了，定要定時照著老夫開的方子來吃，將養些日子，這一胎或許還能保得住。」

這樣說法，就是這一胎很有可能保不住……

趙氏與唐氏頓時心焦。

蔣嫵已經回過神，起身道：「有勞周大夫。」神色如常，並不驚訝。

周大夫忙垂頭行禮，道：「不敢。」就與婢女去外頭開方子。

趙氏笑著道：「嫵姊兒安心，咱們好生調養，定然無恙的。」

「是啊，娘就在這裡陪著妳，妳不用怕，當初娘生妳二哥的時候，人也說帶不住呢，現在妳看妳二哥不也活蹦亂跳的？」

「知道了。」蔣嫵淡定地應著，其實這會兒也沒從「驚嚇」中回過神來。

怪不得小日子遲了這些天，她竟都沒往這方面想，她房裡的冰松和聽雨都是姑娘家也都沒多想。算算日子，恐怕就是圓房那一日有的，之後他們都有小心防範著……可真是，一下就中獎啊。

「對了！快，快去前頭告訴侯爺，再去地裡告訴老太爺去。」就算大夫說或許這胎穩不住，可到底是一件大喜事，趙氏歡喜得恨不能將蔣嫵當菩薩供起來，忙扶著她坐下。「妳快坐，哎，怎麼不舒坦了也不告訴娘一聲？多虧了這些日妳爹沒叫妳去翻地，那老癟犢子要是敢勞動妳壞了妳的身子，娘窩心腳踹飛他去豬圈裡。」

又是窩心腳……蔣嫵噗哧笑了，現在全家人被霍大栓影響，都擅長「窩心腳」了。

唐氏聞言也笑，自個兒女兒在婆家被寵著，並無她從前擔憂的那般日子過得辛苦，如今又有了喜，好好將養著也是要做娘的人了，她越想越是歡喜，連昨兒生的那一肚子氣都給忘了。

不多時，霍大栓先趕了過來，瞧他腳上還綁著沾滿泥的草鞋，就知他有多歡喜，進了屋來只會傻笑，與唐氏打了聲招呼，說了許多蔣嫵有多乖巧聽話、虧得唐氏教導得好之類的話才出去。

霍十九這廂呆站在書房中，半晌都沒回過神。

有喜了，一個月……

這個時機，其實並非是他們孕育子嗣的最佳時期，雖然他已經二十七了，早就該傳宗接代了，可是驚喜總是連連發生，就如同娶了蔣嫵本為利用，卻發現她是如此值得真心對待一樣。孩子當真有了，他定會拚盡全力保護他們母子平安。

放下書，霍十九咳嗽了一聲才壓制住心頭的悸動，道：「都有誰在？」

「太夫人和親家夫人都在，親家兩位小姐也在。」

「嗯，我不方便過去，你去回太夫人，就說我知道了。」

報訊的小廝行禮退下。

霍十九卻原地打起了轉，琢磨了半日，還是讓人備車出了門，去奶子府裡預選了三、四個合適的奶娘備用，又親自去太醫院，請了擅長婦人千金科的鄭太醫再來診一次脈。

安靜的太醫院裡哪裡迎接過霍十九這樣的人物，加之霍十九的身分，眾位太醫嚇得一個個冷汗直流，直到鄭太醫跟著霍十九走了，眾位才回過神來。

此時就有一人悄然出去，往英國公府裡去了。

蔣嫵這廂又診一次脈，鄭太醫的說法與周大夫的大同小異。當著蔣嫵的面，自然要往好的方面去說，只說好生調養著應當無礙；可回頭與霍十九、霍大栓和趙氏、唐氏說就是另外一樣，彷彿這孩子帶不住幾日就要滑胎似的，唐氏、趙氏等人聽得臉色煞白。

霍十九沈吟片刻，冷笑道：「很好，你就儘管往壞處說給自個兒留後路吧，我也不問你到底如何了，若是真有了什麼，我再問你。」

鄭太醫已是年過五旬的人了，如今聞言卻是嚇出了滿背脊的冷汗，雙腿一軟，跪下叩頭道：「下官不敢，侯爺面前，下官怎敢危言聳聽呢！」

「我不管。」霍十九擺手止了鄭太醫的話，嗤笑道：「到時候真有什麼，你就等著看好了。」

鄭太醫忙磕頭，心道：這位煞神霸道的性子，哪裡是他能說服得了？忙連滾帶爬地去斟酌藥方，還想著要找來擅長千金科的同僚好友來幫忙，否則他們全家豈不是都危險？

見鄭太醫急忙去想法子了，霍大栓雖不喜霍十九那般跋扈地威脅太醫，卻也覺得這樣治療或許對蔣嫵比較好，是以瞪了霍十九幾眼，並未在親家面前失禮。

一切折騰罷了，又用了午飯，蔣嫵才與霍十九回瀟藝院。

一路上偷眼去瞧，就只看到霍十九緊繃的下顎和緊抿的唇。或許這孩子來得突然，霍十九並不是十分高興？

蔣嫵輕嘆，並不多言，就與霍十九一同回了屋，打發了滿面紅光的冰松和聽雨下去。蔣嫵就坐在八仙桌邊，誰知才剛坐下，就被霍十九一把掐住腋下抱起來，原地轉了不知多少圈。

二人的衣衫飛擺，長髮飄舞，霍十九滿面笑容，蔣嫵嚇了一跳後就禁不住笑了，如此愉悅，當真是霍十九近些日來的頭一次。

「好了阿英，快放我下來。」

霍十九這才想起她有了身孕容易不舒坦，或許噁心呢，被他這樣一轉如何受得住，便將她放下，歉然道：「對不住，我太激動了。」

蔣嫵這才心裡一鬆，笑道：「我當你不喜歡呢。」

「怎麼會。」霍十九摟著她坐好，像抱娃娃一般抱著她。「我是歡喜過了頭。」

蔣嫵笑咪咪地靠在他身上，臉貼著臉呼吸彼此的氣息，沈默片刻才道：「放心，不會如大夫說的那般恐怖，我身強力壯的，怎麼就帶不住個孩子？從今起仔細些就是了。」恐怕她有一段日子不能施展拳腳了，想到前兒她還大半夜裡跟著霍十九出去，又是上房又是飛簷走壁的，她就覺得後怕。

夫妻二人說了一會兒體己話，霍十九就去外院書房，思考該如何拿下條約，讓文達佳琿趕緊鬆口。

誰知正想著，外頭就來了個小內侍求見，到了書房，恭恭敬敬地行禮道：「回侯爺的話，今兒個金國大皇子要求晚宴在什剎海的畫舫上辦，皇上已經吩咐下來，要請您與夫人一同前去赴宴呢！」

霍十九聞言蹙眉，道：「你去回皇上，就說內子身子不適，不合適去。」

那內侍卻笑了，道：「侯爺，這話是皇上口諭，英國公也是知道的，夫人若不去，怕是不大好呢。」

霍十九的眉頭緊緊皺著，半晌方道：「罷了，你回去覆命吧。」

「是。」

小內侍行禮去了。

霍十九想了想，就叫來了曹玉，商議妥當後才回了臥房去叫蔣嫵。

蔣嫵這會兒正無聊地把玩著匕首，見霍十九回來，笑道：「宮裡怎麼了？剛才下人說宮裡來人了。」

霍十九見她手裡那把寒光森然的匕首被她把玩得上下翻飛，指尖似開了一朵銀花似的，嚇得背脊上寒毛都豎起來，忙勸道：「都已經有了身子，怎麼還玩這東西？匕首染血有煞氣，仔細衝撞了孩子。」

蔣嫵將匕首在指尖轉了一圈，欣賞霍十九難得驚慌失措的表情，輕笑道：「哪裡就那麼脆弱，我的孩子必定會比我更強，小小匕首就嚇怕了，還怎麼經歷未來的大風大浪？」

霍十九在蔣嫵身旁坐了，取走她的匕首放在一旁，無奈道：「看來往後要少讓妳跟著爹去種地。」

「欸？」蔣嫵下巴靠在他肩窩，嬉笑道：「怎麼這樣說？」

「一則免去妳勞動辛苦，二則……妳與爹相處久了，連語氣都越來越像，我說不過。」

「哈哈！」蔣嫵朗聲笑了，笑聲清亮悅耳，狂妄又瀟灑，只覺霍十九這般被親爹和媳婦欺負的無奈模樣著實有趣。

霍十九聽她那爽快笑聲，自個兒心裡沈積的心事都似要被化解開似的，望她的眼神變得格外柔和。

蔣嫵半晌方止住笑，轉而問：「說吧，文達佳琿那廝又興出什麼新花樣來？」

霍十九奇道：「妳怎麼知道是他？」

「這個節骨眼上，除了英國公，只有他的事能大晚上勞動你吧？」

「就妳聰明。快去更衣，咱們要去什剎海遊湖。」

「他還挺會享受。」蔣嫵轉頭吩咐聽雨去預備衣裳，自己坐在妝奩前散了鬆綰的長髮，將之梳順，並叫了冰松來伺候梳頭，不多時就已預備妥當。

霍十九本以為要等她一會兒，是以自己更衣也是慢條斯理，誰料想才打好了帶子，她就已經站在他身旁。

「走吧。」

「這麼快！」霍十九驚訝地打量她。

長髮綰隨雲髻，戴了珍珠髮箍，腦後是金鑲玉的蝴蝶壓髮，與領口金纍絲蝴蝶領扣呼應著。一襲月牙白對襟圓領素面妝花褙子，湖水青的長裙，就彷彿夏日酷暑之中吹過的涼風，整體給人以乾淨清爽之感。

霍十九笑著拉她的手到妝奩旁，選了朵精緻小巧的粉白堆紗牡丹宮花為她簪在髮間，愛憐地看了半晌，越發覺得少女的朝氣與嬌柔暖人心窩，挽她手道：「這樣好看，走吧。」

「嗯。」蔣嫵抬頭對他微笑，叫聽雨跟著、冰松留下看家，二人便攜手出了門。

今日的什剎海四周燈火通明，每隔三丈就有一名宮女高挑明亮的八寶宮燈與一名佩刀的侍衛守衛著，遠遠看去，那燈光連成一串，與倒映在湖面的影子呼應著，像是一條蜿蜒長龍。

湖邊碼頭上此刻已停了三艘畫舫。兩艘略小，裝潢華美；一艘較大，簷牙高啄，明燈高挑，用的都是明黃帷幔流蘇，彰顯著皇家氣派。

在曹玉與聽雨的簇擁下，一路走向畫舫，就聽絲竹之聲悠揚從水面傳了開。一抬頭，就看到小皇帝此刻正坐在畫舫二層的樓閣上朝他揮手，興奮地叫道：「英大哥，快來！」明黃斜襟龍袍的寬袖被他揮舞成一面小旗。

霍十九微笑頷首，扶著蔣嫵小心翼翼走上踏板。他那仔細的模樣，分明將蔣嫵當作一塊嫩豆腐，捧著抱著都怕碰壞似的。

蔣嫵卻略提裙襬，健步如飛地走在前頭，踩得踏板上下顛簸，抖得霍十九滿臉緊張，連聲道：「妳慢點，慢點。」

在霍「大媽」的嘮叨聲中，蔣嫵輕巧站上畫舫，還不忘回頭拉了他一把，笑道：「沒事。」

霍十九抹了把汗，無奈地瞪了蔣嫵一眼。看來未來九個月，他都要在提心弔膽之中度過……

見他二人如此，聽雨掩口而笑。曹玉則是面色複雜，神色十分堅定地亦步亦趨跟在霍十九與蔣嫵身後。

一行人上了樓閣，就見小皇帝正與文達佳琿吃茶，幾名樂師在簾幕後撫琴。

文達佳琿今日穿的是金國特有的斜襟交領長袍，深藍色的錦緞顯得他膚色黝黑，氣質持重，與小皇帝身上的明黃形成冷暖強烈的反差。

見過禮，小皇帝笑道：「就等你們兩個呢，快來入座。」又看向蔣嫵。「左右沒有外人，英大嫂就坐下吧。」

「微臣惶恐，多謝皇上。」

霍十九與蔣嫵坐在矮几的另一端，聽雨和曹玉則與宮女隨侍在二人周圍。

畫舫緩緩向水中央移動。

文達佳琿手臂撐著欄杆，喝了口茶，望著夜幕之下波光粼粼的什剎海，似不經意地道：「霍夫人酒量過人，達鷹上次敗得心服口服，還想著再與夫人鬥上一次呢。」

蔣嫵挑眉，剛要開口，霍十九已道：「內子身子不適，不宜飲酒。況且如大皇子這樣的爽朗男兒，與個婦道人家喝酒也沒意思。」

若再輸一次豈不是更難看？

文達佳琿聞言一愣，隨即朗聲笑道：「錦寧侯對夫人倒是愛護。」

霍十九笑而不語。

小皇帝看了看蔣嫵，隨即傻笑著撚起一粒剝了皮的葡萄吃，一副不諳世事的模樣。

閒聊之時，畫舫徐徐駛向湖中央，其他兩艘小一些的就不遠不近隨行在後，不多時便有臣子朗聲稱頌皇帝的功德，高呼著萬壽無疆之類的敬酒聲。

小皇帝以茶代酒，一一與那些大人吃了好幾杯。

文達佳琿已放下茶盞，道：「聽聞你們大燕國女子個個都是才女，想必霍夫人是其中翹楚吧？不如此刻撫琴一曲以為餘興，如何？」

他虎目明亮，眼神大有挑釁之意。

小皇帝沈默，霍十九剛要開口，蔣嫵卻先一步直白地道：「不會。」

「不會？」

眾人驚訝。

蔣嫵奇道：「怎麼，不會彈琴不是正常的事嗎？閨閣小姐們是那般，可我不同，況且我又非樂師，不指著這個營生，為何要會？」

那妳會一身精湛武藝，就是以這個營生嗎？

文達佳琿內心追問，卻不多言語，只是嘲諷笑道：「我看霍夫人是不肯賞光。看來貴國誠意缺缺，這條約簽訂與否還要細想啊。」

看來文達佳琿是擺明要以此為要脅耍賴到底了。金國二皇子安排他前來，本就是為了讓他將對於金國來說「賣國求穩」的割地條約簽了，以打擊他的名聲，畢竟將來史書工筆上不一定會記錄那些出主意的人，卻一定會記錄上簽訂條約的人。

所以文達佳琿從中作梗，百般推諉，為的就是要挽回面子。

他使用一個拖延計，就會將大燕朝的耐性磨光。畢竟時間拖延越久，對大燕朝就越是不利，對文達佳琿卻越是有利。

這屢次都用同一個藉口，卻逼得大燕不得不鬆口，真真叫人惱火。

可皇帝與霍十九都不能多言，還要一味地哄著文達佳琿。

蔣嫵卻是鄙夷一笑，道：「我一直當大皇子是個一諾千金的豪傑，如今一瞧，也不過是個尋常人罷了。已經應下的事，還總要以同一個藉口來威脅反悔，還都是在這等雞毛蒜皮的小事上，我一小女子瞧了，都覺得為你牙磣得慌。」

蔣嫵如此直白，說得一旁宮女內侍都噤若寒蟬，生怕文達佳琿一個不高興甩袖子走人。

小皇帝卻依舊那副沒心沒肺模樣，吃著水果看熱鬧。霍十九也垂眸不語。

文達佳琿強壓火氣，望著蔣嫵冷笑一聲。「霍夫人，妳很大膽。」

她提及的一諾千金，他又何嘗沒有兌現過？反倒是她對他如此不尊重，著實碰觸了他的底線。

蔣嫵卻是噗哧笑了。「我們大燕國的女子都是這樣大膽，有話喜歡直說。我呢，不是什麼千金萬金的閨閣小姐，凡事只喜歡講個道理罷了，沒見過答應了的話又嚥下去的。」

好似若真是不簽那條約，在蔣嫵眼中文達佳琿就成了出爾反爾的狗熊。畢竟，他們二人之間的經歷與約定只有他們知道。

文達佳琿鬱悶，仰頭飲盡一盅酒，被一個女子鄙視，且這女子還是屢次將他壓了下去的蔣嫵，他心中格外不服氣。

絲竹聲依舊，畫舫已駛在湖中央，舉目四望，岸邊那一道明亮長龍已十分遙遠。在遠處燈光與天上明月的反襯下，湖面就如同漆黑的深潭墨汁，仔細看來卻有些引人寒顫。

正當此刻，船身突然震動了一下，隨即就傳來一陣喧譁聲。

曹玉面色一沈，兩步就到了霍十九身旁保護，聽雨也護在蔣嫵身側，就聽見下頭有人驚慌失措地叫嚷著，畫舫有向一側歪斜之勢。

「皇上，不好了！船底不知為何開始滲水了，有人下去查看，說是破了好大的一個洞！」

小內侍稟告之時，船身已緩緩向側面傾斜，緊隨的那兩艘畫舫離著並不近。

小皇帝驚慌地看向霍十九。「英大哥。」

「還請皇上與大皇子先乘小船離開。」霍十九站起身，一手拉著蔣嫵的手，另一手做請的手勢。「皇上、大皇子，請先去一層甲板處。」

小皇帝忙起身，三步併作兩步毫無形象地奔了出去。

文達佳琿雖然面色沈重，倒也很沈穩，大有臨危不懼之意，先眾人一步踏上甲板。

蔣嫵踏上一層甲板時，船身搖晃往一側偏，須得扶住些什麼才能站穩，有宮女內侍和侍衛們驚慌的叫聲，還有人站立不穩，如下餃子一般滑了下去。

霍十九回頭吩咐曹玉。「去護皇上！」

曹玉卻搖頭。

霍十九焦急地道：「你不會泅水，這會兒趁著沒事，先隨皇上坐上小船，有你在一旁，我也放心！」

曹玉此刻極為懊惱，當初怎就不好生學一學泅水，偏他這樣一個高手卻是個旱鴨子呢！如今蔣氏有孕，霍十九怕是絕不會離開她身邊，他留下也是拖累，與皇帝一同乘小船，的確是最佳辦法。

曹玉臉色鐵青地到了小皇帝身邊，這時已有內侍和侍衛將小船以長繩順了下去。

小皇帝雖然急於逃生，但小船就在眼前，反而也不必驚慌了，便笑著道：「真是不成敬意，讓大皇子見笑了，請大皇子與朕共同乘船現行離開吧。」

文達佳琿鄙夷地望著小皇帝，抱臂站立，搖頭。「不，我金國人不畏生死，絕不可能拋下兄弟和子民不顧。」瞥了一眼下頭漂蕩的小船，續道：「燕國皇上的逃生小船不過能乘坐三、四人，可這畫舫上還有我帶來的二十多名隨從。我們北方漢子不諳水性，我若逃走，豈不是將他們的命拱手送了？我不能走！」

「殿下！」

文達佳琿一言，讓他的隨從們齊齊動容，就連大燕國的那些宮女內侍們心裡都感到震撼。

金國一個皇子尚且能臨危不懼，明知自己不諳水性還不先逃，能與下屬同患難，可燕國的皇帝卻早早擺出要將他們扔下的那副貪生怕死模樣，不光是丟人，更是讓人心寒。

眼見周圍人的神色，又有人落水的聲音傳來，小皇帝面色脹紅，道：「你難道不怕死？」

「死有何懼。」文達佳琿道。「達鷹若殞身在此，不過賠上一條命，換錦州與寧遠兩地歸屬金國，也不算虧。」

若他死了，和平條約便成泡影。

小皇帝氣得牙根癢癢，突然一甩寬袖道：「既然如此，朕也不走了！你做得到的，朕也做得到，朕要在畫舫上陪著朕的子民！」

「皇上！」小魏子尖銳嗓音焦急地道：「您不能這樣，您要以大局為重啊，大燕國不能沒有您！捨了咱們這些奴才不打緊，您千萬不要意氣用事，快上小船吧！」

「不走！朕愛民如子，危難之際朕先走了算什麼？」

此刻船身又側傾了一些，小皇帝索性扶著身旁扶手，傲然看著漆黑水中，不論內侍如何勸說都不離開，倒也當真有些王者氣派。

文達佳琿也不言語了，站在小皇帝面前不遠處。他的隨從侍衛都保護在他身旁，一個個身姿凜然，大有今日陪皇子一同赴死也無憾的模樣。

霍十九一手抓住闌欄，另一手將蔣嫵護在身前，低聲安撫她「莫怕」，探究的眼神卻若有似無地看向小皇帝，心中似有些疑問漸漸明朗起來。

蔣嫵眼瞧著另外兩艘畫舫和無數侍衛的小船正飛速往他們這廂趕來，預算了一下沈船的速度，淡淡笑了，低聲道：「阿英，沒事的。」

霍十九低頭看她。

蔣嫵在他耳畔，以只有他們二人聽得到的聲音道：「這兒是什麼地方？這裡可是京都城，是什剎海，是皇上遊興的龍船！這樣的船豈能是說沈就沈的呢，況且那些隨行的大臣們也不是死的，侍衛們更不是死的，沒事。」

她也注意到了？

霍十九下巴碰了碰她的頭頂，隨即又看向小皇帝，卻見少年白淨的臉上一派從容淡定，不畏生死的凜然。

若是旁人，自是看不出，可他與小皇帝朝夕相處五年，這世上恐怕再沒有比他更瞭解小皇帝的人了。他的眼神分明是在懊惱。

果然……誰敢去給皇帝遊興的龍船鑿個窟窿？無非是做賊喊捉賊吧。

霍十九秀麗的眼微微瞇起，抿唇切齒。

畫舫下沈的速度在加快，然而趕來救援的侍衛與其餘兩艘畫舫也卯足全力，不多時，英國公以及蔣學文分別帶領同僚所乘坐的畫舫靠近，高聲關切地吆喝著。「皇上可還好？」得到肯定回答之後，就放心地開始救援。很快，眾人就都分別移步上了其餘兩艘畫舫。如此掃興，遊興之事必然告一段落，一行人氣氛凝重地回了小皇帝的別院。

以英國公和蔣學文為首的共計七、八名官員，自然也都隨行，分兩列垂首站在廳中。

小皇帝鬢髮散亂，邊笑邊客氣地對文達佳琿道：「大皇子受驚了，此番事故事發突然，好在是有驚無險。」

文達佳琿笑道：「事故？那皇上還當真該好生管教下頭的人了，好好的乘船都能出這樣的問題，那畫舫已經沈了吧？若是乘馬車車輪掉，坐肩輿肩輿斷，皇上的小命豈不是兩、三日就要丟了？」

小皇帝笑容便有些僵硬。

蔣學文朗聲道：「不過一場事故而已。且大皇子又未傷及性命，何苦這般言詞上對我主不敬。」

「不敬？」文達佳琿嘲諷一笑。「這樣就叫不敬？那還有更不敬的呢！」隨即端正神色，傲然道：「請大燕國陛下允准，如此住在燕國京都，我怕還會有其他危險，我要傳我國一千精兵前來保護。」

「這如何使得！我大燕國土地，怎會允許金人踩踏？」蔣學文憤然。

文達佳琿卻是冷笑。「不允我們金國人踩踏，也都踩踏了五十年！若這麼點兒要求都辦不到，我的安全得不到保障，那此番和談也只能就此作罷，我這就回國去了。」

「大皇子未免太強詞奪理！」

「我看蔣大人才是強詞奪理！」

眼見雙方舌戰越演越烈，霍十九突然看向小皇帝緊繃的臉，緩緩道：「皇上，臣以為大皇子的要求並不過分。」

屋內一靜，眾官員都看向霍十九。蔣學文更是兩眼冒火，大罵霍十九迷惑君主，賣國求榮。

小皇帝心裡卻如明鏡一般，對上霍十九澄澈的眼眸，竟覺得有些心虛。

這一次他本以為自己計謀無雙，只要大皇子露出怯意，單獨乘船逃生，不必等到明日，金國皇子只顧著自己逃命、不管子民死活的消息就會傳開了。而他原本就知道無生命危險，先前那樣慌張不過是為了讓金國皇子慌亂先逃罷了。

誰料想，事情根本不按著他預想的發展。文達佳琿非但不入圈套，還利用這個藉口，要搬一千精兵進京都。

一千人，的確做不了什麼大事，但還要費心防範著吧？更要緊的是，大燕國這樣，面子可徹底丟盡了！

最要緊的是，如霍十九所決定的，此番也只能答允了，否則金國皇子一旦離開，土地歸還的和平條約簽不成，往後可該怎麼辦……到那時候，他才真成了笑柄。

外人難道當真不知道那船上的窟窿是他吩咐人鑿開的？在場之人，誰又是傻子不成？他可真是……授人以柄，偷雞不著蝕把米。

小皇帝懊惱，此時卻別無他法，只得道：「好，就如大皇子所言，朕准你帶一千名兵士進京都，保護你的安全，但這一千人只能歇息在驛館，不得隨意走動擾民。」

文達佳琿一笑，露出滿口雪白的牙齒。「很好，多謝燕國陛下了。」

一語雙關的一句謝，讓小皇帝羞得險些找個地縫去鑽。

看了霍十九一眼，視線相對之時又別開了眼。

蔣嫵一直都與曹玉、聽雨一同站在霍十九身旁，將這一切聽得清清楚楚。旁人或許注意的只有國家大事和得失。蔣嫵卻不只是注意這些，還注意到整個過程，在文達佳琿提出要求時和最後作決定時，小皇帝都看向霍十九。

那眼神，就像是個詢問長輩的孩子……
蔣嫵劍眉微蹙，或許，小皇帝與霍十九之間的關係，還有一些是她不知道的？
既已作了決定，文達佳琿自然得意地回驛館去了。
小皇帝原本以為自己計謀無雙，最後卻雞飛蛋打，也十分鬱悶地說累了要去歇著。
眾臣行了禮，便都離開別院。
才一出門，蔣學文就一把拉住霍英的袖子隨即推搡了一把。「霍十九，你到底是何意思！」
如此指名道姓，就算他是他岳父，也著實不怎麼尊重。
其餘官員瞧著情況不對，都急忙地道別走開了，誰敢摻和霍十九的私事那不是找死嗎？只有英國公在一旁好整以暇地看熱鬧。
蔣學文憤然道：「我方才據理力爭，金國人已經要妥協了，你卻突然出言偏幫著金國，你到底是居心何在！」
「岳父大人，您在氣頭上，平靜之後再仔細想想……」
「呸！你分明就是為了你一己之私，不管皇上的死活，攛掇皇上行事，又偷雞不著蝕把米，還給了金國人帶兵進城的藉口！」
聽蔣學文此言語，分明是將小皇帝的行為過錯都怪在霍十九勸解不力之上。
霍十九垂眸，不願意在大庭廣眾之下與蔣學文吵鬧，讓人看了笑話，何況蔣嫵還在他身旁，免得叫她為難。

蔣學文卻是在氣頭上，唐氏出門不歸，叫蔣晨風去打探，她居然還帶著女兒去霍十九家住下了！這會兒見了霍十九，氣哪裡能順！

蔣嫵便走到兩人之間打圓場。「爹，這裡不是說話的地方，不如咱們換個地方再說？」

到底因覺得對不住蔣嫵，往日蔣學文見了蔣嫵時有些事還是會收斂的，只是今日在氣頭上，且她明知唐氏帶著蔣嫣與蔣嬌出來，不將人送回家，卻將人帶去霍家住，分明是不將他看在眼裡。或許蔣嫵心裡果真是如唐氏說的，就算不願意也不好推辭，才答應了他當初的要求……

原本只當女兒與他一般，心中也有國家大義，這會兒一想，興許完全不是那麼一回事，蔣學文對蔣嫵也少了耐心。

「不是說話的地方？那妳說哪兒是說話的地方？難道霍十九做出這樣的骯髒事來還怕讓人知道？」蔣學文手臂越過蔣嫵，指尖點指霍十九的鼻子。「如此賣國求榮的奸賊，真該天誅地滅！」

蔣嫵冷著臉，上前一步擋在霍十九身前，蔣學文的手臂自然收起。

「爹，您冷靜一點，明眼人都看得出阿英就是被拉來頂缸的，您不能凡事都將屎盆子往他頭上扣啊。」

蔣學文冷笑。「到底是女生外向，如今有了丈夫，連老子都不認了！妳不認老子不打緊，但不能連道理也不認！今日分明是他勸諫皇上有誤，才造成如今情勢，咱們大燕多少年來好不容易扳回一城，都要讓他一個人給敗壞了！」

蔣嫵從前只覺蔣學文是迂腐，現在卻覺蔣學文不講道理起來還真是夠偏頗，也被他激得動了氣，嘲諷道：「怎麼？皇上做事不得當，就都怪阿英沒有勸諫好？難道皇上身邊只有阿英一個臣子？旁人都是瞎子、聾子、傻子，都幹什麼吃的？白領朝廷的俸祿回家吃乾飯嗎？您怎麼不說旁人不會勸諫，就單只怪罪阿英一人！說句大不敬的話，爹不是也沒有勸諫好皇上嗎？」

「妳！放肆！」蔣學文被蔣嫵氣得面紅耳赤，掄起巴掌就要打人。

霍十九嚇了一跳，忙伸手臂去擋。那一巴掌就結結實實打在霍十九的手臂上，發出悶悶一聲響。

霍十九有多疼，蔣學文的手就被震得多疼，眼看女兒幫襯霍十九還和他頂嘴，當即怒得恨不得沒有這個女兒，指著蔣嫵道：「爹原本當妳是個懂事的，妳太讓我失望了！」

「爹也是。」

只三個字，蔣學文氣得險些一個倒仰。

英國公看了半天的熱鬧，覺得也差不多了，這才上前來道：「蔣大人何苦動這麼大的氣呢？事情既已發生，想想對策就是了，糾結誰對誰錯也於事無補的，眼下是該商議如何能將條約拿下，再來就是那一千的金國兵到京都來，要怎樣安排防範才是。」

蔣學文冷眼看著英國公與霍十九，只罵了句「蛇鼠一窩」，就甩開袖子快步離開。

英國公聽了卻是噗哧一笑，對霍十九道：「你那岳丈老泰山，還真不是個好招惹的主兒。」

霍十九苦笑，拱手道：「國公爺見笑了。」

英國公哈哈大笑，拍著霍十九肩膀道：「誰年輕時沒吃過老丈人的虧呢？也算不得什麼。罷了罷了，老夫就先回了。」

「我送國公爺。」

「不必了，想必你與嬌妻也有話說吧。」英國公捋著鬍子笑著下了丹墀，一副看到好戲十分愉快的模樣。

蔣嫵與霍十九目送英國公離開，二人一時間竟相對無言，只是相攜的手握得更緊了。

離開別院上了馬車，霍十九沈吟片刻，叫了曹玉來。「墨染，待會兒去查清楚今日皇上行事是誰安排去做的，下了命令後是經過誰的手，又是誰去執行，知道了立即來回我。」

曹玉頷首道是，一路護送二人回了霍府才去辦差。

到了臥房，霍十九拉著蔣嫵坐下，親手為她卸去髮簪和簪花，又取了木梳一縷一縷地梳順她的長髮。他動作生疏，粗手粗腳的，時常拽痛蔣嫵的頭皮，不過她卻很是享受這樣的過程，也知道霍十九只是內心過意不去，覺得是他帶累她挨罵了才會如此。

滿室靜謐溫馨，就連冰松和聽雨帶著下人們進來預備沐浴的香湯時都是輕手輕腳，就只能聽見內室裡的水聲。

半晌，霍十九方放下木梳，俯身將她圈在懷中，二人的眼神在西洋美人鏡中相遇，見到彼此看來，卻都是禁不住笑。

霍十九的心情豁然開朗。「嫵兒，今日委屈妳了。」

「無礙的。我爹今日是在氣頭上，才不去多考慮那麼多，你才莫要往心裡去。」

「我知道，岳父素來不喜歡我，今日這般也是在意料之中。」覺得話題沈重，霍十九轉而道：「妳餓不餓？上了畫舫也沒吃些什麼，就折騰到了現在。」

蔣嫵搖頭，一想霍十九或許餓了，又點頭道：「待會兒吩咐小廚房煮麵給咱們吃。」

「我這就去吩咐。」霍十九親自去叫人預備消夜。

二人各吃了一碗麵，又漱了口，蔣嫵才道：「其實依我看，那條約簽訂的事根本不必焦急，早晚都是要簽的。文達佳琿如今還在百般刁難，未必是為了全回金國的體面，更不會有反悔之意思，多數倒是為了他自己。」

霍十九聞言，秀麗眸中閃爍精芒。「哦？夫人怎會這樣覺得？」

蔣嫵白他一眼，笑容含蓄，瀲灩眸光嫵媚，一副「你裝什麼」的模樣，道：「他這樣拖延，只是在等金國的老皇帝龍馭歸天的那一日罷了。」

「說下去。」霍十九一副考校的表情。

蔣嫵道：「若金國皇帝駕崩之後傳位於文達佳琿，那麼他簽訂這條約也是為了國家大義，有誰會說他一個不字？即便有，史書也是勝利者書寫出的，他根本不用在乎旁的，只要權柄在握又有什麼需要在意？可若是二皇子榮登大寶，他便需要簽訂合約，以確保不會腹背受敵，這樣才能舉兵侵入盛京，一舉將其殲滅奪回皇位。若是早早簽訂了合約，他豈不是要早早回去，到時候行事也不會這般容易。」

霍十九聽她將朝堂之事分析得透澈明白，竟是比蔣學文都要看得清楚，不免感慨道：

「嫵兒若生為男子，只要在我麾下調理幾年，定然會是一代名臣。」

名臣，與他一樣的名聲嗎？

蔣嫵莞爾道：「我若是男子，你還要與我斷袖分桃不成？你容貌出眾，位高權重，自然不乏爭搶著為你生兒育女的人。」

她將原本該是拈酸吃醋的話，說得竟然沒有半點酸味，完全是陳述事實的語氣，著實令霍十九鬱悶了一下。他雖與尋常那些簪纓望族家的公子不同，沒有看女子為自己爭風吃醋的癖好，可自家妻子卻是如此豁達坦蕩之人，有時候的確是缺少了一些情趣。

不多時，廊下就傳來一陣說話聲，隨即小丫頭回。「侯爺，曹公子求見。」

霍十九讓蔣嫵先去沐浴，又說自己馬上回來，這才去了外頭。

聽曹玉回過今日受皇上吩咐行事之人的名單後，他略想了想，就道：「吩咐下去，這些人一律格殺，一個不留。對家屬就說是殉職了，多給撫恤。」

曹玉遲疑地道：「爺，他們好歹是按著皇上的吩咐辦事的，您這般鐵腕，仔細皇上多心。」

霍十九搖頭，道：「這些人必然留不得，有他們在，皇上故意做賊喊捉賊的行為就有可能被宣揚開來，到時候不但名聲上難聽，皇上的為人遭人非議，金國還不知要拿捏住話柄怎麼作文章呢。」

說到此處，霍十九的聲音變得冷若冰霜。「有本事做，就得有本事承擔，自己的計謀不足，也怨不得別人。到底還是要旁人幫著擦屁股的滋味誅心，或許這對皇上來說也是件好事。」語氣稍頓，冷然道：「再說，他們險些將嫵兒與我的孩子置於危險中，本就該死！」

一句該死，雖並非多大的聲音，卻是字字從牙縫裡擠出，帶著森然寒意，聽得曹玉都不免渾身一抖。

看來，為皇上善後是其次，動了他心尖上的人才是要緊原由。

曹玉拱手行禮退下了。

第二十五章　齊聚一堂

次日清早，蔣嫵還沒起身時，京都城中就已經傳遍宮中數名內侍、侍衛暴斃的消息。

英國公得了消息時，正在吃一小碗燕窩粥，聞言丟下調羹，冷笑了一聲。

另一廂蔣家的蔣學文則是憤然起身，丟下筷子就罵了起來。「這霍英未免太過猖狂！」

蔣晨風蹙眉道：「怎見得就是霍英做的？或許是旁人呢，再或許還有皇上。」

「皇上仁慈得很，不會那般動手，霍英的為人手段，你難道是今兒第一天知道？」蔣學文想起昨夜裡與蔣嫵吵架，便覺得心中憋悶。「你三妹如今也被霍英迷去了心竅，盡是幫著那奸臣說話。」

蔣學文坐下端起碗。「快吃，吃過了咱們就去接你娘和你姊妹回來。」

蔣晨風只得點頭應「是」，想了想道：「爹，今兒你還是別去，讓我自個兒先去見一見娘，探探口風。」

「有什麼口風好探！一日未和離，她就一日是我蔣家的人，打算投靠敵營？她們還反了！」

「爹，那是三妹的家中，並非敵營啊。」蔣晨風無奈地勸解，著實不想再看到父母之間發生衝突了。

見蔣晨風拘謹的表情，蔣學文越發有氣。自己的子女，如今最喜歡的其實是蔣嫵，可蔣嫵嫁為人婦後，竟然沒如他預想中那般人在曹營心在漢，而是真的將霍英當作自己的丈夫，他除了覺得女兒明珠暗投，更有被背叛之感。

這些日發生之事，沒有一件是讓他心裡舒坦的。蔣學文越想越是覺得憋氣，飯也嚥不下去，索性丟了碗筷回書房去。

蔣晨風望著蔣學文的背影，也緩緩放下了碗筷。娘和姊妹都不在家，家裡只剩下他與蔣學文兩個主子，雖有個在灶上伺候的銀姊打理家事。其餘人終究不是管理內宅的材料，這才多久，他們家裡就像是要散了一樣。

若爹娘真的和離，且不管外頭如何說嘴，只他們家散了這一點，就著實讓人受不住。

蔣晨風思及此霍然起身，低聲吩咐長隨去預備馬車，不論蔣學文同意與否，他寧肯說點軟話，也要將母親與姊妹都接回來。

蔣晨風並未與蔣學文說一聲就出了門。因他走得著急，是以也沒有發現東廂房的格扇一直敞開著，蔣學文將他的一舉一動都收入眼底。

霍府。

蔣嫵正盤膝坐在羅漢床上吃水果，看著唐氏和趙氏熱熱鬧鬧地預備用舊衣裳裁了給孩子做小衣服穿，聽雨就來回話。「太夫人、親家太太、夫人，二門上來了人回話，說是親家少爺來了。」

唐氏聞言手上動作一頓，冷哼了一聲。「不必理會，叫他自己哪兒涼快哪兒去。」

趙氏與唐氏相處久了，二人彼此性子也都有些瞭解，見唐氏那樣生氣，再聯想她突然帶著兩個女兒搬來，才想到或許蔣家發生了什麼事——蔣學文與夫人吵架了。

趙氏溫和地勸道：「親家母，這會兒人已來了，好歹讓人進來喝杯茶再走，也算是妳做娘的心意，更全了咱們親戚的情分，妳說是不是？有什麼話，見了面慢慢說就是了，再說嫵姊兒也許久都沒見她兄長了吧？」

蔣嫵也覺得不論蔣晨風有何目的，閉門不見就是不對，也就順著趙氏的話勸了幾句。

唐氏這會兒雖然氣，可氣到底消了一些，不似前日出門時那般火爆，仔細想想，在這裡不好表現得太明顯，讓蔣嫵被婆家人看笑話。

畢竟，在大燕國義絕和離的人不多，像她這樣沒處去、來投奔出閣後的女兒的人更不多。

唐氏放下料子，站起身道：「那我就先去見見，也不知家裡怎麼了，就值得他慌腳雞似的來了。」

蔣嫵就要起身攙扶唐氏，唐氏卻是推開她的手。「妳好生養身子，何必走動？」

「那叫大姊跟著您？」

唐氏搖頭道：「她跟著也沒有什麼大用處，反倒是讓我心軟。」

蔣嫵見唐氏心情低落，便打趣道：「娘既是心軟，就是還沒有決定，何苦現在就要作出抉擇來呢？」

唐氏聞言一愣，想了想方出去，又囑咐了眾人不用跟著。

蔣晨風正在前廳喝茶，看著奢華的擺設，聞著淡雅的果香和花香，只覺恍如隔世。

幾個月前，父親被下詔獄，他們全家前來求情時，他與母親和姊妹都跪著，那時雖苦，可好歹蔣家上下都是一條心！

如今可倒好，爹救出來了，三妹也出閣了，日子應當漸漸好起來，竟平白生出這樣多的波瀾。

蔣晨風嘆息一聲，無奈地搖頭。

「嘆什麼氣。」唐氏一進前廳，就瞧見蔣晨風愁眉苦臉的模樣。

蔣晨風忙起身行禮。「娘。」

「嗯。」

唐氏擺手，諷刺道：「坐下說吧，是不是你爹又出了什麼么蛾子來，又想出什麼新法子要對你姊妹們不利？」

蔣晨風連忙搖頭。「不不，是我自個兒悄然來的，爹他不知情。」抿抿唇，他才斟酌道：「娘，您看如今您與大姊、四妹住在霍家也並非長遠之計，不如您就跟兒子回去吧！朝廷發生這樣多的事，爹這些日愁眉不展，對您說話時態度不好也是有的，您就大人不記小人過，別與他一般計較了。家和萬事興，您與爹這些年的感情，難道真的捨得丟下？還不如此事就此揭過，爹在朝政上要怎麼做，咱們都別管就是了。」

唐氏瞪了蔣晨風一眼。「敢情是你們爺們商議好了，這會兒來我面前演了？晨哥兒，你回去告訴蔣玉茗，如今是你三妹有了身孕，我要在此處照看著，忙得丟不開手。讓他等著，說不定哪一日我高興了，就將義絕書差人送去，叫他莫焦急，定不會耽擱了他再娶！」

蔣晨風聞言，頓時頭大如斗。「娘，家裡您不在，大姊和四妹不在，就只有我與爹，好像家已經不是家了。這些年，家中有您操持，兒子早已經習慣了。娘就當是為了兒子，也要回家去啊，更何況爹哪裡會再娶什麼妻子，且做的事都是為了大燕國好……」

「你爹給你灌了什麼迷湯？」唐氏冷笑，起身道：「你若是還以為你爹出賣你三妹是對的，那娘無話可說，你往後就跟著你爹過日子去吧，娘只當沒養過你這樣的白眼狼。」

唐氏站起身，就要往裡頭去。

蔣晨風想不到這樣還能將事談崩了，就大步追了上去，撩袍子剛跪下，卻聽見外頭一陣腳步聲漸漸臨近，竟是有下人引著一眾客人去了隔壁屋子，還隱約聽得見下人恭敬的說話聲和對方的聲音。

「大皇子，您大駕光臨，霍府當真蓬蓽生輝，只是侯爺今兒個不在府上，您看……」

「沒事，我找你們夫人。」

下人似乎一愣，問：「您找太夫人？也就是侯爺的母親？」

「不，我找你們侯爺的老婆。」文達佳琿嘲諷道：「你不必解釋那麼多，難道我聽不懂？去，把你們夫人叫來見我！」

小廝遲疑著沒動。他哪裡是怕人聽不懂？分明是覺得自己聽錯了。哪有大男人到旁人府上作客，不見男主子，卻指名說要見女主子的？這也太沒規矩了，金國人果然都是莽夫蠻子！

小廝心裡暗啐，面上賠笑。「回大皇子的話，這怕是不妥，我們老太爺如今在家呢！不妨……」

「哈！」文達佳琿諷笑。「霍英調教出的下人倒都是好的，這會兒不論身分，也敢摻和起我的事來？我不問你旁的，你只說你去不去回話？你不去回，我自然有法子進去親自找人！」

小廝被訓得臉上發熱心裡冒火，又屈於權勢不敢硬碰，只得蝦腰道：「小的縱然有一萬個膽子，也不敢不聽大皇子的吩咐啊，小的這就去。」

說話間，叫了婢子來奉茶，自個兒疾步往內宅裡去回話。

唐氏與蔣晨風就在隔壁，雖看不見人，只聞其聲也知道文達佳琿的跋扈。他指名要見蔣嫵，還不知又生什麼壞心，且不論這個，讓外頭人聽了去，也只會說蔣嫵不檢點云云。

唐氏因愛女心切，遲疑著就要出去，卻被蔣晨風攔住了。

蔣晨風低聲道：「娘這會兒出去不好，鬧大了可不只是三妹和金國皇子之間的事，還有可能涉及到朝堂大事。如果被金國人抓住把柄大作文章，到時候萬一那個和平條約簽不成，錦州、寧遠還不回來，還不將霍、蔣兩家都拖累了，娘千萬別衝動！」

唐氏心裡冒火，低聲罵道：「殺千刀的韃子，來為難我的嫵姊兒！」卻到底不敢再出去了，唐氏再慓悍也知道利害輕重，連累了兩家可是要出大事的。

二人附耳在格扇傾聽片刻，就有腳步聲靠近。

小廝進了廳中向文達佳琿行禮。「大皇子，我們夫人說了，身子不適，不方便見外客。

若是大皇子有要緊事與我們侯爺商議，請約個日期，回頭再見。」

文達佳琿喝著茶，聞言並不意外，咂了咂嘴道：「我就是在你們燕國待著很無聊，認識的人就那麼些，整日裡宴請都已夠了，你們夫人既不出來，那你就去回你家老太爺，叫老太爺出來陪我說說話，我還正好奇霍英的爹是有多才華出眾呢！」

才華出眾……是種地的才華嗎？小廝抹汗。

老太爺雖然錦衣華服了，可到底改不了莊稼漢子的本性，雲錦衣袍下面穿草鞋，還滿身雞糞味，真叫出來，毀了兩國和談，還不問罪他們家？

然而小廝又不敢不去，行禮應了，小跑著就奔進了內宅。

蔣嫵這會兒已經穿戴整齊，霍大栓、趙氏、霍初六和霍廿一都擔憂地望著她。

「已經快馬加鞭去叫阿英回來了，丫頭有了身孕，還是別去會那蠻子。萬一蠻子不安好心傷了妳可怎麼辦？」趙氏擔憂地道。「他不是要見咱們家的主子嗎？娘去會會他。」

霍大栓也道：「這個家我說了算，嫵丫頭不許去，我去！」回頭吩咐霍廿一。「去拿鐮刀來，急眼了老子劈了那廝！」

蔣嫵失笑，公婆都是慓悍爽利的人，不畏強權，還敢帶「凶器」去。

「爹要是真拿了鐮刀將他當莊稼收了，事兒才大發呢！」蔣嫵笑道：「我料定他見不到我，第二就要讓爹出去了。金國人詭計多端，爹可不要上當，阿英這會兒正與金國商議錦州和寧遠的事，若是被金國皇子下了套給咱們鑽了，說不定壞了阿英的大事呢。如今他談成了這一樁，名聲才好起來，我還指望著他能名垂千古呢。」

一說到霍十九的名聲，霍大栓與趙氏是極為滿意的，兒媳婦是他們相看中的「人才」，把那混帳管理得好不說，如今還有了身孕，著實是他們家的大功臣。

如今蔣嫵說話，他們就更重視了，略微思量才道：「那好，就按著丫頭說的，我們先不去，多叫幾個人陪妳去。光天化日之下，就不信金國鑾子還敢在霍家動手不成。」

蔣嫵素手掩口，笑道：「我不動手就不錯，還輪到他動手？要有一個不對勁，大耳光抽他，窩心腳踹飛他去豬圈！」

「對、對！」因蔣嫵一番輕鬆的語氣，霍大栓等人都忘了金國皇子突然造訪的緊張，皆哈哈大笑起來。

果然如蔣嫵所料，這會兒有人來回金國人要見老太爺，蔣嫵當然不會讓霍大栓去冒險，就拿了團扇輕搖著，帶著聽雨和冰松緩步往前廳去。

文達佳琿已經喝了兩碗茶，茶水已經注入第三道，正垂眸把玩著精緻的青花瓷蓋碗，眼角餘光就瞥見一道淺淡的身影，一抬眸，正撞進一波清泉中去。

他先看到她的英氣眉眼，然後才是楚楚的容貌，接著是身上那件雲雁紋錦的絢麗楊妃色褙子和上頭精緻的暗紋鏤花。如此精緻漂亮的一件衣裳，竟讓她的英氣與氣勢生生給蓋了下去。

「從來都只說衣裳襯人，也見過有被衣裳奪走顏色的人，卻沒見過妳這樣子將華服珠翠顏色給奪走的。」文達佳琿開口便稱讚她容貌，語氣輕佻地道：「真真可惜了妳這樣的佳人。」

隔壁偷聽的唐氏聽聞這等輕佻語氣，恨不能奔出去抽那登徒子兩個嘴巴，蔣晨風也是臉色陰沈。

可蔣嫵卻不在意，搖扇在他對面坐下，笑道：「我也從來只見過你說的那樣子的人，卻很少見將錦衣穿出緇衣氣質來的貴人，大皇子還是頭一位呢，真可惜了你身上的錦衣。」

文達佳琿聽得一愣，想不到她竟然反諷他！

隔壁的唐氏和蔣晨風也覺得蔣嫵真是大大出了一口氣，內心暗爽。

蔣嫵笑道：「大皇子叫我來，難不成是有什麼好事？還是說貴國已經傳了消息來，您打算與我夫婿簽了歸還條約？」

其他都還好，只一句「貴國傳消息」就令文達佳琿心中撼動，且不論這事是霍十九分析出的還是蔣嫵得出的，自己的心思被看穿，到底不是什麼舒坦的事。不過文達佳琿豁達得很，轉念一想，現如今主動權在他手上，旁人看穿與不看穿的影響根本不大，也就釋然了，笑著道：「我就是喜歡與妳這樣聰慧的女子說話，不必整天說什麼誰家的誰做了什麼頭面，誰家的廚子做的什麼點心味美，嘖嘖。」他摸著下巴。「真是可惜了，妳若是現在與霍英和離跟了我，我封妳做側妃如何？」

唐氏與蔣晨風目瞪口呆，長這麼大還沒見過這樣不要臉的人。

跟著文達佳琿的侍從也是一愣。這一次文達佳琿出使燕國是帶了側妃來，想不到他竟然看上霍十九的老婆，也不知到底是當真的還是玩笑。

蔣嫵卻似笑非笑地道：「你還真扯得下臉說這樣的話。別說你現在只是個皇子，你就是當了皇上，我也不跟你呢。」

「嘿！這話奇了，我若真做了皇帝，封妳做貴妃，妳也不做？」

「你若尊我做太后，尊我夫婿做太上皇，我還可以考慮。」

噗……蔣晨風和唐氏險些笑噴出來。

文達佳琿聞言已是面色鐵青，望著面前足以做他女兒的女子，心中只有一種深入骨髓的癢正在擴散，且這種癢被她如此不羈又無所畏懼的言詞，激得愈加蔓延開來。

文達佳琿望著蔣嫵的眼神變得深邃。

蔣嫵無所謂地道：「大皇子來，不會只是談這個吧？」

文達佳琿似已習慣了她帶刺的語氣，也知道她不同於尋常閨秀，所以也不在乎，就笑著傾身上前道：「不光為了這個，還為了敘敘舊，畢竟妳我也有那一夜的緣分。」

一夜？

唐氏和蔣晨風對視一眼，面色鐵青。他們相信蔣嫵的清白，這人又在胡謅！

蔣嫵卻是一笑，道：「大皇子是說險些被我宰了的那一夜，還是說被我灌酒喝得爛醉如泥的那一夜？」

「妳……還真是一點都不肯吃虧。」文達佳琿嗤的一聲笑。「罷了，說正經的，我是想與妳談談，卻也知這裡不是說話的地方，咱們的話定會讓人聽了去。」眼睛若有似無看向隔壁，笑道：「妳若肯，咱們出去喝一盅，話話家常如何？畢竟我在你們燕國也沒個正經能說話的人。」

「多謝你如此看得起我。」蔣嫵道。「只是我們燕國與你們金國風俗不同，我今兒要真與你出去，明兒就會被傳成蕩婦了。我倒是不在乎流言非議，但我在乎我夫婿的想法，所以只能拒絕你的提議。不過你若要說話，霍府以外最合適說話的就是驛館了。你若有事要談，何不與我夫婿約了去驛館談？我們夫妻一心，你與他說，也是與同我說一樣的。」

文達佳琿聞言，痞氣十足地搖頭道：「可惜可惜，君生我已老，若妳早出生個十年，或我再早半年遇上妳就好了。如今瞧妳這般為了錦寧侯，我可真不是滋味。」

原本劍拔弩張的對話，被蔣嫵一一化解，蔣晨風與唐氏都聽得捏了一把汗，懸著心。這會兒卻聽文達佳琿這樣嘆息，二人心裡又是罵他不知廉恥。

這會兒，小廝就在廊下回。「夫人，親家老爺來了。」

文達佳琿自然知道小廝說的是蔣學文，一想昨夜交鋒，未免生出些看好戲的心思來，抱臂端坐，好整以暇看著蔣嫵。

蔣嫵知道蔣學文迂腐，這個節骨眼上來了也不會有什麼好事，恰巧文達佳琿還在，恐他壞事，無奈不能將人攔下，便只好急忙起身去迎。她才剛下了丹墀，就見蔣學文穿了身牙白色細棉直裰，面沈似水迎面而來。

「爹，您來了。」蔣嫵賠笑行禮。

蔣學文想起昨晚蔣嫵替霍十九說話就有氣，哼了一聲道：「妳娘和妳姊妹呢？叫她們出來。」

如此語氣，可不是不盼事態好嗎？

蔣嫵笑道：「爹，這事待會兒再說，如今府上有貴客。」

「貴客？你們府上還能有什麼客，物以類聚，人以群分，無非都是些奸詐之徒罷了！」蔣學文甩袖子背過身去，完全沒有進廳裡的意思。「快去將妳娘和妳姊妹叫來，這就回家去。蔣家的人待在霍家算怎麼一回事！」

看著蔣學文挺直的背脊，蔣嫵只覺無奈，有個腦筋迂腐的爹，說又說不聽，還固守他的那一套，著實是難辦。

正要開口，文達佳琿卻站在廊下斜靠柱子，閒閒地道：「我當是誰，原來是蔣御史，喔，不，是未來的知府大人啊。」

蔣學文一愣，倏然回頭，就見文達佳琿那傲慢模樣。想到昨夜裡發生的事，一時間血往腦門湧，拱手道：「原來所謂的貴客是指大皇子。」眼神已尖銳地掃向蔣嫵。

蔣嫵最善察言觀色，哪裡看不出蔣學文眼神中的懷疑？他分明是懷疑他們與金國勾結！如果蔣學文能這樣想，朝廷中這樣想的人就不知凡幾了。文達佳琿此番前來，正是本著攪局的目的。

「好說好說，我也沒想到在錦寧侯府上能遇上蔣大人。不是說當初錦寧侯夫人大婚之際中了箭傷，奄奄一息時也沒見蔣大人登霍家的門，怎麼今兒有興致來逛逛？」

蔣學文面色鐵青，語氣僵硬地道：「老夫家務事，不勞大皇子費心。」

文達佳琿聞言也不惱怒，哈哈笑道：「好，好，當真虎父無犬女，錦寧侯夫人是這樣性子，也多虧了有蔣大人的教導。你們自然有家務事要忙，就不必顧著我，自去忙你們的。」

說著竟在廊下倚欄坐了，完全沒有告辭的意思。

蔣學文滿腔怒火將血液燒成了岩漿，偏偏沸騰著又得憋著一口氣，不能讓金國人看了笑話，氣得他肋肢疼。他只想快些將唐氏帶回去，不預備在此處且還是外人面前丟人，是以命令蔣嫵時語氣更加不好。「去叫妳娘出來！」

「爹，我娘和大姊、四妹留下住幾日散散心，等過一陣子再回去。」她還要唐氏冷靜下來看看她的真實心意呢。

「妳就偏幫著妳娘吧！我也瞧出來了，妳們娘兒們都是一條藤上結的瓜，妳是打定主意要與爹作對了？」

「爹說的哪裡話？女兒可不敢。」

「妳不敢？妳有何不敢的！罷了，我不想在此處生是非，妳快些叫她們來。」蔣學文說到此處又忍不住抱怨。「妳既收下了她們，就該回家裡來告訴我一聲，也好讓我別那樣擔憂。妳可倒好，妳覺得妳是在幫襯妳娘和妳姊妹？妳這是在害她們！妳娘也就罷了，要是讓人知道妳大姊和妳四妹在霍家住過，將來攀親都難！」

蔣嫵越聽，越是覺得蔣學文的想法偏執到一定程度，已是蠻不講理了。

「爹，今日你我也說不清楚，您先回去吧。娘若要回去，自然會回去。」

蔣學文聞言愣住，不可置信地看著蔣嫵。「妳竟對妳老子下逐客令？」

蔣嫵壓低了聲音，賠笑勸說道：「我不知道爹到底如何讓娘傷了心，可爹也該想想娘的性子素來也不是不講道理的人。您好歹也說些軟話服個軟，哄著娘一些，娘到底是念著夫妻情分的，還能伸手去打笑臉人？沒道理您氣得娘離家出來了，還要求著您讓您收留的，娘雖溫柔，也是有自尊心的。」

蔣嫵希望蔣學文能回心轉意，又怕他不知變通，只得暗地裡提點一些，可在氣頭上的蔣學文哪裡會吃這一套？

「做了侯夫人，就開始托大，連妳爹的事也開始指手畫腳起來了！」

蔣嫵一時無言以對，依舊壓低聲音道：「爹在氣頭上，您消消火，仔細想想女兒的話。」

「想妳與霍十九蛇鼠一窩，想妳娘領著妳姊妹投靠敵營嗎？」蔣學文一甩袖子，將蔣嫵推得後退兩步。「妳以為我能放下國家大義，與妳們妥協了，就打錯主意！」

「那你就滾！」唐氏早已在隔壁聽了許久，眼見著蔣學文將蔣嫵推開，心都駭得要跳出來。「女兒如今懷了身孕，可金貴著，你要是讓她有個閃失，我寧可跟你一命賠一命了！」

唐氏扠腰擋在蔣嫵身前，如護雞崽兒的母雞。

廊下的文達佳琿卻是一愣，詫異地看向身段嬌柔的蔣嫵。她有身孕了？

蔣學文也如遭雷擊，女兒懷了身孕，他要做外公了？他先是歡喜，可一想到外孫是姓霍的，心情立即跌落谷底，只覺得污穢骯髒。

「嫵姊兒！」他一把從唐氏身後拉過蔣嫵，往一邊走了兩、三步，低聲問：「是真的嗎？」

蔣嫵頷首。

蔣學文神色有些狂亂，連連搖頭。「不行，不行，我蔣家女兒身上流的是清流的血，怎能去生養奸臣之子！嫵姊兒，妳不能給霍十九生孩子，這個孩子不能留！」

蔣嫵這下子當真是詫異了，呆呆地看著蔣學文。「爹，您說的是什麼話。」

「爹是珍惜妳，才不願見妳深陷泥垢！」

蔣嫵已經無法理解蔣學文的心理了，因文達佳琿在，唐氏也在，有些話是不能說出口的。

敢情一開始蔣學文安排她跟在霍十九身邊，就是要既做夫妻，又要保持「乾淨」嗎？未免也太高看她的能耐了。

蔣學文的那番話，唐氏雖未聽完整，可也知道了大概，內心對他已經失望透頂，甚至連與他吵架的興致都提不起了。

「你回吧，仔細這裡的地髒了你的鞋，你放心，我待會兒就將義絕書送去，得來和離書立即送給你簽字畫押，絕不會誤了你蔣御史的清明！」

蔣學文原本就被蔣嫵懷了身孕的事刺激得不輕，又聽唐氏這樣說，連頭皮都氣得發麻起來。「淑惠，妳能不能別再鬧了！」

「我鬧？你既說污穢，那當初讓女兒墜入污穢的人是誰？這會兒女兒過好日子了，你偏要來攪局，有你這樣的爹嗎？從前我只當你迂腐，現在我看你是頂自私的，滿心裡就是你自己！我們都是污穢，別礙了你的眼！來人，送客！」

唐氏在霍家住了這段日子，下人們對她都是極為恭敬的，聽了她的吩咐，就要上前來送蔣學文。

蔣學文那等清高，哪裡是讓人送才走的？他瞪了蔣晨風一眼，道：「還不走！」就甩袖出去了。

蔣晨風遲疑片刻，不放心蔣學文自個兒，還是跟了出去。

唐氏眼看著爺兒倆的背影，眼含熱淚就是不落一滴。

文達佳琿看了這麼久的戲，這會兒終於開口。「原來蔣夫人是女中豪傑，難怪令嬡也是這樣的人物呢。」

「大皇子過獎了。」唐氏雖內心有些懼怕，可被蔣學文一氣，這會兒懼怕都沒了，回答的語氣不卑不亢。

蔣嫵神色沈靜，道：「娘，您先進去吧。我再與大皇子說會兒話。」

唐氏不放心蔣嫵，可知道自己留下也無益處，就點了點頭，帶人往後宅裡去。

文達佳琿坐在廊下，見蔣嫵神色如常，彷彿萬事過眼不過心的模樣，驟然覺得心疼。

「蔣嫵，辛苦妳了。」

蔣嫵倏然抬頭，正對上文達佳琿的眼，他虎目中閃爍光輝，還有一絲憐惜。想必他這等聰明人，又知道她的功夫，必然是有些猜想了。

蔣嫵搖著扇子道：「我有何辛苦的？倒是大皇子辛苦，陪著我一個小女子在這裡閒嗑牙這樣久。」

話音方落，前頭突然來人回。「夫人，侯爺回來了。」

隨即就瞧見穿了飛魚服、斜挎繡春刀、英氣勃勃的霍十九快步而來，顯然剛從錦衣衛衙門回來。

「大皇子。」

「錦寧侯。」

眼看二人行過禮，蔣嫵笑道：「你們聊，我去廚下瞧瞧。」

霍十九關切地對她微笑，目送她離開，才引大皇子去廳內詳談。

因要留金國皇子用飯，廚下的婆子們當真施展開渾身解數，就連霍大栓都吩咐趙氏特地去廚房看了兩次。

午膳是分開來用的，自然是蔣嫵與霍十九陪著文達佳琿。喝過茶後，文達佳琿還無告辭之意，霍十九就邀他去小花園裡逛逛。

二人才剛走，四喜就急匆匆地來回蔣嫵。「夫人，皇上來了。」

奇了，怎麼都今日來？

「去告訴侯爺了嗎？」

「回夫人的話，皇上聽說侯爺在與金國大皇子逛園子，就吩咐不准告訴侯爺，只說要來看看夫人。小的是想，皇上來這內宅很是不妥。」

蔣嫵道：「皇上又幾時做過『妥』的事了？我這便去迎吧。」

若是尋常女子，受了重傷失血過多後立即有孕，這些日過得又不太平，加上一上午的勞碌，此刻怕早已撐不住了。可蔣嫵卻不比尋常人，她自己的身體底子自己清楚，也覺得大夫那樣與家裡人說「危險」、「困難」之類的話是為了給自個兒留後路，這會兒只略微覺得疲憊腰疼，也並未覺得怎樣，當即帶著四喜、冰松和聽雨往外迎。

誰知才出院門，就與穿了身尋常絳紅文錦龍魚紋交領直裰的少年走了個對面，來人不是小皇帝是何人？

「妾身見過皇上。」蔣嫵忙行禮。

小皇帝駐足片刻，只「嗯」了一聲，就繼續往裡頭去，輕車熟路地進了正院偏廳，在側間臨窗擺著的紫檀木雕喜鵲登枝鋪設官綠色錦緞坐褥的羅漢床上撩袍坐下。

蔣嫵一直隨行其後，起先見他不言不語走得極快，後見他悶聲坐著像個負氣的孩子，就知道必定是發生什麼大事讓小皇帝心裡鬱悶了。他這樣遊戲人生的人也有鬱悶之日，定然是碰觸到他的底線。

蔣嫵站在一旁，垂眸不語，儘量稀釋自己的存在感，免得被小皇帝的怒氣波及。

誰知小皇帝沈思片刻，卻是猛然看向蔣嫵，哼了一聲。「跪下！」

蔣嫵愕怔，毫不猶豫地提裙襬端正跪下，叩首道：「皇上息怒。」

聽雨和冰松二人也都跪在蔣嫵身後。

守在門口的四喜見情況不對，悄然溜了出去。

小皇帝怒瞪著蔣嫵，罵道：「妳幹的好事！」

「皇上息怒，妾身不知如何觸怒了皇上，還請皇上明示。」

「妳不知道？若非有妳，英大哥怎會轉了性子！若非有妳，又怎麼會……」話音戛然而止，控訴的語氣最是容易暴露人的脆弱，所以小皇帝咬緊牙關，眼望著蔣嫵的眼神逐漸變得冰冷。「朕知英大哥在乎妳，就偏要在這裡懲罰妳！」

小皇帝霍然起身到了廊廡下，指著院中道：「給朕滾到那兒跪去！不跪夠一個時辰不許起身！」

蔣嫵蹙眉，她分明看出小皇帝眼中有狂亂的情緒，一個少年，在心智不成熟又是怒氣最盛之時，做事往往不受人控制，更何況一直驕縱慣了的小皇帝，誰敢與他說個不字？

蔣嫵眼明手快地阻止了冰松開口求情的話。

他若真打定主意要處罰誰，趁氣頭上開口只會讓處罰變得更重。君要臣死，臣尚且不能不死，何況她一個女流之輩？

蔣嫵叩頭，沈默走到院中跪下。

九月中旬的京都城，午後時分很是炎熱，院中原有一棵大柳樹，可樹蔭這會兒又遮蔽不到院子當中，蔣嫵就只能跪在大太陽底下。

聽雨焦急，斟酌道：「皇上，我們夫人有了身孕，著實不宜在毒日頭底下罰跪，皇上請三思啊。」

小皇帝聽聞蔣嫵有了身孕，原本面色是有鬆動的，可後頭一句尋常的「三思」，卻讓他剛略壓下的火氣又一次升騰而起。

「怎麼，就連霍府的丫頭都敢給朕指手畫腳了？」

「婢子不敢！皇上息怒！」聽雨和冰松哪裡還敢繼續求情，生怕小皇帝發了龍性越發加重了懲罰，只得一左一右跪在蔣嫵身旁。
蔣嫵倒覺得無所謂。她素來不怕這些，從前嚴苛的訓練中就有被俘後如何面對酷刑還要守口如瓶，是以她會打人，也很會捱打。如今不過是曬曬太陽罷了，又沒有人打她，簡直比前世舒服太多。
她現在好奇的是皇上為何會動這麼大的氣？剛小皇帝字裡行間都在怨怪她，好像因為有她在，搶走了他的「英大哥」，才發生了什麼讓他不如意的事。仔細想想，或許是霍十九因沈船之事做了什麼，觸了小皇帝的逆鱗。
小皇帝索性在廊下倚欄而坐，雙手放在雙膝握拳，面沈似水地死瞪著蔣嫵。蔣嫵居然沒有求饒，如此淡然的面色，難道真的不怕他？現在好了，一個小女子都敢對他這般，還指望旁人？他這個皇帝做得也太窩囊了！
有隨行的內侍給小皇帝奉了茶。小皇帝接過茶碗，一看奉茶的人不是小魏子，心裡一陣難受，起身狠狠將茶碗擲在蔣嫵面前。
瓷器破碎的聲音尖銳，碎瓷飛濺，茶湯濕了一塊地磚。
「給朕跪下去！」他負手在廊下踱步，罵道：「好，好好！不是一個個都當朕是好性子可以欺負的嗎？連妳一個婦道人家都敢如此藐視朕！」
他以為蔣嫵會求饒，可是蔣嫵卻毫不猶豫地就起身，向前走了兩步朝著滿地碎瓷又跪了下去。
他驚得雙眼圓瞪，容長臉上滿是不可置信。

這女子……難道真的不怕嗎？

見蔣嫵唇角都沒有抽一下，依舊是垂眸跪得端正，小皇帝一時覺得洩氣。這樣不卑不亢，完全沒有讓他找到發洩氣憤的感覺，反而讓他感到挫敗。

他這個皇帝做得真的太窩囊……

冰松和聽雨二人早已淚流滿面，卻不敢出聲，生怕激怒了皇帝再做出更大的處罰來，就只低頭垂淚。眼看著地上的碎瓷片染了血，浸透了蔣嫵淺色的裙裾，二人心急如焚，默默唸著侯爺怎麼還不來。

人果真是不禁念叨，剛這樣想，外頭就有四喜氣喘吁吁地回道：「皇上，金國殿下與錦寧侯來了。」

小皇帝似毫不意外文達佳琿也在此處，只坐在廊下哼了一聲別開眼。

蔣嫵察言觀色，越發明白了。

霍十九先一步進了院中，眼見著蔣嫵跪在碎瓷上，當即愣怔，隨即上前撩起袍襬，也不顧地上是否有碎瓷就雙膝落地。「皇上。」

小皇帝眼看著他不避開碎瓷，明擺著是故意而為，怒火更盛。可在文達佳琿面前，他也不好多言，別開眼不看他。

文達佳琿眼見著霍十九與蔣嫵並肩跪在碎瓷片上，後頭兩個婢女哭得抽抽噎噎，心知這畢竟是燕國人的事，他不好理會，就道：「原來是燕國陛下在此，既然您有事要辦，我自不好叨擾，這便告辭了。」

小皇帝隨意道了句。「不送。」

文達佳琿也毫不在意小皇帝的態度，擔憂地看了蔣嫵一眼，才快步出去了。

小皇帝依舊坐在廊下，半晌說了句。「不相干的人，都滾。」

內侍們與聽雨、冰松和四喜等人都急忙起身，魚貫退下，偌大園中就只剩下霍十九夫婦與小皇帝三人。

小皇帝起身，望著霍十九膝下的碎瓷，怒道：「那地上的破茶碗你看不見嗎？」

「臣看見了。」

「那你不知往一邊閃開再跪，成心給朕添堵是不是！」

「皇上息怒。」

小皇帝雙手握拳，半晌方從牙縫裡擠出一句。「你別以為朕不敢殺你！」

「皇上息怒。」霍十九面色如常地叩頭。「臣不敢。」

他越是這般雲淡風輕，小皇帝越氣，怒吼道：「朕才升了你的官，你就敢殺光朕的親信，連小魏子你都不放過！」小魏子可是自小與他一同長大的！

蔣嫵聞言驚愕，眼角餘光瞥了霍十九一眼。

原來是為這個，怪不得今日沒看到小魏子，原來是已經被霍十九給「滅口」了。

「皇上。」霍十九磕頭，道：「臣不敢踰矩。那些人必須殺。」

小皇帝猛然背過身，就有兩行熱淚落了下來，雙手在背後緊緊握拳。

霍十九抬頭望著小皇帝倔強的背影，似已經瞭解他的心情，嘆息道：「皇上息怒。」

「息怒，息怒！你們一個個做了事，就只會叫朕要息怒，你們若真是為朕考慮，就別做啊！來人！」

「奴才在！」

一個面生的小公公站在院門前。那公公生了中等身高，皮膚白淨，面容秀氣，才十六、七歲的模樣，生得極為漂亮。

小皇帝吩咐道：「景同，吩咐下去，朕要回宮！」

霍十九倏然一震。「皇上……」

「你不必多言！難道朕要去哪裡還要你來指揮不成？」一甩袖子，小皇帝飛奔下了丹墀，越過蔣嫵與霍十九就走向院外。

那名叫景同的內侍就亦步亦趨跟在皇帝身後，領著宮人離開了，竟都不叫霍十九與蔣嫵相送。

第二十六章 別院失火

小皇帝一走，聽雨和冰松就衝了進來，一左一右扶著蔣嫵的胳膊讓她起身。

「夫人，您沒事吧？可覺得哪裡不舒坦？」

蔣嫵借力剛站起身，不等走路，就被霍十九橫抱起來。「去取藥來。」

他膝上也有碎瓷片嵌入血肉，走起路來火辣辣的疼，可這會兒皮肉上的痛處對他反而是好的，起碼能讓他內心安靜下來，清醒一些。

將蔣嫵放在方才皇帝坐的榻上，霍十九蹲下身，撩起她染血的裙裾，露出裡頭雪白的雙腿來，雙膝果然都有數道口子，還有碎瓷扎在肉上，傷口已不流血，可紅腫了起來，在她白玉般的腿上顯得觸目驚心。

霍十九擰眉。「嫵兒，妳受委屈了。妳且安心，皇上只是遷怒，他不會真怎麼樣的。」

蔣嫵低頭，自己往下拔出大片一些的碎瓷，傷口又有細細的一道血絲留下。「我沒什麼不安心的，你也快坐下，讓他們伺候你清理傷口。」

她又自行拿下嵌入肉中的碎瓷，傷口又流下鮮血，蜿蜒的鮮紅血漬在她白膩的肌膚上形成鮮明的對比，讓見者心驚肉跳，可她卻沒事人一般還要去摳出下一個。

霍十九背脊發涼，一把拉住她的手，拔高聲音道：「妳別亂動，待會兒讓人幫妳清理傷口，妳自己這樣，萬一有碎瓷嵌進肉裡發炎起來是好玩的嗎？」

蔣嫵無辜抬眸。「怕什麼，若真有一丁點嵌進去出不來，到時傷口自然潰爛開，化了膿也就出來了。」

「妳……」

她說得理所應當，彷彿這種事已習以為常，霍十九心中似有利器攪動，沈著臉一把用力摟住她肩膀，她毫無防備的柔軟身子跌進他懷裡。

「不准妳如此虐待自己！」

不准？奇了，她若真要做什麼，幾時聽過別人說「不准」？

可抬眸，望進霍十九秀麗深邃的眼中，她彷彿能感知他的情緒，焦急、憤怒、心疼……她從不知一個成年男子的眼神中，可以包含這樣多的感情，突然她無法與他對視下去，因為會覺得臉上燥熱，羞窘難耐，原本習慣性挺直的脊背，在他臂彎裡也不自禁軟化下來。

「知道了。我並未故意想虐待自己，只是覺得無所謂罷了。」被人關心，她覺得渾身彆扭。

霍十九認真地道：「嫵兒，不論妳從前是做什麼的，又為何有那樣一身好武藝，往後妳是我的人，我就會盡可能保護妳。今日之事，因對方是皇上，我沒別的法子，可能力之內，怎容許妳受苦……是我的無能，拖累妳受委屈。」

蔣嫵很不習慣這樣有所依靠的感覺，臉上愈加燒紅，索性將臉埋在他懷裡，道：「皇上畢竟是皇上，要做什麼也都由得他。在他眼中你我是一體，他動氣罰我也就是罰你，你也要好生想想往後該怎麼辦才好。」

「好。」霍十九並不打算將犯難的事與她說太多，便高聲喚了人進來，為二人除去膝蓋上的碎瓷，又上了藥。

其間，他一直觀察著蔣嫵，果真整個過程都沒見她眉頭皺一下。

如此堅強，讓人心疼，到底是經歷過什麼事，能叫一個十六歲的女娃養成這般堅強的性子？想起蔣學文那種強硬性格，蔣嫵所禁受的怕是更加讓人難以想像。

霍十九此刻就只想對她再好一些，是真心實意，並未有任何目的，希望彌補她所缺失掉的那些。

上過藥，蔣嫵叫了聽雨和冰松、四喜來，吩咐道：「今日之事再不可對旁人提起，老太爺和太夫人那裡也不許透露一個字。若說出去，可仔細你們的皮，別存了僥倖，覺得我不會罰你們。」

「是。」三人知道厲害輕重，都緊忙應是。

蔣嫵對霍十九道：「我回屋去了，你與文達佳琿商議那樣久，這會兒應該有公事要辦吧？」

霍十九搖頭。「公事永遠辦不完，不差這一時半刻的，我抱妳回去。」

「不必，又沒傷得多嚴重。」

「無論嚴不嚴重，我喜歡抱妳回去誰又能說什麼？」霍十九說著，右臂已伸入她腋下，左手抱她的腿窩處，輕而易舉將她抱起，還掂了掂分量。

蔣嫵知道他的憐惜之意，心下喜歡便不拒絕了，大方地摟著他的脖子將頭靠在他肩上。

一路走回內宅的路上，所遇僕婢皆低垂了頭側身避開，待霍十九一行走遠了才敢低聲議論。

這議論就傳到了趙氏與唐氏的耳朵裡。兩人正在剪裁舊料子準備給孩子縫製小衣裳，聞言都是笑。

趙氏道：「想不到阿英那個性子，果真就得嫵姊兒來降服他。」

「可不是，嫵姊兒自小就像個男娃子似的，侯爺比她年齡大，自然沈穩成熟得多，也只有在他這樣的人面前，嫵姊兒才不會顯得太過於強硬。」

兩人都覺得蔣嫵與霍十九當真是絕配。

霍十九陪著蔣嫵在臥房裡說話的工夫，曹玉已奉命去宮裡打探消息。

到了傍晚時分天色大暗，曹玉才回來，這會兒蔣嫵已經先睡下了。

二人在臥房外的抄手遊廊上低聲說話。

「皇上吩咐上朝，將爺所殺的那些人都定了罪名，將沈船一事的原由推到那些人身上。爺，看來皇上還是在乎與您的關係。」

霍十九穿著雪白中衣，倚欄坐下，道：「他是聰明人，當明白我的用意。」

「可皇上今兒也的確是動了氣。」曹玉蹙眉道：「虧得夫人並非尋常柔弱女流，若是換另外一個，被皇上這般嚇唬也嚇出毛病來了，何況還是在大太陽底下跪瓷片，夫人如今不比從前，爺往後要多考慮才是。」

霍十九挑眉望著曹玉，笑道：「你倒是關心起夫人來了？」

曹玉不甘願地道：「夫人是爺心坎上的人，我怎好再說什麼。只是一點，夫人若有傷害爺的意思，我定不會姑且。」

「你方才還說蔣御史受傷？」

「是，蔣御史不識好歹，當殿參奏沈船事故背後的真凶是侯爺，請皇上重罰嚴懲您，皇上原本就氣兒不順，偏蔣御史那般不合時宜地說那種話，氣得皇上當場抓了侍衛的佩刀砸了蔣御史。雖傷不重，但刀鞘恰砸在額頭上，蔣御史額頭上腫了個包。」

霍十九聞言禁不住笑了，道：「既是傷著了，明兒吩咐人送去消腫化瘀的藥膏吧，也算是我做女婿的一點心意。」

曹玉道是，二人又低聲說了幾句話，霍十九便回去休息。

次日清早，四喜將藥膏親自送到蔣學文手上。

蔣學文瞧著那精緻的小盒子，一手下意識遮擋額頭上的包，另一手狠狠將其擲在地上。盒蓋摔開，淺綠色的透明藥膏灑了一地。

「滾回去告訴霍英那廝，要嘲諷我，他還早了些！我再不濟，也是他的岳父，他算哪根蔥！」

四喜不敢惹怒這位，生怕遭罵，連忙賠笑行禮乘機溜了回來，將事情經過原原本本地告訴霍十九與蔣嫵。

蔣嫵正吃著一碗燕窩粥，聞言看向霍十九。

霍十九面色如常地道：「意料中事，還用得著來回？下去吧。」

四喜摸不清霍十九的意思，忙行禮退下了。
蔣嫵便問起送的什麼藥。霍十九將蔣學文受傷的經過說了一番，蔣嫵聽完後無奈地道：
「我爹認準了一件事就不撞南牆不回頭，你不必往心裡去。」
「我知道。」霍十九笑道：「他恨我入骨，妳跟著我久了，說不準他連妳都要連帶著厭煩上，往後見了他，妳大可以多順著他說話。」意思就是罵他也是可以的。
蔣嫵莞爾道：「你還真看得開。」
「被罵慣了也就無妨。」霍十九淡定地拿起茶碗喝茶。
蔣嫵撐頤歪頭看他，直將他看得別開臉來才甘休。
聽雨站在廊下道：「夫人，剛蔣夫人帶著蔣大姑娘出府去了。」
「什麼時候的事？」
「這會兒應當才出府門。」聽雨遲疑地道：「夫人，剛我聽見蔣夫人和蔣大姑娘在爭論，似乎是蔣夫人要去與您父親和離，送什麼義絕書，蔣大姑娘不贊同，蔣夫人卻執意不肯鬆口，您要不要去勸勸？」
蔣嫵聞言略想了想，道：「不用，妳下去吧。」
聽雨意外地看了蔣嫵一眼，應聲退下。
霍十九擔憂地道：「要不要我派人去衙門裡知會一聲？」
「不必了。」
「妳難道是氣糊塗了？岳母這會兒是當真要與岳父和離了。」

蔣嫵道：「爹和娘的想法不同，就算強迫在一處也是彼此折磨罷了，既然婚姻生活不能讓彼此輕鬆快樂，反而還增添那麼多的煩惱，又何必強迫兩人綁在一處？各自過活，或許更好。」

「妳這想法……」霍十九一時間找不到合適的詞來評價。

「無情嗎？」

「不，是新鮮。哪裡有閨女不在乎父母和離的？更何況岳父那樣的人，那般驕傲自負，若真傳開和離之事，對於他怕是一種打擊。」

蔣嫵起身，緩步走到窗前，背對霍十九道：「不會的。在我爹心裡朝政是第一位，雖有傷心，可也不過三日、五日就丟到腦後了，到時候還是滿心朝政放在第一位。我倒是覺得我娘會傷心多一些。別瞧她毅然決然的，可到底女人心軟。」

霍十九嘆了一聲，自己總歸是個外姓人，在蔣學文心裡又是那樣印象，他無法插嘴蔣家的事，就只能嘆息。

蔣學文是晌午收到義絕書的，一應手續俱全，和離書上唐氏也已簽字畫押，就差了他的那一筆。

額頭上的大包還在疼，最信任的三女兒不但懷了奸賊的孩子，連心都不一定向著自己了，就連髮妻都不再肯與他同甘共苦。

蔣晨風眼看著那張和離書，額頭上布滿豆大的汗珠子，焦急地道：「爹，您不能簽啊！」

蔣學文卻面色沈靜地拿起筆寫了名，用了私章，還畫了押，隨手將紙片丟給唐氏，冷然道：「妳怕耽擱了妳，帶累了妳，那妳請吧，往後我蔣玉茗做什麼都不與你們相干，也不會帶累妳丟了性命。嫣姊兒、嬌姊兒，還不回屋去替妳們的娘整理行李，送她走！」

蔣晨風、蔣嬌和蔣嫣都呆愣在當場。原以為唐氏即便是帶了義絕書來，蔣學文與她的感情那般好也不會輕易同意的，不過是唐氏使使性子，蔣學文服個軟，這事哪裡就會發展到現在這樣不可收拾的地步了？可蔣學文竟然簽了字，還說了那樣刺傷人心的話。

蔣嫣焦急地道：「爹，您何苦故意這樣說來讓娘生氣？娘哪裡是怕被耽擱帶累，娘與您同甘共苦了這麼些年，幾時有過半句怨言，她此番無非就是氣三妹的事您私自作了主，您說兩句好聽的就罷了，怎麼還真的鬧到要和離了？您快與娘說說吧！」

蔣學文又氣又惱，罵道：「在霍家住了不過幾天，妳就全都偏幫著妳娘說話了！嫣姊兒，妳且說為父所做一切為了大燕國，對還是不對？」

「爹做的固然是為了國家好，可到底真的對不住三妹，三妹是娘親生的，難道還不准娘心疼嗎？」

「好啊，妳也敢來與我吵嚷，妳們也反了！」蔣學文面紅耳赤，巴掌連連拍桌，震得漆黑桌上茶碗叮呤作響。「妳都來與我講道理了，難道翅膀硬了就覺得不姓蔣了，還是霍家那樣華貴，妳看著眼饞也想去了？」

霍家華貴也想去？難道她還會給自己妹夫做小妾不成？

蔣嫣的淚再也忍不住，掩面泣道：「爹！您說的是什麼話！您偏要傷得身邊沒人了才甘休嗎？」

誰知這時，突然有人大力扒拉開蔣嫣，一道寒光帶著一股冷風倏然閃過，隨即便是「哐」的一聲巨響。眾人回過神，就見唐氏手持斧柄，斧子前段已經嵌在蔣學文方才拍的桌上。

「嫣姊兒閃開，不用與這個老混蛋多費唇舌！」唐氏一手點指蔣學文罵道：「你滿口仁義道德，其實就是滿嘴噴糞，你看桌子不順眼，老娘替你劈了它！看女兒不順眼，老娘帶走就是！我唐淑惠白白為你這樣的混蛋付出了這麼些年青春，是我的損失，如今老天爺開眼，終究讓我看清你的真面目。」說著雙臂用力拔出嵌入桌面的斧子，又狠勁地劈砍下去。「我給你生兒育女，就換得這個下場！

「我怕被帶累？好，好！我看是你心都長歪了！」又一下。

「我與你同甘共苦，就換來你的無情，你滿心都還是朝政，讓我涉險就罷了，還糟蹋女兒！」又劈一下。

「你連小家都管不好，還談什麼治國？滾去吃屎吧！」再劈一下。

「你我夫妻情分，就此作罷，我姓唐的就當被狗咬了一口，一咬咬了二十年！」用力最後一劈，漆黑方桌終於禁不住從中間塌開，桌上碗碟唏哩嘩啦落了一地，桌子也破敗不堪地歪斜著。

唐氏將斧子往地上一丟，斧柄正好砸在蔣晨風右腳，疼得他倏然回神，「啊」地驚呼一聲。

「叫什麼叫！你跟你爹一個樣子，也不是什麼好東西！你們蔣家男人，都是白眼狼！為了你的富貴、為了你的名聲，你們就儘管往裡頭搭吧！老娘我不伺候了！」唐氏隨即一手拉蔣嫣，一手拉蔣嬌，轉身就走。

蔣學文看得目瞪口呆，想不到如水般溫柔的妻子竟會這樣。

蔣晨風忍著腳疼一跛一跛地追出去。「娘，大姊，四妹！」

蔣嫣已被傷透了心，垂淚回眸，搖頭道：「你回去吧。」

「妳們要去哪兒？還去三妹家嗎？」

唐氏回身冷哼。「我們去哪兒，與你們父子不相干，我在此提前恭祝你們父子倆加官晉爵、步步高升、名垂青史、孤獨終老。」回頭拉著兩個女兒大步出門去。

蔣學文望著散架的漆黑桌子，蹲下身撫摸破損之處，眼中突然盈滿熱淚，口中喃喃叫著。「淑惠。」隨即緊緊閉上了眼。

蔣嫵得知父母消息，正在擔憂之際，小皇帝身邊的人卻來回話請他們去別居晚宴。蔣嫵著實驚訝得很，原以為發生罰跪之事後，小皇帝會彆扭一陣子。

宴會設在前廳。宮女引著霍十九與蔣嫵來到前廳所在的院落時就留在門外，只由景同在前頭引路。

一路上了丹墀，景同進去回話，不多時就出來道：「侯爺、夫人，皇上有請。」

霍十九微笑謝過景同，帶著蔣嫵進了屋。

蔣嫵低垂螓首，端莊而入。

屋內鋪著正紅色花團錦簇牡丹富貴的地氈，正對大門是一座牡丹花插屏。兩旁仙鶴展翅獨立的燭臺上燭光明亮，被絹罩籠出柔和的光暈，落地燭臺林立兩排，將正廳裡照得宛如白晝。

繞過插屏，就瞧見地中間擺著一張鋪設大紅桌巾的八仙桌，桌上菜色豐盛，小皇帝穿了一身寶藍色的對襟直裰，正抱膝坐在漆黑桐木的圈椅上看著桌上的菜發呆。

聽到腳步聲，小皇帝抬頭，見是蔣嫵與霍十九，容長臉上有些彆扭的情緒，下巴指著一旁座位。「坐下吧。」

「謝皇上。」霍十九與蔣嫵行禮道謝。

霍十九挨著皇帝下首邊偏身坐下，蔣嫵則坐在他身畔。

小皇帝依舊抱膝，因他偏瘦，這樣姿勢反而覺得挺舒坦，抓了象牙箸，回頭吩咐景同。「你去伺候侯爺和夫人布菜。」

「是。」

景同取了公筷，小心翼翼伺候霍十九與蔣嫵吃菜，霍十九忙謝過皇上，又客氣地與景同道謝。

蔣嫵本來沒什麼胃口，許是因為有了身孕的緣故，對美味倒是不排斥，皇上雖不住皇宮，可廚子都是最好的，御膳自然味道不同凡響，是以她頭也不抬，只大快朵頤。

本來小皇帝沒什麼食慾，看蔣嫵吃得香也開了胃，吃了些菜，心情也好了，說話自然就放得開了，公鴨嗓打趣道：「英大哥在家都不給老婆飯吃嗎？你看你媳婦餓的。」

霍十九無奈，笑道：「皇上言重了，哪裡會不給飯吃？是內子有了身孕，胃口好。」

「身孕啊……」小皇帝的眼睛就瞥了眼蔣嫵依舊楚楚曼妙的腰身，有些複雜地道：「朕也沒多想，早知道就不叫她來。」

蔣嫵見皇帝心情不錯，便玩笑道：「怎麼，皇上還吝嗇這麼點吃的？」

「是啊。」小皇帝一本正經地道：「妳這麼能吃，別將英大哥吃窮了。」

「那皇上就多給些俸祿吧。」

「也要他自己爭氣，能儘快將錦州和寧遠拿下啊，堂堂錦寧侯，總不能吃朕的內帑吧，好歹也要吃自己的封地去。」

小皇帝說到此處，笑咪咪地看著霍十九。

「臣遵旨。臣當竭盡全力。」

「朕知道，英大哥不必拘謹。」小皇帝雙手相攙扶，隨即笑著問：「你膝上的傷口無恙吧？」

「皮肉傷而已，不礙事。」

「那英大嫂的呢？」

蔣嫵夫唱婦隨，自然極守禮數地站起身來行禮道：「多謝皇上掛心，妾身無恙。」

「那就好。」小皇帝也不再多解釋，只請蔣嫵與霍十九吃菜，不提那日罰跪之事，彷彿沒有發生過一般，與霍十九依然親近。

蔣嫵懸著的心放下了，原本以為小皇帝會記仇，會對霍十九不利，如今看來，他這是對霍十九先拋出橄欖枝。霍十九一個臣子，能得皇帝如此在乎重視，有些稀奇詭異。

蔣嫵就想起先前想的那些。果然，皇帝與霍十九之間，或許有許多事情是她不知道的……

剛這樣想，她突然面色一凜，渾身緊繃。她六識敏銳，分明聽見外頭有打鬥聲，還能感受到如潮湧來的煞氣和陰森恐懼。

蔣嫵看向依舊笑談的霍十九和小皇帝，還有身旁的景同，他們都神色如常，並沒有發現異樣。

在皇帝的別院，守衛那樣的森嚴，怎麼會有打鬥聲？刺客要攻進這樣大的宅院，還打到她都聽得見了，可見敵方兵力不弱且武藝不低。

蔣嫵在想這些時，霍十九與小皇帝也聽見打鬥聲了。

景同面色驚慌，忙護在小皇帝身旁，高聲喝問：「怎麼回事！來人，護駕！」

回應景同的，是一聲轟然巨響。

正廳緊閉的大門被踹開，隨即竟是三十餘名身著御前侍衛服飾的帶刀侍衛。

一群人魚貫而入，人人手持長刀，將前廳圓桌周圍包圍起來。

小皇帝嚇得面無血色，抖著聲音高聲喝道：「狗奴才，就這麼闖進來，你們反了不成！」

帶頭那人以刀刃一指面色如常的霍十九，冷聲回道：「回皇上，不是臣等造反，反了的人是錦寧侯！外頭錦衣衛的人已經攻進來了，請皇上速速跟臣等去往安全之處！」

小皇帝驚慌之色更加明顯，這一次連說話都開始結巴。「不、不可能，朕的英大哥，怎……怎麼會要造反，你們胡、胡說！」

霍十九這會兒已經站起身，擰眉望著那三十餘名侍衛。

蔣嫵心裡發寒。小皇帝的恐懼不是假裝的，景同哆嗦著護在皇帝身前怒視霍十九也不是假裝的，難不成霍十九真要造反？

「皇上！」侍衛首領沈聲道：「請皇上速速跟隨臣下離開。臣要斬殺謀逆之人！」說著刀劍一指霍十九，便要衝上。

誰知千鈞一髮之際，在屋內近四十雙眼的注視下，只見一道黃影閃過，那侍衛已經是「啊」地淒厲慘叫，手中鋼刀落地，發出「鏘」的一聲響，侍衛左手捂著右手，右手上扎著一根象牙筷，血流如注。

而那道黃影已經閃到皇帝身前，嬌小的女子將小皇帝護在身後，匕首反握斜橫身前，以一種決然姿態堅決地保護著小皇帝，劍眉微挑，眼神銳利地掃視眾人，最後落在霍十九身上。

那眼神，彷彿在問他：你真的謀反？

霍十九只是平靜地望著她，並無任何表情。

小皇帝與景同則是呆愣愣看著護在自己身前那比他還要矮了一頭的嬌小女子。好快的身法！好準的飛鏢！好漂亮的姿勢！好強的殺氣！

原來，蔣石頭的女兒竟然是這般厲害人物！

她就如同一隻獵豹，蓄勢待發，只要霍十九敢承認他真的謀反，她就會毫不猶豫拚上前啃噬他的性命，不論他是不是她的丈夫。

小皇帝心頭倏然一動，眼神變了變。

那受傷的侍衛已是憤然，一揮血手，高聲呵道：「那娘兒們厲害，快上，保護皇上，將姓霍的就地正法！」

其餘侍衛領命，揮舞鋼刀便齊齊擁上。

蔣嫵內心著急，她縱有通天的本事，也不可能在三十多人的圍攻之下同時保護小皇帝與霍十九。

霍十九眼看侍衛圍上，隨手抄起圈椅砸向一人，就上前來將蔣嫵與小皇帝都護在自己身後，正尋找兵刃，卻眼見一道血光飛閃。

三名侍衛連慘叫都來不及，項上人頭就一同飛起。三具屍首轟然倒地，血流成河，而隨著他們倒下，蔣嫵等人看到身著灰色書生長袍的曹玉已閃電一般回轉身子，反手一刀，又劈死兩人，侍衛等人一瞬都愣住，持刀猶豫不敢向前衝，這人的刀法實在太快了！

蔣嫵神色冷然，一手提著皇帝的領子躲開一名侍衛的刀鋒，另一手擋開眼瞧著就要劃破霍十九手臂的刀刃。匕首與鋼刀之間劃出一道火星，發出刺破人心般的尖銳磨擦聲，只讓人背脊生寒，而景同這會兒已經被砍傷了左臂，依舊雙手持著撿來的鋼刀，拚命護著皇帝。

曹玉一個旋身，翻腕結果了四條人命，左手成爪，一瞬插入一人左胸隨即拔出，滿手血紅……

蔣嫵眼瞧曹玉那等手法，雙眼越發湛然明亮。

血腥味會刺激她的情緒，讓她自心底生出對殺戮的渴望，渴望聽到割破人喉管時的絕望呻吟；渴望感受到鮮血噴濺時的溫度；渴望看到被懲處的歹人眼中乞求的光芒。

蔣嫵不再遲疑，左手撿起一把鋼刀，右手反握匕首，黃影在霍十九眼前一竄，不等他與小皇帝看清楚，蔣嫵左手的鋼刀已劈開一名御前侍衛的頭骨，右手匕首在燈下閃出一道血光，兩名侍衛喉管被割破，一瞬收割三條性命。

霍十九看得背脊寒毛直豎，眼前鵝黃衣裙的女子，就如同自地獄中走出的煞神，嬌美面容上帶著嗜血狂妄的微笑，雙眼綻放著如虎狼撲食一般的光，足有一夫當關萬夫莫開之勢，這股狠勁，連武藝高強的曹玉都遜色一籌。

小皇帝吞了一大口口水，躲在霍十九身後，手抓著他的袖子。「英大哥，你、你媳婦，真真、真他娘的……」

「皇上，請慎言，以您的身分豈能這樣說話。」

小皇帝哆嗦著咳嗽一聲，眼瞧侍衛們被蔣嫵與曹玉斬瓜切菜一般以壓倒性的優勢殺了過半，心也放下了。只是滿屋的血腥氣依舊讓他不適，臉色煞白。

這時，門外又有十餘名手持繡春刀的黑衣蒙面漢子湧入加入戰團，所剩不多的侍衛早已被曹玉與蔣嫵震懾，又有這群高手到來，哪裡是對手？只幾息工夫，就已滿地屍首。

曹玉丟了鋼刀，蔣嫵則在一名趴於桌上的屍首身上蹭了蹭匕首上的血，冷著臉走向皇帝與霍十九。

霍十九摸了摸鼻子，拿起帕子要替蔣嫵擦臉上的血點，被她偏頭避開，而小皇帝只顧看著蔣嫵嘿嘿地樂。

曹玉道：「還請皇上移駕。」

霍十九也正色道：「皇上，馬車已經預備好了，咱們快些離開。」

「朕正有此意。」

小皇帝拉著景同，霍十九又低聲吩咐了曹玉幾句，就與蔣嫵隨後離開了前廳，走偏門，穿過花園，到了西邊的側門。

蔣嫵見一路並未見有屍首，更不見活人，心中愈加如明鏡一般。

馬車是極為寬敞豪華的，趕車的人蔣嫵看著眼熟，也是霍十九的人。

小皇帝正襟危坐，景同跪坐在車板上，自己撕破衣裳裹胳膊上的傷口。霍十九與蔣嫵則面對面坐在側座。

「咳。」小皇帝咳嗽了一聲，笑看向蔣嫵，道：「英大嫂好身手，朕真是佩服，佩服啊！」

蔣嫵只斜眼看他，不說話。

小皇帝也渾不在意，公鴨嗓笑意更濃。「英大嫂，今日之事斷然不可說出去，妳要是答應朕不說，嗯……」摸著鼻子沈思，隨即眼前一亮。「朕就認妳做姊姊！說真的，妳方才那麼護著朕，朕看著真喜歡！要不是妳已經嫁給英大哥，朕都想封妳做皇后！也好，妳大朕兩歲，又那麼保護朕，就做朕的姊姊也無不可。」

小皇帝期待地看著蔣嫵，想從她臉上找到「受寵若驚」之類的情緒，可誰知蔣嫵卻盯著霍十九，抿唇溫柔地笑著，緩緩伸出素手探向霍十九的腋下，隨即纖纖玉指捏住了他上臂內側的一小塊肉，一掐，一擰，捏住不放手，面上笑容更加溫柔……

「啊！」霍十九一聲驚呼。「嫵兒，我知道了！往後不會了，什麼都告訴妳！」

蔣嫵不說話，依舊掐他。

小皇帝愣了一下，隨即撫掌大笑，笑聲真切歡喜。

聰慧如蔣嫵，從曹玉進門，霍十九護在小皇帝與她跟前就已經明白今日之事的原由。她知道，別院中各路人馬的探子都有，甚至那些侍衛都有可能是有人特意安排進來的，如今都死絕了，終於擺脫了那些人，只怕皇帝之後還要有動作。

她放開霍十九，撩起窗紗往來路上看去，只見夜色中升騰起一條金燦燦的火龍，滾滾濃煙遮住月色，恐怕別院已經陷入一片火海。

皇帝與霍十九……做得真乾淨，方才那些迎接他們的花兒一樣的宮女，怕都也無一倖免了。

蔣嫵雖有嘆息，感慨生命的脆弱無常，可也能夠理解，歷史上成就大業的那些男子，哪一個手上不是沾滿鮮血的？難道就有哪個人沒有沾染過無辜性命，是乾乾淨淨的？

馬車回了霍府。

因不敢驚動內宅，怕霍大栓與趙氏他們知道了擔心受怕，蔣嫵、霍十九、小皇帝一行人都在外院，讓人去拿來替換的衣裳，又伺候沐浴。

小皇帝換了一身霍十九的袍子。他今年十四，身量未成，霍十九身姿高銚，他的袍子穿在小皇帝身上，宛若小孩偷穿了大人的衣服。

小皇帝甩著寬袖提著過長的衣襬在首位坐下，道：「吩咐下去吧。」

霍十九已換了一身月牙白的交領納紗長衫，半乾墨髮鬆鬆束成一束，行禮道是，便下去吩咐。

蔣嫵見霍十九與小皇帝似乎有要事要談，也不去書房打擾，只讓小丫頭去傳了句話，就往內宅去了。

一路上只覺得腰格外痠疼，怕是今日運動過猛，動了胎氣，就叫冰松立即請大夫來。

冰松本在家中等得心急如焚，就怕發生什麼大事，見蔣嫵回來不直接回臥房，而是吩咐人來取一身衣裳，由聽雨去伺候換妥當了才來，又一見面就說「請大夫」，當即嚇得臉色慘白，道：「夫人別怕，別急，我這就去！」

蔣嫵在臨窗的羅漢床上躺下，笑道：「慌什麼，沒事。」

不多時，常來霍家的周大夫眼角的眼屎都沒摳乾淨，頭髮凌亂就被帶了進來，慌忙地給在小屏風後的蔣嫵診過雙手後，蹙眉不悅地道：「不是在下多言，夫人也太好動了一些，您原本就受過傷，其中還有一箭是貫穿傷，本就洩了元氣，又失血過多，這一胎懷得根本不是時候，您還不注意保護一些。尋常閨中婦人都是不肯動，您可倒好，又偏好動，往後您再這般，就是華佗在世也留不住您腹中的孩子！」

周大夫訓人時，鬍子一翹一翹，絲毫不留情面。

蔣嫵卻只微笑聽著，待他話畢才問：「現在胎兒無恙吧？」

「先吃了這藥丸，待會兒吃了我開的方子姑且先看看。」周大夫說罷，就嘆息著出去斟酌方子，又囑咐聽雨和冰松，往後千萬看著夫人不可太過「活潑」。

蔣嫵這會兒已是昏昏欲睡，還惦記著霍十九那邊的情況，就叫聽雨出去看看前廳的動靜。

等蔣嫵吃藥的時候，聽雨才回來，面色略有些緊張地道：「夫人，咱們府裡來了好多大人，連英國公和蔣御史都來了，這會兒都聚在前廳呢，府門也是前所未有的大敞開著。還有，皇上的別院失火，現在五城兵馬司的人都紛紛去滅火了！」

蔣嫵一口氣喝了藥，又取過溫開水漱口，才道：「知道了。外頭的事與咱們不相干，我累了，睡吧。」

皇上的宅子失火，難道是小事？

聽雨見慣了蔣嫵的淡定，又因她身體不適，不好多言，就扶著她去休息。

第二十七章　擊掌為盟

與內室裡的一片安寧相比，此時的前廳是另一個極端。

前廳中，小皇帝穿著大了許多的袍子，歪歪斜斜坐在首位，還吃著下人剛送上的熱湯麵。

霍十九與曹玉則垂首站在一旁，英國公、蔣學文、仇將軍等聞訊趕來的大臣足有二十多人都穿著便服，整齊分作四列跪在地上。

屋內安靜，只聽得見小皇帝吃麵時吸吸呼呼的聲音。

眼看著他露胳膊、挽袖子地吃了兩碗麵，還打了個飽嗝，蔣學文再也受不住，老淚縱橫，額頭貼地。「讓皇上受驚，是臣等疏忽，臣等罪該萬死啊！」

他哪裡見過小皇帝這樣狼狽的模樣，身上穿的袍子大了那麼多，明擺著是那奸臣的，還有，好端端的別院怎麼就來了刺客，怎麼就失火了？

堂堂天子，穿的是奸臣的衣裳，吃的是奸臣家的消夜……

蔣學文涕泗橫流，連連叩頭，恨不能將腦漿灑在地上，才能讓心裡好過一些。

有他帶頭，其餘眾臣也都行大禮，一時間前廳之中哭聲震天，就連英國公都捶胸頓足，老淚縱橫。

小皇帝好整以暇地看著群臣表演，眼看著一群人哭聲弱了，哭累了，哭不出眼淚了，才大咧咧地道：「將來朕死了，你們也要這麼哭啊！」

「皇上！臣惶恐，臣有罪，臣罪該萬死……」呼聲此起彼伏。

小皇帝抱膝坐在圈椅上，似笑非笑地望著眾人，直到聲音漸弱，才閒閒地道：「眾位愛卿，有工夫在這兒哭給朕看，不如先去想想怎麼抓住凶手才是正經吧？朕在別院都住多少年了？父皇過世後就住那兒，那兒就是朕的家，這下子可好，家讓人給毀了，家奴都被殺光了，你們這會兒反倒還有時間哭！」

小皇帝的話，讓眾臣再次噤聲。

蔣學文直起身，義正詞嚴地道：「皇上說的是，都是臣等疏忽。依臣看，今次皇上遭遇險境，多半是有人幕後設計的陰謀，那人也很可能就在此處！」

小皇帝聞言挑眉。「哦？就在此處，你是指誰？」

蔣學文只看了小皇帝身旁的霍十九一眼，便道：「誰得了好處，就是誰！」

小皇帝哼了一聲。「蔣石頭也越發沒規矩了，沒憑沒據就敢誣賴起人來。」

眼見小皇帝動了氣，蔣學文與其餘臣子忙叩頭。「皇上息怒。」

蔣學文直起身，又倔強地道：「臣叩請皇上將捉拿凶犯一事交給微臣，臣定當竭盡全力。」

小皇帝眨眼道：「蔣愛卿焦急，朕知道，可你也不能越過權去，你手伸得這麼長，是不是要別的愛卿沒飯吃啊？」

蔣學文的呼吸一窒，額頭貼地不敢再言語。

小皇帝站起身，甩著長袖子道：「你們也甭哭了，這事麼……就交給英國公好了。另外，朕身旁也不能都叫那些酒囊飯袋來保護，一個不留神下次再給朕弄出個『全軍覆沒』，朕的小命怕都要丟了。」

「臣惶恐……」

「不必惶恐，朕往後就要他。」小皇帝一指曹玉。「以後給朕做個御前侍衛副統領吧！」

「皇上，這不妥啊！」蔣學文焦急不已，曹玉是霍十九的人，原本霍十九就已是個禍害，萬一再扶植起一個曹玉，皇上身邊豈不是一個好人都沒有，後果將不堪設想。

小皇帝卻一瞪眼。「怎麼，你是說你打得過他，能代替他保護朕？還是說現在這屋裡誰能打得贏他？你們要是能跟他動手不輸給他，朕就留你們在身邊！」

蔣學文語塞，眾臣一時也不知該如何勸說，眼看著小皇帝有動怒的趨勢，都不言語了。皇帝的決定就是聖旨，難道他們還真敢違抗？往後再給皇帝安排貼心的人就是了。

小皇帝掩口打了個呵欠，擺擺手吩咐眾人都退下，不得打擾，眾臣行禮告退。

蔣學文走在最後，臨出正廳時，英國公與幾位大人笑著道：「蔣御史是不是對霍宅很熟悉啊？」

「那是自然，且不說錦寧侯是蔣御史的佳婿，就說先前蔣御史來求情之類，又求夫人回去，也沒少走動吧？」

「可不是，可結果還不是被夫人給踹了……哈哈！」

大臣們簇擁著英國公，笑著走遠。

蔣學文已是氣得臉色鐵青，雙手緊握成拳。

眾人離開後，偌大前廳就顯得格外空曠，小皇帝甩著袖子玩，笑著問：「別院那邊的火可撲滅了？」

「回皇上，剛來人回，說是火已經撲滅了。」霍十九道。「皇上放心，咱們的人做事有分寸，不會波及周圍百姓。」

「那就行。朕睏了，要去睡了。喔，對了，姊姊不是有了身孕嗎？今兒那樣動作，不會有事吧？」一想到蔣嫵殺人不眨眼的狠毒手段，小皇帝甩了甩頭，道：「不過姊姊可是真的英雄豪傑，應當無礙的。」掩口打了個呵欠，就在景同與霍府下人的服侍下，前往客房歇息了。

霍十九這才露出疲憊與擔憂的神色，對曹玉道：「墨染，你跟我一同來吧。待會兒咱們好好說說話。」

曹玉頷首，靦覥笑著緊隨其後，哪裡還有方才殺人時的狠毒？

二人到了瀟藝院，才過了穿堂到了內院，就聞到了一股散不去的藥味。

霍十九當即嚇得三魂七魄都要不在，臉色煞白、腳步虛浮地就上了丹墀。

就連曹玉的心裡也是狠狠跳了一下，暗暗後悔。今日若是不在外頭戀戰，早一些追進去將人解決了，蔣嫵又哪裡有機會動手？

霍十九一把將房門推開，倒是嚇了外頭上夜的聽雨一跳。

「侯爺？」聽雨忙站起身，行禮道：「您回來了，是否要預備消夜？」

霍十九並不回答，奔進內室。

曹玉則理智一些，見聽雨並無驚慌，問道：「夫人還好吧？」

「夫人沒事，周大夫來瞧過了，說夫人動了胎氣，要求往後不准再這般『活潑』了，吃幾帖藥看看，身子並無大礙。」

「那就好。」曹玉長吁了口氣。

此刻站在拔步床前望著蔣嫵的霍十九，也聽到外間聽雨的話，緊繃的那根弦放鬆下來，竟發現自己出了滿額的冷汗。

蔣嫵警覺未失，聽見有人推門時就已醒了，只是不想動彈先看看情況而已，現在瞧著霍十九若扎根在床前一般也不動彈，便翻了個身笑望著他。「外頭的事解決了？別院的火滅了嗎？可還有另外傷亡？」

霍十九在床沿跌坐下，抬起左手，指尖碰觸到她的臉頰，才知自己的手有多冷，又擦了把汗，也不回答她的問題，只認真地道：「嫵兒，往後不可再如今日這般冒險了。妳可知道我為妳捏了一把汗。」

屋內只點了一盞絹燈，光線昏暗，蔣嫵也是在他碰觸到她時才感覺到他偏低的體溫，於是笑著拍了下他的手背，道：「我哪裡就那樣脆弱了？你不要多想，我有分寸。」

「妳的分寸我可不敢相信，」霍十九嗔怪道：「妳以為妳身子好就沒事？旁人懷了身孕都寶貝得不行，妳卻依舊胡打海摔的，人家大夫和太醫都瞧過，說法都是一致的，妳身子虧損，本不宜現在就有孕，既然有了，也要好好調養身子仔細著一些，怎麼今兒還動起手了？」

「我不動手，難道看你和皇上都去死啊？」蔣嫵白了他一眼。

誰知一句玩笑，霍十九卻當真了，很是認真地反省了許久，才道：「是我的不是，今日不該將妳帶在身旁的，我明知有事發生，還不得不遵聖旨，讓妳涉險……」

「我都知道。」蔣嫵素手掩住他的口，笑道：「哪裡有你這樣的，明明不是你能左右的事，你卻偏將過錯往自己身上攬，我不過一句玩笑，卻引來你滿車的感慨。」

「不，我是當真覺得自己不對，不該這樣讓妳涉險。」霍十九問：「妳能否答應我一件事？」

「何事？」蔣嫵歪著頭看他。

霍十九道：「往後不論在何處，有任何事，妳都不准隨意參入戰團，我不能要求妳就算是刀架在脖子上也不准反抗，可如同今日這般，原本已萬無一失之事，妳卻衝去和墨染一同大開殺戒，這樣豈不是多餘？妳要時刻記得，妳是快當母親的人了，不能再亂動。」

蔣嫵噗哧笑道：「我知道了。下次我會留神，大夫也說了要我別再『好動活潑』。」

「就是，那妳就更要小心。」

二人相視一笑，蔣嫵掩口打了個呵欠，霍十九其實也困倦了，可外頭還有事要辦，便道：「皇上要了墨染去他身邊做御前侍衛副統領，往後他怕是要常常出入宮裡，不能在我身邊，我還有些話要囑咐他。妳先歇著吧，我待會兒再回來。」

皇上的親信被霍十九殺了，現在宅院中的那些人也都殺光了，身邊就只剩下一個景同，別院損毀，必然要回宮去住，他沒有個信得過的人不行。

或許，霍十九早就安排過了。

蔣嫵道：「那好，你快去吧，我就不等你了。」

「不必等，妳照顧好自己便是。」霍十九吻了蔣嫵的臉頰一下才出去。

蔣嫵一夜好眠，霍十九卻是一夜無眠，與曹玉兩人在瀟藝院的廂房中，吩咐廚下預備了四個小菜，二人吃了一罈酒，醉醺醺的，一直聊到天色漸亮才伏桌而眠。

一大清早，蔣嫵神清氣爽，先用了藥，又由周大夫診脈確定無礙，就親自去看霍十九與曹玉。

霍十九不勝酒力，趴在桌子上睡得很是香甜。

曹玉卻是蔣嫵一到廊下的時候就醒了。

蔣嫵吩咐了人去挪霍十九到榻上睡覺，便與曹玉一同到了廊下。

望著面前窈窕女子的背影，曹玉抿著唇道：「夫人，在下有話與妳說。」

蔣嫵笑著頷首。「好，咱們去那邊？」素手一指抄手遊廊。

曹玉卻道：「夫人雖不可再劇烈運動，但適當散步對身子總是好的，不如妳我去園中。」

蔣嫵並未感覺到曹玉的敵意，便笑著道：「也好。冰松、聽雨留下伺候侯爺。」

原本夫人出去，身邊是要跟著人的，可蔣嫵發話，對方又是霍十九手下最信得過的曹玉，她們二人也不好強行跟去，行了禮便照吩咐去辦事。

蔣嫵與曹玉一前一後離開瀟藝院，緩緩走在隔壁一座精緻的小花園子裡。此處因為占地面積較小，霍大栓覺得種什麼都種不開，所以得以倖免，還保留著原來的模樣。院中桂花飄香，倒是幽靜愜意。

見左右無旁人，曹玉問出好奇了許久的問題。「夫人師從何門何派？」

蔣嫵停下腳步，回眸輕笑道：「依你看呢？」

曹玉很誠實地道：「我看不出。妳的身法奇快，彷彿沒有招式，卻又都是最實用，能夠一招致勝的招式。」

「不錯，果然是行家。」蔣嫵笑著道：「你說的不錯，我學習的是一種實用的近身刺殺之術。招數不多，但勝在變數奇多，要根據情況來隨機應變。」

「那麼蔣御史費心培養了妳，倒是讓妳留在爺的身邊，也真不算辜負了這個好材料。」既問不出師門，曹玉也就不問，因為天下之大，總是有一些怪人，就算收了徒弟也是神秘兮兮，不會輕易與人透露師門。

蔣嫵不理會他的諷刺，直接轉入主題。「你去皇上身邊也是不能避免的一步棋，恐怕皇上與阿英安排此事的時候，你就已經被決定了去向。」

一陣清風吹來，送來滿鼻的花香，拂動蔣嫵與曹玉的長髮飄舞，衣袂翩然。

曹玉沈默了片刻才道：「是。侯爺的吩咐，我定照辦。」

蔣嫵莞爾，道：「你是忠義之士，我很是開懷，也為阿英高興。往後你跟在皇上身邊，望你好生保護，要盡職盡責，不要丟了阿英的臉。」

曹玉想不到蔣嫵會說起這些，該談的昨兒晚上都已經與霍十九談過了，其他的倒是不怕什麼，但蔣嫵畢竟是蔣學文的女兒，是清流文臣之首的愛女，她有足夠的能力結果了霍十九，然後悄無聲息地離開。

見曹玉又沈默，蔣嫵也不多言，只等著他開口。

曹玉嘆息道：「我到如今，最放不下的還是侯爺的安全。這些年我跟在侯爺身邊寸步不離，我不敢邀功，可經常有些大小事情，若沒有我在，侯爺怕早已死了，何況就算我跟在侯爺左右，有時也無法避免他受傷。」意指蔣嫵刺向霍十九的那一斷箭。

蔣嫵訕訕一笑，道：「有我在，你不必擔憂。」

曹玉蹙眉道：「妳是蔣石頭的女兒，我能信妳嗎？」

「我是姓蔣，可我也是阿英的妻子。」蔣嫵認真地道：「有些恩怨，我分辨得清，只要我在，就斷然不會讓他丟了性命。」

「可妳終究是個女子，哪裡有人不論走到何處都帶著老婆的？其實我當真不願意去保護皇上，若不是侯爺說服再三，我絕不會管那麼多。」曹玉負手煩躁地向前走了幾步，又道：「我不放心的太多，包括妳在內。侯爺如今是真心對妳，將來若發現妳有背叛他的時候，他心裡還不知會如何蒼涼悲慼。你們在一起果然是孽緣，注定會傷害他的。」

蔣嫵聽著曹玉靦覥的聲音細聲細氣地說了許多話，絮絮叨叨的彷彿只為了發洩不放心的情緒而已，就只笑著等他說完。

「墨染，我不想承諾什麼，因為我說了什麼你也不會盡信的。但他是我的丈夫，是我腹中孩子的父親，這是不爭的事實。」

曹玉抿唇死盯著蔣嫵，竟倏然出手，右手三根手指成鷹爪，掐在蔣嫵纖細的脖頸上。

蔣嫵沒有躲，一直保持微笑，沈靜地望著他。

曹玉看進她那雙幽深的杏眼之中，內心的煩躁漸漸消弭。「妳為何不躲？」

「打不過你，躲不開。」

「我不信。」

「我與你切磋過，你當知道我不是你的對手，況且我沒有發覺你的殺氣，為何要躲開？」

蔣嫵扒拉開他的手，道：「你儘管隨著皇上入宮。皇上在別院住了這麼多年，乍然回宮去，身邊連個可信的人都沒有，你只管好好完成阿英交給你的任務。至於阿英的安全，我會竭力保證。」

「好。」曹玉嚴肅地道：「妳我擊掌為盟，若妳讓爺丟了性命，我就有權回來送妳下去見他！所以妳仔細著，千萬不要做對不起他的事。」

蔣嫵挑眉，並不回答，只與他右掌擊掌三下。

誰知才放手，就聽見一公鴨嗓由遠及近，語氣愉快。「姊姊！」

蔣嫵與曹玉看向來人，正是換了一身簇新寶藍色錦緞直裰的小皇帝。二人行禮。

小皇帝笑著攙扶起蔣嫵，道：「姊姊何必拘束。」

「請皇上不要折煞妾身了。」

「一言既出，駟馬難追，朕說出的話，沒有收回來的道理，往後朕就叫妳姊姊，不准妳抵賴，否則朕就去罰蔣石頭！」

蔣嫵無奈，哪有這樣霸道的皇帝，認個姊姊都這樣倉促。

蔣嫵想再辯駁，然而望著小皇帝臉上的真誠笑容，到口邊的話就嚥了下去。她現在不再孤獨寂寞，但是不代表她已經忘記孤獨和寂寞的感覺，她認得那樣的眼神。小皇帝的眼中就有那樣的寂寞，只是那樣的情緒被他的任性和倔強掩蓋住了。

「好吧。既然皇上喜歡，往後我就是你姊姊了。」

曹玉有些呆愣，想不到蔣嫵竟然這樣大方地認了個弟弟，還與天子「你」、「我」稱呼起來。這些年小皇帝一直稱呼霍十九「英大哥」，霍十九還不是依舊謹守身為臣子該有的禮數，從不踰矩？

真是……女子的頭腦太簡單了！可這會兒又沒法子提醒蔣嫵。

小皇帝極為開心，撫掌笑道：「好好好！姊姊果然是豪爽的人，朕就是喜歡妳這樣的性子！朕自小沒有什麼親的兄弟姊妹，有個英大哥，還一副老成模樣，妳只大朕兩歲，還是咱們年齡差得少，比較容易談得來些。」

蔣嫵笑道：「皇上是嫌阿英老了？」

「這麼說來，英大哥是年紀不小了。他大了妳那麼多歲，妳嫁給他有沒有覺得不習慣？」小皇帝興致勃勃地拉著蔣嫵的袖子在花園中逛。「還有，妳會不會覺得他的性子太悶，很討厭？」

「不會啊，我以前又沒嫁過人，哪知道什麼樣子才是正常，又何來不習慣？更何況他的性子雖然悶了些，但是我公婆、小姑和小叔都是有趣的人，府裡還有那麼多房姨娘陪著我玩，再不然還有地可以種，哪裡會悶？」

「妳還真會找樂子。」小皇帝哈哈笑道：「朕也是，閒著沒事就找些好玩的來耍耍，免得悶得慌。聽說英大哥為了妳，把小妾都攆走了？外頭許多人都說英大哥不念舊情呢。」

「你聽那些人胡說，那些小妾想走的都給了銀子，不想走的，這會兒都在後宅住著呢，好吃好住好用地養著，阿英哪裡就不念舊情了？」蔣嫵憤然道。

小皇帝望著蔣嫵的眼睛冒著光，道：「朕知道英大哥的性子，斷然不會那般。對了，朕最好奇的是蔣石頭那樣的人，是怎麼養出妳這樣有趣的人？從妳先前敢跟朕比武的時候，真把朕打趴了，朕就知道妳這人有趣，昨兒見識了妳的功夫，又見妳肯真心護著朕，朕就更喜歡了！」

蔣嫵笑道：「皇上讚譽罷了。外人瞧我是潑婦，只皇上看著順眼而已。」

曹玉跟在二人身後，眼瞧著蔣嫵和小皇帝越聊越是隨意，小皇帝對蔣嫵的欣賞越來越多，蔣嫵對小皇帝也越來越溫和，總算是鬆了一口氣。

他對蔣嫵的第一印象差，導致後來總是看低了她，其實蔣嫵並非他想的那樣沒頭腦吧。

「回皇上、錦寧侯夫人。」景同蒼白著臉來回話。「剛霍老太爺的人來傳話，說是已經擺好了宴，請皇上移駕過去呢。」

小皇帝看著景同憔悴的臉，道：「知道了，你下去養傷吧，朕給你幾日的假。」

「皇上！」景同雙膝跪地。「奴才沒事的，奴才願意跟著皇上。」

「又不是不帶你回宮去，你怕什麼？等宮裡安排好了就帶你去，你這幾天就先在錦寧侯的府上養傷，等傷好了才能伺候朕。朕可不願每日看著你那張白紙一樣的臉。」

景同聞言大喜，連連叩頭道：「奴才多謝皇上，多謝皇上。」

小皇帝擺擺手，笑著拉蔣嫵的袖子。「姊姊，咱們先去吧！朕正好也見見妳的公婆。」

「是。」

飯廳之中，霍大栓、趙氏早已經吩咐人預備了一桌豐盛的宴席。他們哪裡招待過皇上，這會兒緊張得渾身冒冷汗。如今唐氏帶著兩女，還有霍初六和霍廿一都在後宅中不曾出來，怕衝撞了聖駕，也就是他們老兩口身為霍家的主子不好不露面罷了。

霍大栓低聲問趙氏。「妳看我穿這件袍子，會不會不好看、不對身分而給阿英丟人？」

「不會，不會。」趙氏理了理霍大栓身上茶金色素錦襖子的領口，又問：「我這樣會不會太醜了？要不我還是避開吧，別讓人看阿英的娘上不得檯面。」

「哪會，妳要是上不得檯面，那我豈不是更上不得？我就是大老粗一個，皇上面前都不知該怎麼說話才好呢。」霍大栓說的是實話，只瞧桌下的雙腿抖個沒完就知道他的緊張。

趙氏也很緊張，叫了身邊的小丫頭來。「快去催催，侯爺怎麼還沒來呢。」

宴請是必須的，若是霍十九在身邊，他們就能安心一些。

「那兔崽子要是沒醒，用涼水潑醒來也使得，他要是敢怨怪，就說是老子的吩咐！快去！」

「是！」小丫頭滿心都是苦水，老太爺說得輕鬆，可錦寧侯是能隨便潑水的嗎？要真是用冷水將人潑醒，動手的人只怕小命也要交代了。

小丫頭快步往外去，才剛下丹墀，迎面就看到蔣嫵隨著一個穿了件寶藍色錦緞直裰的少年迎面而來。

小丫頭有些遲鈍，愣了愣才想起當今皇上可不就是個少年人嗎？忙雙膝跪地，叩頭行禮，高呼萬歲。

小皇帝卻好似根本沒看到這個人，與蔣嫵說笑著上了臺階，小丫頭忙起身，慌亂地去給霍十九報信了。

飯廳中，霍大栓和趙氏雙雙行過大禮，引著小皇帝到主位坐下。

蔣嫵站在小皇帝身旁，霍大栓和趙氏自然不敢坐下，也都垂首站著，看起來十分拘束。

小皇帝瞧著滿桌菜色，笑道：「二位既然是英大哥的父母，就同朕的父母長輩一樣，何必要如此拘束？快請坐吧。」

「草民不敢。」霍大栓面色激動，黑裡透紅，搓著手道：「在皇上面前，草民哪裡有坐下的分兒。今日得見皇上，草民當真是太歡喜了！」

趙氏也連連點頭。

小皇帝笑嘻嘻地起身，拉著二老的手引著他們入座，著實令霍大栓和趙氏受寵若驚。

小皇帝又讓蔣嫵坐下，才道：「英大哥平日裡照顧朕，在霍府，朕也沒當是在外人家裡，二老就不必拘束了。」又對蔣嫵道：「姊姊坐啊。」

姊姊？霍大栓和趙氏看向蔣嫵。

小皇帝宣告地道：「這位是朕新認下的姊姊，在朕心中就與親姊姊一樣親，往後還託二老多多照顧。」

「一定，一定！」霍大栓和趙氏起身回道，心裡卻很讚嘆歡喜，想不到蔣嫵竟然有這個能耐，能讓皇上認了她做姊姊。

若不看霍十九做過的壞事，只看能耐，他的確是個奇才，尋常莊戶人家的孩子能做到現在隻手遮天的程度，已是個奇蹟了，而物以類聚，蔣嫵那樣的性子，果然也是能幹的。

蔣嫵眼看小皇帝這般說話，忙給二老解圍。「皇上，爹娘平日待我像親生女兒一樣，你無須擔心。」

「是嗎？那就好。朕既當妳做姊姊，那妳好歹也是個公主嘛！我瞧著妳的公婆都是和善的人，也不會為難妳。」

蔣嫵笑著頷首，給小皇帝布菜。

霍大栓有點「食不下嚥」，一餐飯都處在雲裡霧裡，等回過神的時候發現自己竟然將最近的一大碗東坡肉都吃光了，連盤底都習慣性地拿饅頭擦乾淨吃了……

小皇帝撐頤欣賞他吃飯時的「英姿」，見他尷尬看來，笑道：「老太爺真是好食量，朕瞧著真喜歡。」

霍大栓尷尬地笑笑，撓了撓後腦杓。

趙氏扶額，她倒是想勸，可霍大栓吃得太快，她碰他幾下他都不理人，就只顧吃，她又不好大聲嚷嚷……這下可好，阿英的形象可不都讓他這個做爹的給毀了？

「皇上。」

正當這麼想時，霍十九笑著進了屋。

小皇帝站起身。「英大哥，你家裡真好！」

「皇上萬安。」霍十九先給皇帝行禮，才笑著道：「宮中事宜還需要安排，皇上若喜歡臣家中，不如多留下一段時日。」

「好啊！」小皇帝興奮地問：「你家裡可有什麼好玩的？」

霍十九眨了眨眼。「皇上想玩什麼？」

小皇帝眼珠子一轉，笑道：「朕聽說霍老太爺最愛種地，朕要當農夫！不但要種地，還要出去賣菜！」

「皇上，這哪成啊？」霍大栓聽得心裡發毛。

小皇帝卻不依。「哪不成了，朕難道不是人？旁人做得的活兒，難道朕就做不得？朕偏要種這地！」

霍大栓深深望著小皇帝，半晌滿面紅光，極為讚嘆地道：「皇上，草民是個粗人，不會說那些好聽的詞，草民只想說您真是個好皇上，能自個兒去體會種地的辛苦，才能更體諒民間的百姓啊！咱們這裡是有地可種，外頭還有人沒地種，租人家的地，歲歲交租呢……」

霍大栓誇讚一番，到後來已經說到民間百態上去了。

小皇帝沒見過那些，聽得津津有味，只拉著霍大栓一同要去抱香閣看看黃瓜地，又要去後頭看看散養的那些雞鴨。

曹玉如今被分派給皇帝做御前侍衛副統領，自然緊隨皇帝的身旁出去。

前廳內便陷入一片寂靜。

趙氏擔憂地伸長脖子瞧著霍大栓與小皇帝一高一矮、一壯一瘦的背影，半晌方擔憂地問：「阿英，你爹那樣子跟皇上去種地，沒事吧？」

「沒事。」霍十九聲音低沈溫和，安撫地道：「皇上的性子我最知道，他好奇心旺盛，對種地的熱情一時半刻不會減少，爹雖然是粗人，可分析問題也並不愚笨，他們兩個在一起，一個願意學，一個願意教，倒是真的很好。這段日子我會儘量快些預備好回宮事宜，娘就不必擔憂了。」

趙氏即便滿心憂慮也是無計可施，就只得點頭道：「那好吧，就聽你的。」

之後，霍大栓果然每天帶著小皇帝種地，其間霍十九一直在預備宮中事宜。

由於蔣嫵不能太過於「活潑」，她身子也的確是不大舒坦，腰疼得很，所以也沒去地裡瞧瞧，更沒一同用晚膳。只是每日聽霍十九回來說些小皇帝種地的趣聞，例如要除草，將蘿蔔拔出來，還覺得草根子太大；又如被大白鵝追著跑，險些掉進池塘裡；再如霍十九那些義子們聽聞皇上在種地，都急急忙忙來陪著種，霍大栓多了許多幫手，歡喜得像什麼似的。

等過了十來日，院中那一株高大楊樹已經開始落下黃葉時，再見小皇帝，蔣嫵卻是險些禁不住當場笑出來。

好好一個白白淨淨的少年，這會兒怎麼就給曬成這樣了？

小皇帝卻是長高了一些，因為皮膚黝黑，笑起來時就顯得牙齒格外白，就連吃飯時說話的大嗓門都有些像霍大栓。且霍大栓在小皇帝面前完全沒有了拘謹，就像是對待自己姪子一般。

用罷了飯，小皇帝拉著蔣嫵興奮地道：「姊姊，我頭回知道原來蘿蔔纓是長那樣的，還有大白鵝咬人還挺疼……」他眉飛色舞地拉著蔣嫵說這些日在田裡的見聞，就好像是個等著家長誇讚的孩子。

蔣嫵一直耐心地聽著他說那些小事，間或配合地問上一句或者評價一句，就能引得小皇帝開懷地笑。

霍十九在一旁看著，面上始終帶著溫暖的笑。

正當這時，四喜從外頭進來，先是行禮，隨後在霍十九耳畔低聲言語了幾句。

蔣嫵眼角餘光看向霍十九，見他神色變化了一下隨即恢復如常，就知是發生什麼事了。

而小皇帝依舊在眉飛色舞地說著田裡好玩的事，像個無憂無慮的孩子。

第二十八章 出謀劃策

同一時間的驛館中，文達佳琿站在窗前，將絹燈紗罩拿開，把手中字條又細看了一遍後，才湊近燭火。字條遇火，一下子便燃了起來，文達佳琿將字條扔在地上，眼看著它燃成灰燼，隨後蓋好燈罩。虎目中漸漸有了淚意。

父皇，駕崩了。

然這個消息，卻不是他的兩個弟弟告訴他的，而是他留在盛京的心腹冒死將消息傳了出來，偷偷告訴他的。

原來，只有他自己一人的心中存有對親情的期盼，原來他的兩個弟弟在關鍵時刻都可以做到這樣心狠，連父皇駕崩這樣天大的消息，都不告訴他，不讓他回去奔喪……

熱淚湧出虎目，文達佳琿以手背決然地抹掉。

現在還不是傷感的時候，父皇不在，剩下的便是生死存亡的戰鬥！他若敗，妻子孩子就都要死！難道還能指望他的兩個弟弟放過他們的姪子嗎？連他這個兄長，到最後怕都是只有走上斷頭臺這一條路。

「來人！」

文達佳琿擦乾眼淚，喚人來。

外頭立即有人回話。「殿下。」

「去，給錦寧侯送個信，就說我要與他談談錦州和寧遠歸還條約的事。」

「是！」

那人快步下去了。

而人一離開，就有人送來了一封金國皇帝的手諭。

文達佳琿仔細看過，當即怒得砸了茶碗。

「混蛋！混蛋！」

「殿下息怒！」隨從嚇得雙膝一軟，撲通跪下。

文達佳琿拳頭握得直響，將那手諭隨手丟在地上，右腳踏上，狠狠擰著踩了好幾腳。

他的人密報先皇駕崩，二皇子即將登基。

可這封手諭卻是先皇的筆跡，大意是告訴他先皇身體無恙，讓他安心留在大燕國，不必急著回去。他又仔細看了幾遍，發現那筆跡是模仿的……

顯然，二皇子訥蘇肯，是絕不希望他在皇位繼承人尚未定下時回盛京。

他是長子，他為國征戰，手握兵權，這麼多年來若非有他在外征戰，又守住邊防，訥蘇肯哪有餘力去發展他的人脈網，哪裡又能布下這樣大的一個局，逼著他交出兵權，又孤立他在外。

現在這樣的情形，就算父皇將皇位傳給他，外界之人也不會知道真相的，因為訥蘇肯絕不會讓權柄外移。

他必須儘快簽訂和平條約，歸還錦州、寧遠，在全無後顧之憂的情況下帶領軍兵殺回盛京，就算拚著一死，也總比窩囊地被害死來得好。

是該拚死一搏的時候了。

文達佳琿胡思亂想地等了約莫半個時辰，方才去傳話的人就回來了。

「殿下，錦寧侯說，他事忙，改日再見。」

「你沒與他說是關於錦州、寧遠的事？」

「說了，可是錦寧侯說，他不急。」

該死！他是不急，可是他急啊！

故意的！霍十九那混蛋絕對是故意的！先前是他為難燕國，現在輪到燕國來為難他了嗎？難道燕國人也有在金國的探子，他們也知道先皇駕崩的消息了？

「阿英，你現在不急著要簽定合約了？」蔣嫵斜躺在羅漢床上，一面吃果子一面問。

霍十九笑著道：「不急。」

「為何？」

霍十九撚起一顆葡萄餵她，低聲道：「金國皇帝駕崩，二皇子訥蘇肯即將登上大寶了。」

蔣嫵挑眉，已經明白了。

「那就先端著，到後頭才能談條件，咱們不急，可是文達佳琿可等不了那麼久。回去得晚了，恐怕老婆、孩子都要被拿住了。」

霍十九愛憐地笑著摸摸她的頭，他的大手骨節分明，指頭修長，如一整塊上等白玉雕琢而成，在她墨髮與髮間宮花映襯下顯得格外好看。

蔣嫵享受地瞇著眼，喜歡這種被疼惜保護的感覺，她那模樣，就像一隻乖巧的小貓。

霍十九見她如此，愈加憐惜，低沈聲音輕輕道：「好孩子，就知道妳會懂的。」

「誰是孩子！」

「乖巧的小貓」一躍而起，變為迅猛的小豹子，雙手擒住他雙腕將他壓倒在榻上，得意洋洋騎在他腰間，那驕傲的模樣彷彿在說：你不是孩子，怎反倒被孩子制伏？

霍十九噗哧一笑，紅唇皓齒，明眸含波，亂髮披散在丁香色床褥上，望著她的眼神柔和得彷彿能滴出水，任由她壓著，好脾氣地道：「好了、好了，不是孩子，妳已經長大了。」

蔣嫵抿著唇瞪他，卻憋不住笑意最終破功，負氣似地俯身咬了他脖頸一口。

她的小虎牙滑過他左側脖頸耳垂下方兩寸處，帶著她的溫暖和甜蜜的香氣，讓他心跳怦然。

蔣嫵瞪了他一眼，放開手，索性翻身躺在他身側，頭枕著他的手臂，又覺得自己對他一句話反應就這樣大，的確孩子氣，大男人家的總被她「推倒」，大概都會傷自尊吧？

「阿英，你總被我欺負，會不會煩？」

「不會。」

他的聲音低沈，就在耳畔，蔣嫵彷彿能聽到他心跳的節奏，自己都未察覺語氣變得調皮起來。「真的？你們男人自尊心強得很，總是比不過孩子似的女子，難道不會不甘心？」

就知道她還是在意方才「孩子」的說法，霍十九翻身側躺，摟著她的腰將她按在懷裡，道：「若旁人這般，我當然煩，還會氣。妳不同。嫁給我已是委屈了妳，我若不好生對待妳，哪裡還算作是人？」

蔣嫵閉上眼，將臉埋在他胸口，深深呼吸他身上熟悉的清爽氣息，內心熨貼，溫聲感慨地說：「想不到你還是個好男人，若只瞧咱們初見時你那副德行，我都該趁早宰了你了事。」

「妳我當時的記憶的確稱不上愉快，算是我的敗筆。」霍十九下巴磨蹭她的頭頂，覺得她的簪花硌得慌，索性將她頭飾和髮釵都摘了。

蔣嫵披散開長髮，舒服地嘆息一聲，聞著他身上的淡淡果香和花香，有些昏昏欲睡，卻仍舊放不下朝堂上的事，閉著眼慵懶地道：「文達佳琿性子剛強，有勇有謀。我先前與他打過交道，就知他是個極善審時度勢、能屈能伸之人。你切記不要太過，見好就收，過猶不及啊。」

「好。」霍十九溫柔地問：「累了嗎？」

「嗯。這些天總是覺得困倦，腰痠，也不想吃東西。」

「娘說有了身子就是這樣，就算不想吃，也要為了孩子，強迫自己多吃一些。」

「我若不吃，娘就那樣惆悵，為了不讓她提心弔膽，我也要吃嘛。」蔣嫵聲音漸弱，放任自己靠在他的臂彎沈沈睡了。她自己都沒有發覺，在霍十九的身邊，從前睡眠時尚且要保留的一些習慣現在已經消失了。

霍十九小心翼翼地挪動身子，剛要抽出胳膊，懷中人兒就像隻倔強的小貓，小臉不依地往他肩窩裡鑽，長髮凌亂地散在丁香色的素錦床褥上，與她身上那件蜜合色衣裳呼應著，分不清哪個更有光澤。

只這畫面和懷中溫香軟玉就讓人心裡發軟，縱然有天大的事，這會兒也是捨不得丟下她不理的。霍十九重新躺好，挪了個她枕著舒服的姿勢躺著，本是在腦海中計劃些與文達佳琿談判時該注意的環節，想不到不留神竟跟著睡著了。

金國皇帝駕崩的消息起初被訥蘇肯隱瞞得結結實實，待到金國新皇登基發來國書昭告天下時，已經是十一月初。

其間，文達佳琿來與霍十九主動商談數次都以失敗告終。

「嫵姊兒，妳嚐嚐娘煮的粥，可還能下嚥不？」趙氏端著精緻的描金小瓷碗遞給蔣嫵，還不忘仔細打量她的神色，見她並不似方才一聞到飯菜味就吐才放下心。

唐氏道：「嫵姊兒，能入口就強忍著吃一些，妳看妳原本就身子虧損，再不肯吃東西，莫說是妳，就是肚子裡的孩子也受不住啊。」

「知道了。」蔣嫵笑著接過瓷碗，道：「謝謝娘。」

「哎，不要說這樣外道的話，娘是看妳給咱們霍家孕育子嗣，折騰得面黃肌瘦的，娘心裡真是過意不去。」

蔣嫵忍著噁心，將一小碗溫度適宜的粥大口吞了，再把小碗遞還給一旁垂手而立的冰松，才問：「我這才兩個半月，還要這樣吃什麼、吐什麼到多久是個頭？」
唐氏道：「我有妳們姊妹的時候，都是到四、五個月就不吐了。妳隨我，應當也是這樣吧？」
蔣嫵拉著唐氏與趙氏的手道：「娘，真是辛苦妳們，俗話說不養兒不知養兒難。我現在才知道當初妳們受了多大的苦。」
趙氏感動地搖頭，道：「只要妳好好的，就比什麼都好。周大夫說這一胎應當無恙，妳且放寬心就是。」
蔣嫵聞言禁不住笑了。「我哪裡有不放心，分明是妳們一個個緊張兮兮，不許我這樣、不許我那樣，我這還沒生，就提前『坐月子』，好幾日了連冷風都不許我吹。」
被她這樣一說，唐氏和趙氏也覺得自己保護太過，也都禁不住笑了。
正當幾人說話時，蔣嫵突然一擺手，止住了她們的聲音，屋內安靜下來，就只聽廊下有人低聲說：「……這會兒正跟侯爺在前廳吵呢。」
蔣嫵問：「誰在外面？」
聽雨立即滿面堆笑進屋來，屈膝道：「夫人，沒什麼的。」
蔣嫵白了她一眼。「胡說，快說，是誰跟侯爺吵？」
聽雨聞言，為難地看了一眼唐氏。
蔣嫵立即明白過來，不再過問，只叫了冰松到身旁低聲言語了幾句。
「是，我知道了。」冰松便行禮出去了。

唐氏和趙氏也都猜到是誰，但都心照不宣，又與蔣嫵閒聊了一會兒就各自回去了。

蔣嫵這才下地，活動活動筋骨，揉著痠痛難忍的腰在屋內踱步，這樣的痠疼還要忍七個多月，真是……比前世受過的酷刑還要消磨人的耐性。

不多時候冰松就回來了，低聲道：「是老爺跟侯爺在前頭大吵了一架，老爺罵侯爺禍國殃民，不安好心，還罵了許多話，罵得都好難聽。侯爺一聲不吭，等老爺罵夠了就吩咐送客了。」

「嗯，因為合約的事？」

「是啊，侯爺現在還端著派頭不與金國皇子簽訂條約，其實不只是老爺，外頭多少人都在罵侯爺呢。」冰松嘆道：「昨兒夫人說想吃天橋下的冰糖葫蘆，我去給您買的時候聽見老百姓都在罵侯爺。侯爺的名聲真是越來越壞，就連當初要回錦州和寧遠是他的功勞，大家都忘了。」

蔣嫵點了點頭，道：「我知道了，待會兒我娘問起，妳就說沒打探到。」

「知道。」冰松笑道：「別瞧夫人與老爺和離了，可心裡還是掛念的，若是知道老爺來與侯爺吵，還不知要生多大的氣呢。」

蔣嫵笑著點頭，讓冰松去給她拿暖手的精緻黃銅雕葡萄藤紋路的小手爐，墊著錦帕抱著，就側坐在臨窗的暖炕上，將格扇推開半扇看著院中的景色，竟然看到有零星小雪飄落，蔣嫵歡喜地站起身，眼看著雪漸漸大了，外頭風又不強勁，就叫冰松。

「快給我拿披風和帽子，我要出去走走。」

冰松勸說蔣嫵不成，只能照著吩咐辦事。

霍十九披著件黑貂風毛領子的寶藍錦緞竹葉紋大氅進了院門時，正看到穿件桃紅白狐風毛斗篷、頭戴桃紅觀音兜的蔣嫵滿面笑容地站在院子當中，側對著他，伸出一隻素手去接落下的雪。

她的身量嬌柔，容貌楚楚，側臉姣好，笑容歡喜，孩子氣的動作卻顯得極可愛，讓他將方才在外頭惹了滿肚子氣的事都忘了。

「嫵兒，不冷嗎？」

「不冷，好不容易出來走走，你可不要勸我回去。娘她們才剛回去歇著呢。」

霍十九扶著蔣嫵，右手下意識托著她的腰，彷彿這樣就能為她分擔腰痠似的，笑道：「這些日可悶壞妳了。」

「是啊，我巴不得趕緊將孩子生了，就可以練練我的功夫，都覺得生疏了呢。」蔣嫵抬眸打量霍十九一眼，見他神色如常，便道：「咱們也端著夠久了，是該走下一步棋了。我看文達佳琿也被咱們磨得夠久，已是在即將崩潰的邊緣了。訥蘇肯已經登上大寶，下一步怕就要處理文達佳琿，咱們要在訥蘇肯之前動作才行。」

「妳說的是，所以我才來找妳商議。」霍十九道。「我打算今兒晚上請他來家裡飲宴，到時候就探一探他的口風。」

「這樣也好。」蔣嫵略想了想，又問：「阿英，咱們耽誤了人家趕回去爭奪皇位，文達佳琿定然不會甘休的，若他以此為由刁難你，你可想到對策應對了？」

「聽妳的語氣，是想到對策了？」霍十九好奇地望著蔣嫵。

蔣嫵點頭。「我這些日悶著沒事做，自然就想這些事為你分憂。你若信得過我，今晚宴會讓我也參加，如何？」

「妳現在告訴我，我……」

「我已經悶了好久了。」蔣嫵央求地拉著霍十九的袖子。「你就當帶我散心了，好不好？」

霍十九見她那委屈模樣，心都軟化成一灘水了，哪裡能拒絕？只得點頭，吩咐人去預備晚宴，又去寫了帖子，請文達佳琿過府。

既是宴飲，就少不得置辦酒席。當蔣嫵在聽雨和冰松的陪同下來到前廳，聞到一股酒菜味時，就有些後悔今日為何要央求霍十九答應她一同來。

果然是懷了身孕就會變笨嗎？竟會漏算了她孕吐的反應。

見蔣嫵臉色不大好，聽雨擔憂地問：「夫人哪裡不舒坦嗎？」

「沒事。」今日要談正事，不是兒戲，蔣嫵端正神色、面色無異地率先走進廳中。

繞過插屏，只見地中央幾名舞姬正翩翩起舞，粉白的紗衣幾乎掩不住玲瓏的軀體，恍若冰天雪地裡盛開的梅花一般嬌嫩可人。

文達佳琿與霍十九坐在八仙桌旁，一面吃酒一面看歌舞，都十分愜意的模樣。

霍十九穿的是一身寶藍對襟竹葉紋外氅，領口和袖口處是黑貂絨的風毛，冷色襯著他光潔如玉的面龐，更顯優雅端方，冷漠疏遠，年近三十歲的人，儼然二十出頭模樣。

文達佳琿一身雪白，黝黑面龐上一雙銳利如刃的眼眸自蔣嫵進了屋來就沒在看歌舞，只追隨她桃紅色的身影由遠及近。

到了跟前，他目光更是關切，以金語道：「許久不見，霍夫人清減不少，氣色也差，是不是身子不適？」

這般關切，倒似與蔣嫵極熟悉似的，也不在乎旁人怎麼看，更不在乎霍十九怎麼想。

蔣嫵欠了欠身，在霍十九身畔坐下，同樣以金語答。「多謝大皇子掛懷，妾身無恙。」

霍十九詫異地看看蔣嫵，隨即將一碗梅子湯遞給她。

蔣嫵喝了一小口，覺得噁心的感覺果然壓下去了，便道：「大皇子的氣色倒是很好，可見我大燕國的風水養人。」

「是啊，大燕國是不錯。」文達佳琿冷笑，這一次說的是官話。「錦寧侯有意留客，我無端多逗留了這麼多日子，自然是要好好享受，不可辜負了錦寧侯的美意。」看向霍十九挑眉道：「你說是也不是？」

霍十九莞爾一笑，給蔣嫵挾了一些清淡的小菜。

他笑容美不勝收，對蔣嫵溫柔體貼，偏無視了文達佳琿的問題，讓高貴的皇子惱火更甚。

文達佳琿已經快到忍耐的邊緣。長久以來的不得志，加上明明有把握將訥蘇肯踢下去，偏霍十九不肯與他談和平條約的事，讓他擔心腹背受敵，不敢輕舉妄動。文達佳琿這些日著實已快要忍不住了。

見文達佳琿沈下臉，霍十九笑著看向舞姬，漫不經心地以金語道：「金國如今新皇登基，難道就沒有給大皇子什麼封賞？畢竟您鎮守邊關多年，沒有功勞也該有苦勞，再說若非您在邊關如此拚命，恕在下說句不中聽的，貴國新皇怕也沒有工夫拉攏人脈以登皇位吧？」

一句句都戳中文達佳琿心中最覺得不平之處。的確，他為臣為子，這些年來並未有對不住金國之處，在他的心中國家大義要高於一切。雖然他有野心，可只要事情的發展合乎道理，若真是父皇的意思要將皇位傳給其他人，他想自己應當也會服從安排的。

可是他的好兄弟將事做絕，不但父皇駕崩不讓他回去奔喪，就連聖旨都敢捏造。到如今，父皇到底傳位給何人已經成謎，訥蘇肯有可能是父皇所選，卻更有可能是篡改遺詔才有今日結果，文達佳琿哪裡能不氣？

「那也是父皇的意思。我身為臣子，哪裡會有半點怨言。」

「大皇子果然高風亮節，一心為國，在下佩服。」霍十九認真地拱手致意。

文達佳琿心中又添一層堵，好像方才吃的那口酒都被阻攔著，半晌都流不進胃裡頭去。

蔣嫵見霍十九將文達佳琿的火氣和怨氣都成功地挑了起來，便知是該她說話的時候了。

因為只有體會過強烈的憤怒和絕望，才會對希望特別重視和感激。

「其實，若是大皇子敢做，我倒是有法子解決你當下的難題。」蔣嫵笑吟吟地望著文達佳琿，很是誠懇地道。

文達佳琿聞言挑眉。「哦？什麼法子？」

「皇子可否借一步說話？」

文達佳琿一愣，猶豫起來。

若外人看，蔣嫵是毫無攻擊能力的弱女子。他縱稍微有一些懼怕之意，都是天大的笑話，怕要被天下爺們笑掉大牙的。可是他很清楚，蔣嫵有能力在瞬息之間結果了他的性命，然後他們夫妻兩人合作，還有能力神不知鬼不覺不將過錯算在他們的頭上。

蔣嫵見他遲疑，便猜想得到他的顧慮，以金語道：「大皇子放心，我既然誠心要幫助你，就不會害了你性命。」

「幫助？妳為何要幫助我，我又如何能夠信妳？」

「你可以不信，那便隨你在這裡懊惱吧。」霍十九道。「那和平條約，我也可以立即簽與你，這樣你就沒有後顧之憂，可以率軍入盛京，將你的弟弟踢下龍椅，那位置由你來坐。只是從今以後，大皇子就要背上罵名，或許史書工筆不會有這一筆，但是千百年後的野史之中，都會有你篡權奪位、殺害親兄弟的罵名。你的名聲和評價，或許會從『一代明君』改為篡權奪位、居心叵測。其實這樣也沒什麼不好，是吧？」

霍十九笑容可掬地說著讓文達佳琿快要崩潰的話，淡然地望著他已經控制不住要露出暴虐情緒的臉，文達佳琿的嘴角抽搐著，似是一頭被激怒的雄獅，立即要衝破牢籠，將獵物啃食乾淨。

蔣嫵莞爾，霍十九若真想氣一個人，當真會將人氣得恨不能當即撕了他的肉來吃，可見這些年鍛鍊出的功夫一流。

「大皇子，該不會真的想回去硬碰硬吧？」蔣嫵蹙眉道：「若那樣，即便能贏了，對你來說也的確不費吹灰之力，可到底落了下乘。」
「那妳說一說，如何才算上乘？」
蔣嫵聞言起身，道：「走吧，咱們去外頭說。」
文達佳琿雖然行事謹慎，可畢竟不是怯懦之徒可讓人盡情鄙夷的，這一次沒有猶豫，爽快地道：「好。」
霍十九道：「恰好院中雪景迷人，咱們一同去看看也好。」
仨人起身，並不帶下人，只是緩步沿著石子路往後園中走去。其間霍十九一直扶著蔣嫵的腰，小心翼翼往前去。
文達佳琿看在眼裡，卻覺如此厲害女子竟然也有小鳥依人的一面，還真是有趣，方才的氣憤不免就散了一些。
到了一處空曠之地，眼見著四周並無遮蔽之物，蔣嫵才道：「大皇子，我聽說你有一位叔叔稱為南平王，曾經與你父皇很不對盤，還曾經兩次提出過分的要求，氣得你父皇說這一輩子都不想再見此人。且此人雖然貴為親王，卻不知做個閒散王爺，喜歡把握權柄，就算你在盛京時他也對你指手畫腳，插手軍中事情，是也不是？」
蔣學文在家時就喜與蔣晨風針砭時弊，她即便旁觀也聽來許多。
霍十九眨了眨眼，很是好奇蔣嫵這些話都是從哪裡聽來的。
文達佳琿則是望著霍十九，暗讚他的功課做得倒足，與蔣嫵一唱一和的戲演得也精采。他不妨順水推舟，看看他們的目的，思及此，便笑道：「的確有這樣一個人。」

「嗯。」蔣嫵道：「你說，金國老皇帝駕崩，這位南平王有沒有可能其實存了兄終弟及的心思？」

「怎麼可能！」文達佳琿道：「我父皇又不是沒有子嗣，莫說是兒子，就連孫子都有了，就算我與兩個皇弟都死了，還有我的兒子在，哪裡就輪到他去？」

「可若是他這麼做了呢？」

「妳是說……」

文達佳琿與霍十九都愣愣望著蔣嫵，一時間彷彿無法消化她膽大包天的「假設」。

夜色中，蔣嫵白淨的面龐被染上幽藍之色，她唇畔的笑容就顯得野心勃勃，霸道十足。

「自古成功者不拘小節，大皇子既然對那個位置有心，何不做得再漂亮一點？以擒賊為名出師，總比做逆賊要好多了吧？」

「擒賊？」

「就是殺害訥蘇肯自立為皇的南平王啊。他一心謀奪皇位，竟然殺害了新皇。大皇子為了給兄弟報仇，為了不讓江山被奸人掌控，舉兵攻上，兵不血刃奪回皇位，斬殺南平王一派，捉拿叛黨無數，名正言順地登上皇位。如此有勇有謀、重情重義的皇帝，難道百姓會不擁戴？而且，既是南平王害了訥蘇肯，那麼訥蘇肯原本的部下黨羽，應當也會感激地追隨為他報仇的大皇子吧？如此，既能奪皇位，又能殺奸人，還能藉此機會剷除異己，收納有才有志之士，名正言順，名留青史，何樂而不為？」

蔣嫵大膽的想法，詳細的分析，讓文達佳琿冷銳的目光若湛然星子一般明亮起來。他灼灼望著蔣嫵，實在地問：「蔣嫵，這些是妳的想法，還是妳丈夫的想法？」

蔣嫵笑而不答。

霍十九早已對他的小妻子刮目相看，為她理了理領口，道：「咱們回去吧，妳冷了。」

「我不冷，我被我的想法激得熱血沸騰。若我是大皇子，定會立即採納這個建議，然後做千古垂名的明君。」

蔣嫵說這番話時，杏眼中閃爍著一種光，讓人知道她並非只是隨意說說，而是真的有這種野心。

此時的霍十九與文達佳琿心中同時有異樣感覺，虧得蔣嫵是女子，若她是個男子，有如此身手，又有此才華與抱負，當今世道還不知要被她翻起幾層浪。

回到廳中，蔣嫵只稍坐了片刻就告辭回臥房去，結果走到半路就忍不住吐了。

冰松和聽雨緊張得像什麼似的，忙小心翼翼地攙扶她回去漱口淨手更衣。

直到躺在臨窗鋪著淡紫色床褥的暖炕上時，蔣嫵才覺得好些，揉著發疼的腰，問冰松。

「什麼時辰了？」

「夫人，已經是亥正了。」

「難怪我這麼累。」蔣嫵掩口打了個呵欠。「我睡了，妳們也去歇著吧。」

「是，夫人只管歇著，咱們待會兒就去。」

蔣嫵面朝裡側躺著，含混應了一聲，不多時候就已睡得深沈。

冰松和聽雨都知道蔣嫵的身手，恍若地獄煞神一般的狠角色，現在也被孕吐折磨得消瘦無力。

旁人不知道，冰松可是知道的，蔣嫵從前大半夜裡翻牆出去「練腳程」，回到臥房還有一千次至兩千次的出刀要練，一折騰就是大半夜，哪裡就乏累過？次日起床還不是照樣在家裡劈柴？現在可倒好……

不過，在蔣家時那種樸實無華的日子，往後或許再也不會有了。

兩婢子都很是擔憂，憂心忡忡地拿了交杌守在一旁，誰都沒有心思去睡。

不多時，霍十九回來，躡手躡腳地進了內室，見蔣嫵已經睡下，只瞧側躺的背影就覺得她嬌柔孱弱，越發不忍心打擾，就以詢問的目光看向冰松和聽雨。

聽雨站起身，屈膝行禮，隨後走向外頭，霍十九自然跟著出去。

到了廊下，又沿著抄手遊廊往院門口走了一段距離，距離臥房很遠了，聽雨才低聲道：

「……剛回來路上就吐了，還總說腰疼得厲害。夫人能忍痛，若非是疼得厲害了，她也不會說出口的，周大夫前兒就說，夫人這一胎著實危險。我瞧著夫人現在這樣，其實不大好。」

霍十九聞言，只是垂著長睫，聽雨看不到他眼中的情緒。

「侯爺，您說要不要再請鄭太醫來給夫人看看？」

「明兒就去請吧。無論如何，也要為她盡力才是。」

「是。」

晚上，霍十九是摟著蔣嫵一同在臨窗暖炕上睡的。因為她睡得太沈太甜，霍十九不忍打擾她，索性就脫了鞋與她一同側臥。

與她相處越久，他就越是發現她身上越多的亮點和驚喜，就譬如今日精闢的分析和精準的策略，著實與他先前計劃的不謀而合，且訂策更加穩、準、狠。

想法不謀而合，既是他們心有靈犀，可誰又能說這不是蔣嫵對他的一種認同和認可？這些年來，他做的所有事情都只找來怒罵而已。認可這種東西，對他來說是奢侈的，如今卻得到了。

霍十九摟著她的腰，將她擁在懷中護著，先是從驚訝、讚嘆變作後來的疼惜，竟然是一夜沒睡。

第二十九章　簽訂條約

次日清早，蔣嫵起身時霍十九已經去衙門裡了。

蔣嫵用過早膳，就對冰松道：「我也有段日子沒見鳶兒了。妳去杜家下帖子，就說我請她出來走動走動，讓杜夫人務必不要阻攔。」

冰松聞言笑道：「杜夫人最怕侯爺了，若知道是您請杜姑娘來，哪裡還敢說個不字？」

「就是知道那婦人趨炎附勢，才要制約她，否則她欺負起鳶兒就沒完沒了。」蔣嫵雙手撐著疲疼的腰，在地上來回踱步。「我如今嫁入霍家，門檻高了，鳶兒和澄兒她們也都不好來拜訪了。我若不下帖子，怕她們連門口那些爭搶著要送禮的人都擠不過。」

冰松想了想道：「那不如我去與門房說一聲，就說放杜姑娘和葉姑娘進來是您的意思？」

「如此甚好。」

冰松行了禮，就出去請人。不多時，穿了身半新不舊石青色棉氅的杜明鳶，就與葉澄一同來了。

蔣嫵驚訝地笑道：「哎呀，妳們怎麼湊在一處？如此很好，倒不必我費事再去葉家下帖子。」

葉澄心裡不舒服，剛在杜家作客，就見冰松去傳話，私下裡問了，卻知根本沒有人去葉家請她。她若要置氣，今後不與蔣嫵往來就是了，可她又不願意放開這條大魚。

杜明鳶看著蔣嫵，擔憂地道：「妳瞧妳，清減了這麼多，身子真的很不舒服？我自小到大也沒看過妳瘦這麼多。」

「是不舒服，將來妳們都成了婚，自然就知道其中苦楚，也更知道父母養兒不易。」

杜明鳶卻是傷感沈默。

蔣嫵疑惑道：「怎麼了？」

「沒什麼。」杜明鳶搖頭，勉強微笑。

葉澄驚訝道：「妳跟在錦寧侯身邊，竟然不知道宮中要大選的消息？」

蔣嫵愕然。

葉澄解釋道：「皇上如今回宮了，且翻年就十五了。這不，今兒個下了聖旨，吩咐文武百官家所有適齡女兒不准出閣，要到翻年三月大選過後，不被留用的才許自行婚嫁。」又點了下杜明鳶的額頭。「鳶兒是覺得必然會中選，到時候入宮陪伴聖駕，哪裡還有機會陪著妳出去逛？」話畢笑了起來。

杜明鳶羞紅了臉，嗔了葉澄一眼。「我哪裡是那樣想，妳這蹄子，看我撕了妳的嘴。」

杜明鳶與葉澄便在閨房裡笑鬧了起來。

晌午留了飯，杜明鳶就先告辭了，葉澄自然隨著要離開。

聽雨送三人出去，卻是低聲與杜明鳶道：「杜小姐留步，我們夫人還有話說。」

葉澄聞言，心裡的火噌地竄升，只覺十分不平。蔣嫵這樣厚此薄彼，到底什麼意思！

可偏她先做了指揮使夫人，隨著霍指揮使成了錦寧侯，她也成了超一品的誥命，又成了侯夫人。她夫婿位高權重，她自然可以在女眷中橫著走路。葉澄根本不敢開罪。

眼看著杜明鳶隨聽雨回了內宅，葉澄駐足望了良久，再看在風雪之中雕梁畫棟、處處是景致的霍宅，越發覺得命運待人不公平……

回頭，眼角餘光卻瞥見從二門處走來一道英偉的寶藍色身影。

寶藍竹葉紋錦繡大氅的領口上，黑色貂絨風毛襯得霍十九雍容華貴，加之光潔如玉的俊臉上的冷淡表情，只看得葉澄心中怦然。

「侯爺。」遠遠的，葉澄屈膝盈盈行禮，她今日穿著楊妃色的錦緞斗篷，領口上戴著金鑲玉的領扣，頭上是白兔毛臥兔，雍容又秀麗。

霍十九卻只「嗯」了一聲，腳步不緩地往前快步而去。

葉澄抿唇，又追了兩步。「侯爺，嫵兒的身子還多煩勞侯爺照顧了。」

霍十九這才停步回頭，漫不經心地看了葉澄一眼，「嗯」了一聲，又要舉步。

葉澄被他掃了那一眼，已覺得渾身都在冒熱氣，尤其臉上發燙，讓她擔憂霍十九都感覺到她的熱度。

眼見他又要離開，依舊是欠奉表情，甚至連話都懶得說，葉澄急中生智，追行了兩步，隨即一聲驚呼。「啊！」

腳下一滑，嬌軀就往霍十九方向倒去，慌亂中，雙手攀住了霍十九的左臂，讓霍十九再次停步。

「侯爺。」嬌羞無限地輕喚一聲，葉澄已是霞飛雙頰，嬌美面龐上的笑容柔嫩得恍若三月枝頭初綻的鮮花，滿是春意。

一股濃郁的脂粉香縈繞鼻端，與蔣嫵身上淡淡的清香截然不同。這類的脂粉氣霍十九聞過太多，這般主動的女子他也見過太多了。

蹙眉抽出手臂，霍十九冷淡地對一旁低垂著頭的小丫頭道：「還不送客。」

「是，侯爺。」

小丫頭上前來，做請的手勢。

霍十九已經抽出被拉住的大氅，快步往內宅去了。

葉澄雙手依舊保持方才的姿勢，看著霍十九的背影，面色紅透，咬牙切齒，隨即轉身大步往外頭走去。

與此同時，另一廂的臥房裡，杜明鳶正低聲對蔣嫵道：「……所以我倒是覺得無所謂，不論是否能夠中選，將來總歸是要嫁人的，嫁給誰還不都是一樣？」

「那怎麼能一樣，入宮侍奉聖駕難道是那麼簡單的？鳶兒，妳聽我一句，即便嫁給販夫走卒，平凡一生，也好過那般錦衣玉食金牢籠的生活。」蔣嫵拉著杜明鳶的手，誠懇地道：「妳的性子我最是瞭解，妳並不適合那樣勾心鬥角、勞心勞力的生活。皇上是天子，若是真心疼妳愛妳還好，若是不好，只不過兩、三日就將妳丟在腦後了。妳看他寵愛新人，會傷心難過不說，在宮中不受寵的妃嬪，被人暗地裡折磨死的都有，更何況各種明槍暗箭簡直防不勝防。鳶兒，妳若不願入宮，我回頭就去與阿英說，讓他想法子。」

見蔣嫵如此為她焦急操勞，還單獨將她叫了回來如此囑咐，杜明鳶很是感動，點頭道：「嫵兒，多謝妳，妳的好意我明白，只是這一切還是要看我父親的意思。妳是知道的，我家裡的情況……我為人子女，總不能為了自己違背了父命。」

蔣嫵聞言，只覺挫敗。她何嘗不是抛不開親情，又放不下責任，當初才會答應蔣學文的要求？如今她與霍十九過日子，雖然已經決定了未來要如何走，也確定了自己的心意和底線，可一旦蔣學文要求她做一些刺探之類對不起霍十九的事，她還是會覺得左右為難。身為女子，為何總有那麼多的身不由己？

霍十九站在廊下，將二人對話都收入耳中，又聽蔣嫵沒有回答，怕她想起自身處境而難過，這才咳嗽了一聲。

聽雨便道：「夫人，侯爺回來了。」

杜明鳶聞言，慌忙遮了面紗站起身來。

蔣嫵也扶著床柱起身，笑道：「回來了？」

「嗯。」霍十九隨手將大氅丟給聽雨。「今兒可還好？」

「很好。阿英，這是我的好姊妹杜三姑娘。」

霍十九看了杜明鳶一眼，就在一旁坐下，冷淡地道：「是順天府通判杜毅家的女孩？」

「是啊，你知道得還真細。」蔣嫵怕杜明鳶緊張，一直拉著她的手，又怕坐得久了，傳出去讓外人說杜明鳶閒話，就道：「鳶兒，我送妳出去。」

「不必不必，妳快好生歇著吧，不要出去走動嚇唬我。」杜明鳶回頭吩咐冰松。「妳快照看好妳家夫人，不要讓她亂走，外頭冰天雪地的，滑倒了可不是鬧著玩的！嫵兒，我走了，改日再來看妳。」

杜明鳶不放心地摸了摸蔣嫵的臉頰。「妳好歹也多吃些，多照看自己的身子，瘦成這樣，我瞧了心裡難受。」

「知道了。」蔣嫵依舊堅持要送她。

杜明鳶又是一番推辭，臨出門屈膝給霍十九行了一禮，就帶了婢女出去。

蔣嫵站在廊下，看著杜明鳶的背影走遠，這才嘆了口氣。

霍十九從背後摟住她的腰，道：「怎麼了？不開心？」

「沒有，只是替鳶兒為難。」

「放心吧，妳若真不願意她入宮侍奉皇上，我想法子將她除名了就是。妳若是信得過，我幫她相看幾個好人家，回頭給妳選，好不好？」

蔣嫵聞言，驚喜地回身。「阿英，你這話可當真？」

「自然當真。」霍十九望著她時，眼中沒有冰冷，只有溫柔。「別的事或許我做不到，可這些無非是動動嘴皮子的事，妳放心就是。只是不知道妳有什麼要求，還有，妳也不要完全替人家作主，萬一她希望入宮呢？」

「鳶兒對我極好，我捨不得她受委屈。回頭我再問問她，等明白她的意願再來與你說。」

「妳呀，」霍十九拉著她坐下。「就是愛操心，妳的小姊妹妳都關心，唯獨不關心我。」

蔣嫵詫異。「我哪裡不關心你了？」

霍十九別開眼。「妳就不問問和平條約的事？」

蔣嫵無辜地道：「文達佳琿是明白人，必定會同意你的所有說法，而且他行事算得上磊落光明，八成還會記得這一次咱們幫襯出謀劃策，將來榮登大寶也會記得欠了一份情的。」

「妳可真是……」霍十九無奈地道：「罷了，妳看得透澈，的確如此。一切都已經商定過了，定在這個月二十一，在錦州城中進行簽訂合約和交接儀式，金國會正式歸還錦州和寧遠兩地。」

霍十九長吁一口氣，豪情滿志地道：「被掠奪了五十年的土地，終於歸還了！」

蔣嫵也覺得爽快，既然商定此事，將來她父親任知府，與錦寧侯定然又有許多紛爭，她想來也覺得艱難。

「那你打算幾時啟程？交接儀式皇上也要去吧？」

「是，這樣大的豐功偉績，皇上哪會不去，這是皇上登基五年以來做的第一件大事，且還是收復國土，將來必定名垂青史，皇上是一定要去的，而我自然也要隨行。」霍十九說到此處，輕撫蔣嫵的臉頰，道：「不日就要啟程，妳懷有身孕，就不要跟去了。」

她若不去，他的安全可以保障嗎？

皇帝出行，曹玉必然相隨，可一旦發生危險，曹玉職責所在也不可能如從前那般將所有精力放在霍十九身上，縱然霍十九可以重金聘請武林高手保護，但誰能保證那些人會竭盡全力，危急時刻就可用生命相護？誰又能保證那些人不會存有什麼為了天下大義的心思，起先就對霍十九不利？

她承認她的身法功夫在古代並非最厲害，但她可以肯定，這世上除了曹玉，就只有她有能力且肯為他的安全不惜代價。

思及此，蔣嫵認真地道：「你們這一去定要許久時日，我不想自己在家。」

「不過是個把月就回來，也用不了多久。妳在家裡好生養著身子，等我回來時，孩子應該會長大一些了吧？」他的大手輕撫她的小腹。因她清瘦，如今兩個半月的身孕還看不出任何「蛛絲馬跡」。

他的手掌很溫暖，輕撫她小腹的動作珍惜輕柔。不論他是奸臣還是忠臣，他都是她的丈夫，她不能讓他發生危險。就算真的有一日需要了結他的性命，也只能是她來動手，別人休想動他一根寒毛。

蔣嫵越發堅定想法，抱著他的手臂撒嬌。「可是你不想看著他一點點長大嗎？阿英，我想待在你身邊。況且你現在是錦寧侯了，外頭少不得有女子主動巴著你吧？我可不想你回來時，就帶回幾個姨娘，或者是偷背著我在外頭又找野老婆。」

「妳把我看成什麼人了。」霍十九佯怒瞪她，心下卻覺得她能大方地將如此善妒的話說出來是極可愛的。

「阿英，帶我去嘛，就算不是為了這些，你好歹也不能錯過孩子一天天的成長啊。」蔣嫵垂眸撫著小腹，委屈地道：「人家又沒有生養過，這是頭一次，你若不在身邊，我覺得不踏實。」

這些話，著實戳中了霍十九內心最柔軟的地方。蔣嫵小他十一歲，很多時候他都不自禁將她當作孩子看待，總是禁不住寵著她、縱著她，面對種種困難和傷害，她越是堅強，他就越是心疼。她平日裡堅強豁達，有時甚至可以稱得上不諳世事的遲鈍，所以偶爾這般坦承她的害怕，他才越發放不下。

霍十九想起聽雨說的話，蔣嫵是最善忍痛的，若非真的是難受到一定程度，她大概都會咬牙忍過去。現在這般示弱，就是她真的害怕。

「嫵兒，我怕妳身子吃不消。」霍十九心疼地嘆息，內心矛盾至極。

「又不是讓我去趕馬車，我只與你待在一起，怎麼吃不消？再說也可以帶著周大夫隨行。若是有任何不適，你大可將我送回來。」蔣嫵將小臉貼在他肩頭。「阿英，就帶我去嘛。」

她依靠著他，他能聞得到她的髮香，柔軟的嬌軀，當真讓他的心軟化到極致。他的女孩在依戀他啊！

然而此番出去舟車勞頓，她身子吃不消不說，興許還會有什麼變動和危險。他一個人承受就夠了，何必又將她也牽扯進來？

今日能得她這樣央求著要跟隨出去，霍十九已經是感動又歡喜了，知道她的情意即可，何必讓她歷險？

「嫵兒，妳乖。」霍十九咬著牙狠下心。「我就出去個把月，妳在家裡好生養身子。」

「阿英……」

「妳若不聽話，我今兒可就去外頭歇著了。」霍十九板著臉。

蔣嫵抿唇，委屈地瞪著他，內心暗自嘆息，她已經察覺到霍十九的鬆動和動搖了。可是霍十九太過理智，就算感情上再動容，做事依舊會依著理智來決定，看來繼續糾纏下去，他也不會改變主意的。

蔣嫵推開他，背對他躺下，明擺著是在賭氣。

霍十九望著她纖弱的背影，抬起手想要撫摸她的長髮，想安慰她的委屈，可又覺得自己若是再勸，定會架不住她的幾句央求就妥協了。

思及此，他只得硬下心腸，又不願丟下她自個兒出去，便也背對她，在她身旁坐下拿了本書來看。

霍十九原本以為此番沒有如蔣嫵的意，她定然會負氣與他冷戰的。可誰知次日清早起身，她就如往常一樣，對他依舊如從前，這便是她可愛的地方，從來都懂事豁達，不讓他擔心。

霍十九十分心安地入宮面聖，隨後出行錦州的行程就定在次日清早。

蔣嫵帶著冰松和聽雨在臥房為霍十九預備包袱。

「這件大毛領子的衣裳得帶著，往北邊去會冷些。」

「還有這件貂絨大氅，也一同帶去吧。」

蔣嫵吩咐時，霍十九一直安靜坐在一旁，瞧著蔣嫵為他打點行裝，此刻便深刻體會到有妻子的好處。這麼多年來，他是第一次出門有人這樣關切照顧。

次日清早，霍十九隨同皇帝聖駕出行。那隊伍浩浩蕩蕩地繞城半周才出了安定門，隨行的官員包括英國公和蔣學文在內，一路聽著百姓的歡呼都覺得內心飄飄然。

收復國土這般的大事，當真是驚動天下。

小皇帝坐在御用的華麗馬車中，都是憋不住地笑。

隊伍離開京城五十里後，停下整頓，隨行的三百重甲騎兵和七百輕騎兵換上了保暖的輕便棉服。

霍十九也乘機下了馬車，緊了緊披風的領口，望著被白雪覆蓋的官道和路旁的田地。再往前看去，只見皇帝的儀仗，明黃色旌旗招展，頓生了一股雀躍歡騰之感，他總算沒有辜負兄弟。

出行的第二日便下起了鵝毛大雪，好在小皇帝性子隨意又愛玩，並不在意行程被風雪拖慢，還興致勃勃地叫了霍十九來馬車裡陪著談天說地。

傍晚，夜幕四合，「永康關」漆黑高大的古城跟前，城門大開，隨行御林軍和一千騎兵浩蕩林立，當地官員冒雪跪地相迎，可小皇帝所乘的馬車還是毫無動靜，隱約還可以聽得到裡頭有人的說話聲和笑聲，除此之外，只有寒風吹得旗幟獵獵作響，或有馬蹄偶爾踢踏或馬打響鼻的聲音。

風燈搖搖晃晃，昏黃光暈也跟著搖曳起來，將馬車的影子拉長。寒風打著旋兒，將雪吹在人臉上，頓感冰冷刺骨，跪迎的官員們包括英國公與蔣學文在內，已覺袖筒內都冷透了。

英國公面無表情，蔣學文義憤填膺，至於當地迎接的官員，哪裡敢有半分怨言？

等了足足一刻鐘，小皇帝所乘的馬車門終於被推開。

身著紫貂絨大氅，戴著黑貂絨暖帽的小皇帝慢條斯理地挑暖簾出來，輕輕一躍站在馬車前，還在說著。「……就你知道得多，會逗朕一笑。」

「皇上過譽了，臣才疏學淺，只不過應景提一些皇上愛聽的。」霍十九隨後下車，聲音與他說話的內容同樣悅耳。

小皇帝哈哈大笑，拉著霍十九的袖子，詫異地看著已經跪到肩頭積雪的官員，公鴨嗓高聲問：「你們跪著做什麼？朕難道罰你們跪了？都起來起來。」

恭迎之類的話一句也說不出口，因為他們的天子太不按牌理出牌，地方官員們面面相覷，默然起身，眼神在小皇帝身上轉了一圈後，就都好奇地看向秀麗矜貴的霍十九——他高䠷身量，穿著寶藍色竹葉紋的大氅，面色如玉，溫文爾雅，遠遠看去，就算瞧不清容貌，也知此人氣質高貴矜持，冷銳疏遠，著實與傳聞中的那般人美如玉，卻也高不可攀。

他就是名動天下的大奸臣啊！地方官員沒見過的，不僅都有些發愣，暗道不論是以色邀寵，還是蠱惑君王，如今他都是加官晉爵，風頭無兩，在皇帝面前一頂一的紅人。即便瞧不起這樣的奸佞弄臣，巴結的心思也都生了出來。

蔣學文沈著臉，又不好指責皇帝，所謂「君要臣死，臣不得不死」，別說是讓官員多跪了一會兒，就是要了他們的腦袋，他們也要叩謝皇恩，只得狠狠地瞪了霍十九一眼，隨著皇帝進城。

皇帝親臨，城內張燈結綵，儼然比除夕夜還要熱鬧，百姓出門相迎，歡呼真切，小皇帝飄飄然到了衙門裡歇腳，安排精兵和護衛安營，接風宴便開始了。

霍十九自然跟隨小皇帝身旁，誰知還沒吃完一杯酒，就有一人到了身旁，低聲稟道：「侯爺，京都八百里加急傳信，夫人不見了。」

霍十九張大眼，杯中酒一蕩，濺濕了他手上的青玉戒指。

「英大哥，怎麼了？」小皇帝低聲問。

霍十九搖搖頭，道：「臣失陪片刻。」與皇帝行禮，便帶領那人離開前廳，叫了傳信的屬下來仔細盤問。

那人道：「夫人出府來，只帶了身邊一名叫聽雨的婢女，留了書信說是出來找侯爺，就不告而別了。老太爺焦急，吩咐人趕緊來給侯爺報信，叫您好歹安排人去接夫人，安全送回家裡去。」

想到蔣嫵的任性，霍十九氣得恨不能抓她過來打一頓屁股，可再想到她如花一般的容貌和她央求他時的可憐，他又覺得心軟。如此任性妄為，卻又讓他放不開手，更忍不下心去苛責，現在他只希望她平平安安。

霍十九不再多言，略微想想，就叫來保護他的御前侍衛李成華，迅速沿途回迎，務必要找到蔣嫵。

李成華快步領命而去。

霍十九回到宴席，卻是擔心得食不下嚥。

兩輛寬敞的棉帷大馬車正緩緩駛向京都城與錦州城方向第一道關卡「永平關」的官道上。

馬車裡鋪設厚實的棉褥，蔣嫵穿了件火狐皮領的月牙白斗篷，悠哉靠著錦緞彈墨引枕，手握一卷霍十九常看的書，藉著絹燈隨意翻看。

聽雨則坐在她身旁，一副欲言又止的模樣。

「有什麼話就說吧。」蔣嫵抬眸看她。

聽雨這才道：「夫人，咱們這樣出來怕是會惹怒侯爺的，還有家裡頭也未必就肯放心啊。」

「沒事，要做事，就一定要承擔後果，大不了被爹娘罵一頓罷了。至於侯爺那裡，咱們就多跟在後頭一陣子，等距離京都遠了再靠近，免得他將咱們送回來。」

「可是夫人，您的身子能吃得消嗎？」

「不是帶了大夫來嗎？」蔣嫵並不覺有何需要擔憂的。

聽雨抹了把額上的汗，素手撩起深紫色棉窗簾，推窗往外看，只見大雪將平原覆蓋成雪白的地毯，此時夜色漆黑，雪已停了，幽藍月光投射在雪毯之上，顯得遠山嶙峋，近樹婆娑，只覺得背脊發涼。她忙放下車簾，定了定心神，將暖水囊遞給蔣嫵。「夫人，喝一口羊奶子吧。」

蔣嫵搖頭。「待會兒再吃。」

她其實看不下幾頁書，馬車冒雪顛簸，著實不是什麼舒服的事，也難怪霍十九不肯帶她出來。不過她一心想著霍十九的安危，自身的這些感受也就不算什麼了。

不多時，外頭車夫揚聲問：「夫人，雪地難行，好在咱們趕得也不慢，約莫明兒一早就能到永平關了。那處有驛站，夫人可以好生休息整頓。」

蔣嫵道：「辛苦你了，你只管安心趕路，回頭必有重賞。」

車夫笑著高聲應了。

在馬車中隨意用了晚膳，蔣嫵與聽雨就睡下了，至於車夫則是輪流休息，馬不停蹄，速度卻也不快。

次日清早天色暗淡之時，原本熟睡的蔣嫵倏然張開眼，望著躺在她身旁睡得正熟的聽雨，心思卻是放在官道之上。

聽馬蹄聲，應是有一隊人馬向著他們馬車行駛的方向飛快趕來。

蔣嫵起身，喚了聽雨起來伺候她漱口擦臉，待預備妥當時，外頭恰有一騎迎面而來，一男子高聲問道：「敢問可是霍家的馬車嗎？」

聽雨聞言，緊張得臉色已白了。車夫勒住韁繩，也是支支吾吾不知該說什麼。

蔣嫵放下小巧的桃木木梳，隨手撩起暖簾，道：「是侯爺派你來迎我？」

為首那人三十出頭，生得身形魁梧，面貌端正，身穿御前侍衛官服，正是李成華。

李成華聞言，長吁了一口氣，白霧在他面前綻開，將他濃眉上凍結的霜都暖得融化了兩滴下來。他翻身下馬，因冷而僵硬的身子端正行禮。「卑職參見夫人。侯爺吩咐卑職務必將夫人平安送回京都。」

「起來吧，上車說話。」蔣嫵隨手放下暖簾。

「夫人，男女尊卑有別，讓他上來恐怕……」聽雨的話沒說完，在收到蔣嫵漫不經心瞥來的眼神時心頭一跳，不自禁噤聲了。

馬車外的李成華也有遲疑，片刻後才道了聲。「多謝夫人，失禮了。」他躍上馬車，撩起暖簾，盤膝於車門處，鬢角與眉毛上的寒霜遇到暖氣，立即融化成水。

蔣嫵吩咐聽雨拿帕子給他，又讓人倒熱茶來，才道：「這位大人來得正好。我此番出門只帶了一個婢子、一名大夫和兩名護衛，正缺人手，你帶人跟著保護便是了。」

李成華口中的熱茶險些噴了，焦急地放下茶碗道：「夫人，卑職是奉侯爺之命特地來送夫人回京都城的。請夫人體恤卑職，千萬不要繼續往前去了。侯爺若真動起怒來，卑職全家老小的性命都不保。」

蔣嫵把玩著垂在胸口的髮辮上裝飾的珍珠，笑道：「別與我打感情牌，我不吃這一套。你是御前侍衛吧？能在皇帝跟前當差，家境必然不同尋常，談不上一家老小的性命保不保得住的問題。」

李成華瞠目，想不到蔣嫵看著年紀小，卻不似同齡女子那般好糊弄。

蔣嫵又道：「而且侯爺應該也知道你勸不回我，還吩咐你，若是我不肯回去，一定要護我安全吧？」

李成華呆呆望著蔣嫵嬌顏，說是也不是，說不是也不是，若實實在在地認了，豈不是真要被個女子牽著鼻子走了？霍十九回頭當真還不知道要如何收拾他。

猶豫之時，蔣嫵已經低聲道：「你來我這兒，侯爺身邊可還有人保護？」

李成華忙回道：「侯爺身邊還有護衛。」

「既如此，你也不必多言，勸我回去我也不聽，還是聽我的吩咐繼續趕路才是要緊。早日回到侯爺身邊，你得以交差，又能保護侯爺，豈不是兩全其美？」

李成華無言以對，錦寧侯夫人根本與他所知道的深宅女子不同，他說不過她，又不能強迫，只得無奈地點頭。

越發接近永康關，蔣嫵反而不著急了。走走停停，該歇著就歇，該吃就吃，從不肯虧待自己，且這段時間吃著周大夫調配的藥丸，雖然還有孕吐噁心的反應，可腰痠的症狀好了不少，加之在馬車上除了看書就是睡覺，養精蓄銳下來，她精神也好了。

到了永康關整頓一夜，稍作打聽，就知道皇上的隊伍此時已經過了永寧關，在錦州境內了。而此番簽訂條約的位置，就在錦州城外十多里的黃玉山。永康關內已經有許多滿腔愛國熱忱的百姓學子，都打算成群結隊地去黃玉山觀看那五十年難得一見的重大盛事。

回報消息的李成華說方才那些話時，還挺與有榮焉。

蔣嫵吩咐眾人在城中補充必需品，她也帶著聽雨和李成華在城裡逛了逛，恰遇上有金國人偷偷前來販馬的，還高價買了一匹通體黝黑、神駿異常的高頭大馬。

蔣嫵愛馬，更熱衷於馬術，前世曾專門鑽研過，今生沒有機會碰馬，如今看到好馬，她又不缺錢，當然忍不住購置回來，還當街就要給黑馬上馬鞍，騎上溜溜。

誰知那黑馬野性難馴，哪裡肯讓人騎？蔣嫵被挑起了濃厚興趣，到了城郊無人之處，也不顧聽雨和李成華的阻攔，翻身上馬，竟在兩人嚇得三魂七魄都要出竅時，將黑馬馴服了！且下馬時身體無恙，還比平日精神了不少。

聽雨的額頭上都是熱汗。敢情夫人平日病懨懨的，不全是因為身體不舒坦，更多是因為無聊！

眼瞧著與黑馬耳鬢廝磨的蔣嫵臉上那天真又愉快的笑意，看著她雙眼中綻放著只有看到霍十九時才有的光采，聽雨不自禁覺得好笑。

蔣嫵給那匹黑馬取名「烏雲」。

「夫人，您累了，咱們回去吧。」聽雨勸道。

蔣嫵牽著「烏雲」，素手摸了一把牠柔亮的鬃毛。「烏雲」竟然別過臉去，還有些不服氣地打了個響鼻。

蔣嫵噗哧笑了。「烏雲，你也不要不服氣，難道你還瞧不起我是女流之輩？」

「烏雲」不耐煩地往前踱步，卻也不掙脫蔣嫵鬆鬆握著的韁繩，黑寶石一般明亮的眼睛瞪著蔣嫵。

蔣嫵大笑。「牠還是個驕傲的呢。」拉過韁繩親了「烏雲」一口，問聽雨。「妳說牠像不像妳家侯爺？」

聽雨和李成華瞠目。侯爺像一匹馬？

蔣嫵撫摸著「烏雲」光滑黑亮如上好緞子一般的背脊，看著牠健碩勻稱的馬身和神駿的神態，眼神有些飄忽。「高貴，漂亮，又驕傲。難道他們不像？」

這麼一說，還真是有點……

但是聽雨和李成華就算有一百個膽子，也不敢說霍指揮使像一匹馬！

得了「烏雲」，蔣嫵心情大好，回去特地將牠打理妥當，上路時就讓牠跟在馬車外頭小跑，還時常挑起暖簾來看看牠的狀態，又伸臂餵給牠吃松子糖。

「烏雲」跑起來的姿勢格外漂亮矯健，在茫茫雪原之中，牠通體漆黑，似凸顯出來的風景，又似能立即融入到雪景當中，蔣嫵常常撩起簾子就能看上許久。

「烏雲」起初對蔣嫵還有些抗拒，可是牠到底抵不住松子糖的誘惑。而且「烏雲」是良種的汗血寶馬，跟著馬車日夜兼程，竟滿足不了牠想奔跑飛馳的渴望，就算夜晚安營，牠還要自個兒到處亂跑。不過牠總能找回來就是。

如此過了兩天，蔣嫵已出了永寧關，錦州城高大的城池就矗立在前方不遠處。

越是往北，天氣越是寒冷，幾乎到了滴水成冰的地步，荒原中常常有打著旋兒的北風將雪花捲上天空，四處蕭索荒涼，但趕路往錦州城去的人卻是熱熱鬧鬧，猶如迎接新年一般熱鬧。

人們議論的都是皇上此番簽訂條約的大事件，不必打聽都知道皇上一行人已經到了錦州城外北方十三里處的黃玉山。

黃玉山是燕國非常有名的一處名勝，因為那裡是前朝皇帝的陵寢。當年燕國開國皇帝初登大寶時，將前朝陵墓搗毀，還在那處建立了他自個兒的高大石像，以昭告天下如今燕國才是掌權者。

後來錦州與寧遠被金國侵占，黃玉山也劃入金國版圖，開國皇帝的石像被推倒，任由其風霜雨雪也無人問津。

金國人的挑釁行為，當時著實是讓燕國文臣言官不少人都倍感屈辱地撞了柱子。

不過先前和平條約一經口頭上有了協定，小皇帝就已經與金國人協商妥當，將燕國開國皇帝的石像重新樹立起來，此番去黃玉山圍觀的許多文臣百姓、愛國之士，大多也是要去看看開國皇帝那高大巍峨的石像。

可這一日到達錦州城，蔣嫵的隊伍卻被阻攔在城門外。且相同被阻的，還有幾十名百姓。

城門緊閉，不准通行，儼然還是原來那副土地尚未歸還時候的模樣。

蔣嫵吩咐李成華去打探消息。

李成華不多時候就黑著臉回來，眉頭緊鎖地道：「夫人，大事不好了。」

「怎麼回事？」

「錦州現在戒嚴了，說是金國新皇不承認先前的和平條約，將原本的決定都推翻了！還說金國的大皇子是『勾結外敵』、通敵叛國，金國新皇還集結了三萬兵馬攻打了大皇子的封地！此時皇上的隊伍已到了黃玉山，金國卻鬧出這麼個么蛾子來，當真是卑鄙！」

出爾反爾這等事，在政客的手中已經算不得卑鄙了，更骯髒齷齪的她都見過。

不過訥蘇肯倒真是個聰明人物，懂得倒打一耙。當初是他提議要簽訂和平條約，後來眼見情況對他不利，就想法子讓文達佳琿來簽訂條約，讓他背負罵名，等支走了達鷹，還知道想法子先穩住他，自己掌握政權。如今大權在握，訥蘇肯終於不用在乎什麼條約是否簽訂，只須專心地除掉心腹大患即可。

蔣嫵沈默之時，被阻攔在錦州城外的百姓和士子們都已經得到消息，破口大罵起來，此刻真是無人不恨金國。

可是和平條約和土地歸還的協議這會兒還未必能簽訂成功，小皇帝有可能是空歡喜一場白來了。他們還去錦州有何用？再說皇帝都不確定錦州是否能夠順利得到手……

所有人都無功而返，回鄉去了，蔣嫵卻是留在了錦州城外，住了三天的馬車。

消息送不進去，她也不著急，照常過日子、吃藥、睡覺、遛馬，淡然享受不亦樂乎。

第三十章　斜陽染血

就在第四日的晌午，錦州城的城門開了。

李成華見狀忙上前詢問。

守城士兵見李成華穿的是官服，客氣解釋道：「……別說，金國大皇子的人還真爭氣，也不愧是長年守著邊關的，大皇子都沒回封地，只他手下的副將隨便指揮指揮，就以少勝多，一萬多人馬擊退了金國新皇的三萬。這會兒皇上下令，簽約照舊，而且昭告天下，不承認金國現任皇帝訥蘇肯！」

李成華一拍巴掌，歡喜地回了蔣嫵。

蔣嫵便道：「甚好，進城吧。」

「夫人不去黃玉山？大人已經跟隨皇上去那裡等候簽訂條約了。」

「咱們就算去了，可能也是要住在野外，上不了山的，還是老老實實在城中吧。對了，咱們選個高處住下，最好是能遙望黃玉山的地方。」

李成華恭敬道是，想了想，在錦州城中，還能看得到黃玉山的地方，唯獨清涼寺所在的玉嶺。

玉嶺在錦州城外西方十餘里，與北方黃玉山遙遙相對，在山頂清涼寺的塔樓上能夠清楚看到黃玉山上的宮殿和高高佇立的石像。

蔣嫵給了清涼寺一大筆香火錢，便在後山的客房安頓下來。

連日來舟車勞頓，終於能夠安頓下來，且聽禪聲佛語，聞檀香清香，吃齋唸佛，著實令人心曠神怡。

見蔣嫵的身子無大礙，好像經過一番勞動，胎象倒還結實了不少，著實讓周大夫歡喜了一回。

聽雨為蔣嫵端上溫水，笑著問：「夫人，現在咱們與侯爺就只不遠距離，要不要讓李侍衛先去瞧瞧？」

「也好。」蔣嫵將手中檀香念珠放下，接過白瓷茶碗喝了一口溫水，舒服地嘆了口氣，道：「讓李成華來見我，我還有幾句話囑咐。」

聽雨應是退下，蔣嫵起身，緩步走向窗前。

因清涼寺依山勢地形而建造，院中建築也是高矮錯落，蔣嫵選了一間視野開闊的客房，雖不比一旁高塔，也可憑窗越過面前茫茫雪原，看到黃玉山朦朧的宮殿和高聳的石像，也能清晰看到錦州城滄桑敦實的古樸城池。

李成華到了門前時，正看到蔣嫵雲髻鬆綰，披著件白狐裘憑窗而立的嬌柔背影。窗外是蒼茫白雪，野望四達，她身上的白狐風毛被野風撩動，彷彿隨時都能與白雪混在一處飄然遠去一般。

「夫人。」李成華恭敬拱手。

「嗯。」蔣嫵回過身，笑道：「你來了。坐吧。」

「卑職不敢，夫人有何吩咐？」

「這些日跟隨我勞動奔波，辛苦你了。」

「夫人言重了，卑職不過是遵從侯爺吩咐罷了。」

蔣嫵頷首，在臨窗的圈椅上坐下，道：「你這一路盡職盡責，回頭我定會與侯爺說明的。」

李成華心裡一喜，面上卻是十分認真，拱手道：「多謝夫人。」

「如今還有一樁事要你幫忙，你帶著我的信去一趟黃玉山，交給侯爺即可，然後你便留在侯爺身邊保護吧。他身邊不能沒有妥貼的人。」

李成華雙手接過蔣嫵遞來的信封，揣進懷中，道：「卑職遵命。」

蔣嫵頷首，吩咐李成華下去了。

李成華整理妥當，就騎著棗紅馬奔向黃玉山。玉嶺與黃玉山遙遙相望，也絕不超過十五里路程，快馬不多時就奔到，然而到了山下，卻見關卡嚴密，如何解釋身分都不得入內。

李成華只得請一人上山傳話，與霍十九說是他帶了信回來。

不多時，就見傳信之人下山，道：「皇上的旨意，此地接近金國，且情勢緊張，在條約簽訂之前，斷不可有人隨意出入黃玉山，若有書信，請交給我代勞。」那人隨即又低聲道：「侯爺吩咐，讓你將書信給我，繼續回夫人身邊保護。」

李成華無奈，只得交出書信下了山，奔回玉嶺。

彼時霍十九正帶著一名侍衛，站在院中仰望開國皇帝那高大巍峨如小山一般的石像，寶藍大鷩隨風拂動，面上雲淡風輕。聽聞侍衛帶了書信回來，他的表情終於有些鬆動，緩步迎上。

「侯爺。」侍衛行禮，將信封拿出交給霍十九，道：「李侍衛說夫人如今在玉嶺清涼寺暫居，一切安好，這是夫人的親筆信。」

霍十九回到臥房，迫不及待地拆開信紙，上頭蔣嫵的字跡灑脫，一點都不像女子的筆跡，卻只有一句話。「一切安好，勿念。」

將那句話反覆讀來，霍十九內心漸漸升騰起矛盾幸福的味道來。

說她懂事，懷著身孕的她卻偏要任性地長途奔波而來，讓他牽腸掛肚擔憂得好幾日吃不下、睡不好；說她不懂事，她此刻又只報平安，絕不提一字要求上山。

她那樣聰慧的人，定然已經得知現今情勢，也知皇帝必然不肯打開黃玉山關卡隨意放人上山。即便她提出要上山的要求，他就算拉下臉面去求皇上，也未必能開這個先例。

她隻字不提，是體貼他的為難，又如何能說她不懂事？

得知她冒險跟來，起初他又急又氣，現在平靜下來，其實也知道她是因放不下他的安全，她有那一身好武藝，才想要盡全力保護他，說到底也是因為他這個做丈夫的太不讓她省心，又哪裡怪得了她任性？

霍十九嘆息一聲，將信紙貼身揣好，便起身往小皇帝處走去，半途巧遇蔣學文，他禮貌問候。

蔣學文冷冷瞪著霍十九半晌，才道：「這下合了你的意思了！」

霍十九聞言不明所以。「岳父大人在說什麼，我聽不明白。」

「別叫我叫得那麼親熱，我不是你岳父。」蔣學文氣得臉色脹紅，斥責道：「別以為我不知道你和金國人都做了什麼約定，你依仗著自己受皇上重視，就亂進讒言，一方面誆騙著他，哄皇上到這裡來，另一方面又暗中與金國合計著怎麼讓皇上無功而返！霍十九，你好歹毒的心思！」

霍十九連連點頭，作恍然大悟狀。「岳父大人好高明的計策，我怎麼沒想到！」

「你！」

「下一次我定要試試您的好主意，也不會忘了與國公爺說明是您在背後幫襯出謀劃策的。」霍十九很大方地笑著，不占他的功勞。

蔣學文已是臉色紫脹，恨不能將他剝皮抽筋才能解恨，單手點指霍十九，狠狠地道：「你等著，別看你現在位高權重、得意洋洋，總有你哭的那一日！」不等霍十九回答，便拂袖而去。

看著蔣學文倔強的背影，霍十九這才收起臉上那倨傲又玩世不恭的笑，無奈地搖搖頭。眼角餘光瞥見隱約可見建築輪廓的玉嶺，霍十九的心情趨於平靜。

蔣嫵就在那裡，是為他而來的，他還有什麼好怨懟的？

霍十九去陪著皇上閒聊了片刻，剛談及正事，就聽見一陣隱約的雷鳴。

「奇怪了，大冬日裡的怎麼還會打雷？」小皇帝興致勃勃地跑到門前，誰知才剛推開格扇，迎面就被景同險些撞個趔趄。

「狗奴才，你作死了！」

「皇、皇上！大事不好了！金國人打過來了！」

「什麼？」

小皇帝聞言心頭一震，遲疑時，霍十九已先一步出門，快步奔跑到前院，站在高大石像下，撲面而來的冷風吹得他渾身發冷，更讓他膽寒的卻是那「雷聲」的來源。

只見黑壓壓一大片金國輕騎兵大約五千人馬，正隊伍整齊地壓境而來，那雷鳴聲，正是他們整齊的馬蹄聲和隊伍後頭的投石器以及弩炮運送時發出的聲音，金黃色大旗上畫著金國的圖騰，寫著一個大大的「文」字。

小皇帝是隨後奔到霍十九身前的，與之同來的還有文達佳琿，眼見那隊伍攜著冷風往黃玉山壓迫而來，雙雙目瞪口呆。

「怎……怎麼會這樣？英大哥，我們、我們怎麼辦！」小皇帝自九歲踐祚，到如今才十四，遊戲人生地過了五年放浪形骸的生活，哪裡見過這般陣仗？

與大軍壓境相比較，上一次在別院的一把火簡直不值一提了。

霍十九將自己的披風披在小皇帝身上，並不多安慰，只是詢問地看向文達佳琿。「大皇子，貴國這是什麼意思？」

蔣學文與英國公以及內侍、侍衛和當地陪同的官員，此時都已趕到此處，一同怒瞪文達佳琿。以蔣學文為首，都一同要文達佳琿給出一個說法。

文達佳琿覺得自己這隻鷹，被綁縛翅膀飛不起來了。

他不理會旁人質問，只對小皇帝和霍十九道：「恐怕這些人是來殺我的。新皇攻打了我的封地，趁著我的副將調走精兵時，派遣這些兵馬繞道黃玉山來突襲。只要我一死，訥蘇肯就再無後顧之憂了，而貴國皇上怕是被我帶累了。」

小皇帝此刻覺得腦子已經停轉了。霍十九卻很冷靜地頷首，他相信文達佳琿的話是真的。

而文達佳琿的一席話，當真讓蔣學文等人憤慨不已，紛紛指責金國人不講信用，出爾反爾，更有人質疑是不是文達佳琿與新皇合作演出這場戲哄騙小皇帝出行，好意圖不軌。文臣的嘴皮子是最厲害的，無論在什麼時刻，都能咬住道理不放。

霍十九將目光停駐在山下的兵馬之上，問道：「敵軍約有五千，我們黃玉山的守軍才一千，加上御林軍也不過一千三百人，錦州城和寧遠為配合和平條約的簽署，兩國軍隊都未駐紮，距離此處最近的軍營還在第三道關卡永寧關，快馬加鞭日夜兼程而來，也要至少兩日路程。」

說到此處，周圍怒罵的文臣都已住口，人人臉色慘白。

霍十九問此番隨行護送皇帝的趙將軍。「你可有把握，帶人守住黃玉山兩日時間，等援兵到來？」

趙將軍算得上是運氣好的人，平日裡白吃俸祿、沒上過戰場，趕上和平年代很是幸福，他也為此而沾沾自喜過。

護送皇上出行簽訂條約，他先前還當作是個美差，因為敢動皇上的人幾乎沒有，一路走來必定安全，而且史書工筆上還能記下他的名字，哪裡想到，今兒卻「撞大運」了。

被霍十九問得臉上通紅，趙將軍只得拱手。「末將盡力。」

霍十九微不可察地蹙眉，他當初應當建議皇上帶仇將軍來的。

不過事已至此，只能這般了。

英國公已吩咐了人尋找響箭煙花點燃報訊。

煙火「嗖」地升上天空，「啪」的一聲炸開，在白日裡只隱約看得到紅光，聽得到遠山的迴響，還有被西北風吹散的煙塵。

與此同時，金軍拉開了陣勢，投石器和弩炮運送上前。

文達佳琿長年帶兵，一見那情況就高聲吼道：「快離開此處！他們必定瞄準宮殿和雕像！我們金軍的弩炮投射的不是尋常彈子，那可是炮彈！」

話音方落，就聽山下一番喊殺，趙將軍的人迎面而上。

金軍奉命奇襲，自然不會拖延，黑色人潮也迎上，與此同時，只聽得破風聲尖銳而來，投石器最先發射，大石從天而降，砸中了燕國開國皇帝石像的頭部，砸掉了很多大石碎塊，隨後宮殿屋頂也破了個大洞。

石雨下過，弩炮發射，又一波炮彈點燃飛來，只聽轟隆一聲巨響，火光沖天，宮殿燃起了大火。

金軍還沒上山，燕軍才剛迎戰，黃玉山上就已損失慘重！

慘叫聲、哀嚎聲不絕於耳，當真比煉獄還令人膽寒。

霍十九拉著小皇帝，由曹玉以及御前侍衛隨行保護，與文達佳琿一同往不起眼的後山躲，因為那裡或許不是投石器和弩炮的攻擊範圍。

「轟」地又是一聲巨響，熱浪從背後襲來，推得幾人向前飛撲，背後已經炸開了，彈片四濺，又死了兩個宮人，還有彈片從小皇帝臉頰邊「嗖」地擦過，他臉上立即多了道血口子。

霍十九驚呼。「皇上！」忙將小皇帝攙扶起來，護在身前。

黃玉山下，一千精兵與金軍短兵相接。

蔣嫵披著披風站在玉嶺清涼寺內的寶塔第三層上，遠望著戰場，內心已暗道不妙，回頭問同樣面色凝重的李成華。「最近的守軍是在永寧關？」

「是，夫人，因要簽署和平條約，為表誠意。兩國先前都協議將守軍後撤。想不到咱們遵守協議，金國人卻如此卑鄙！」看著戰場還有硝煙瀰漫的黃玉山，李成華擔憂得冒汗。「皇上不知怎麼樣了，金人太狡詐，居然帶了投石器和弩炮來，可見他們是有備而來。」

蔣嫵抿著唇，訥蘇肯可真是個強敵。原來他不只是魯莽地攻打文達佳琿的封地，而是要乘機吸引所有人的注意力後，命他的人繞道奇襲。

相信這些人馬的首要任務就是格殺文達佳琿，次要任務才是擒拿或者斬殺小皇帝。

「方才黃玉山上的信號，永寧關應當能看到吧？」

李成華道：「看不到，但定然聽得到，而且皇上也會派人去送信。」

蔣嫵沈吟道：「敵軍怕也會防備皇上求援兵，你去一趟錦州城，吩咐放狼煙。」

「是。」李成華飛奔離開，快馬加鞭往錦州城去。不多時，就有狼煙熊熊燃起，黑霧隨風高飛，恍若凝聚了一大片烏雲。

蔣嫵眼看著敵軍攻勢越來越猛，黃玉山上已許多處都被弩炮轟得冒煙，又見燕國那一千人節節敗退，有不少人已經戰死，蔣嫵的心緊緊揪緊。

怎麼辦？遠水救不了近火。金國人一旦攻上山，小皇帝、霍十九還有蔣學文怕都是必死無疑了！現在看來，要指望這些人拖住金國大軍的步伐，阻止他們的攻擊直到援軍到來，怕是比登天還要困難。

李成華很快回到玉嶺。

「夫人，錦州城如今已經城門緊閉，城中因守軍不過百餘人，知道外頭打了起來，老百姓都已人心惶惶。我趕去時，他們也正預備放狼煙的。」

「錦州城裡能有多少可用之人？」蔣嫵問。

「只有一百人，且還不是咱們能夠調遣的。」李成華察覺到蔣嫵眼中的光芒，急忙解釋。

蔣嫵指著遠方，道：「你看那些。」

順著蔣嫵手指的方向看去，李成華看到了金軍後方的大營和輜重所在。他們帶來的輜重並不多，看來是都抱著一死決心而來的死士。

「那是金軍的輜重，夫人？」

「如今皇上的人馬都被強迫壓制在黃玉山下，這樣下去，我想不出一個時辰，金兵就要上山了。我想聯絡城中守軍，想辦法衝進金軍後陣，燒毀他們的糧草輜重。」

「妙！」李成華撫掌，這會兒對面前任性的女子倒有些刮目相看了，想不到這等危亂時候，他這個大男人都有些懵了，她還能如此冷靜分析。

若是燒毀糧草，金國人必然陣腳大亂，那樣至少可以多拖延一段時間。

「夫人妙計，卑職立即就去聯絡城中守軍。」

「嗯。」蔣嫵頷首。

李成華又一次騎著棗紅馬穿過平原，去了錦州城。

不多時，蔣嫵就見錦州城的城門打開，從裡頭飛奔出一小撮人馬，約莫有五、六十人，人人手持鋼刀和小罈的火油，往金軍大後方衝去。

這麼少的人馬……

蔣嫵為他們捏了一把汗，總覺她的計劃未必能在他們手中實現。

都怪這該死的條約，錦州城中早已撤得沒了守軍。

訥蘇肯真會挑時間，真會把握時機啊！

「轟！」

又是一聲震天巨響，蔣嫵心頭倏然一跳，遠望黃玉山，只見山頂火光熊熊，燕國開國皇帝的石像轟然倒塌。

是弩炮所致！冬季，天乾物燥，今日又有西北風，恐怕會引起山火！

蔣嫵心急如焚，她生命中最重要的兩個男人如今都在山上啊！

她目光回看被狼煙瀰散、黑霧遮擋下的敵軍後陣。由於身在高處，很容易看出敵軍尾陣已撥馬回來，奔向輜重所在，卻始終沒有看到火星燃起……

此時的霍十九正將小皇帝撲倒壓在身下，隨後就聽轟隆一聲，碎石落了滿身。

他與小皇帝都已灰頭土臉。

小皇帝嚇得臉色慘白，抓著霍十九的手。「英大哥，咱們會不會死在這兒？」

霍十九抿唇，聲音卻如往常一般低醇溫和。「皇上莫怕，即便要死，您也會在臣之後。」

「朕不、不怕。」小皇帝聲音哽咽了。

曹玉一把拉住他的領子，又躲開一塊碎石，道：「皇上、爺，咱們這樣下去不行，得想個辦法！」

蔣學文捂著頭臉，也狼狽不堪。「皇上，您得找個地方藏起來，不能這樣下去，如此下去很危險的。」

「這山上有哪裡可藏？」文達佳琿道：「就算藏了起來，他們也定然會上山搜山的，訥蘇肯沒看到我的頭顱怎麼可能放心？他們定是活要見人，死要見屍。到時搜山，貴國皇上還是要落在金國手中。」

「都是你！」蔣學文怒指文達佳琿和霍十九。「你們到底是如何勾結設計的！」

話音方落，只聽一陣破空聲傳來，西瓜大小的石頭從天而降。

「啊！」眾人逃竄躲避。
霍十九和曹玉都忙推著小皇帝躲閃。
那塊石頭砸下，砸斷一棵枯樹。樹幹折倒，正砸往蔣學文的方向。
蔣學文身邊的侍衛當場頭破血流、腦漿飛濺。蔣學文則是幸運地摔倒了，被樹幹壓住左腿小腿，疼得他「啊」一聲慘叫。
小皇帝眼見著蔣學文的腿骨以不正常的方向扭曲著，眼見著身旁原本一個個鮮活的生命，以各種意想不到的死相倒在他面前，而他身邊跟隨保護的人越來越少，他白著臉哭了，抓著霍十九的衣襟搖頭。「英大哥，我們會死的、我們會死的！我不要死，我不想死在這裡，我還沒完成父皇吩咐的事，我不要死！」
霍十九內心劇痛，緊緊摟住狂亂的孩子，安撫地拍著他的背，千言萬語，只化作一句。
「皇上，慎言。」
曹玉雙目赤紅，望著霍十九與皇帝，他縱然有絕世武藝，也無法抵得住如星子隕落一般的投石，更無法抵擋弩炮發射的炮彈。
他從前自信滿滿，總以為他有一身武藝能做很多事。可在千軍萬馬之前，他能做的，或許只有用血肉之軀保護他最重要的人，和他最重要的人吩咐他完成的使命。
「走！」曹玉一把拉住霍十九的胳膊，向林子去。
蔣學文還趴在地上痛苦哀嚎。
霍十九看了蔣學文一眼，還是決定先保護皇帝，暗自記住他所在的方位。

誰知往林中跑了一段距離，卻發現原本流星雨一般落下的石頭和炮彈減弱了，還聽到有人驚聲大叫歡呼。

景同滿臉灰塵，披頭散髮地叫道：「著火了！敵軍後陣著火了！」

霍十九與小皇帝聞言，心頭一震，忙繞過樹叢往前山而去。尚且未到至高之處，就已看到錦州城狼煙四起，而敵軍後方糧草輜重處燃著熊熊大火。

敵軍陣腳大亂，只留少數人對抗黃玉山下的燕軍，大部分人都如潮水般往後方撤去，而投石器和弩炮，也都漸漸停止投射。因為彈藥不足！

「英大哥，你快看！」小皇帝指著輜重附近，因距離並不很遠，以肉眼可見，有百餘人正在敵陣之中衝殺，這些人有的穿著燕國軍服，有的卻是尋常百姓打扮，有的騎馬，有的在地上與金軍肉搏，正拚盡全力、相互照應，意圖撤離金軍後方。

小皇帝看得熱血澎湃。「英大哥，大燕國的百姓也都不是吃素的！別看錦州城裡沒有守軍，可燕國百姓人人都可以是強兵！」

不光是小皇帝這樣想，就連山下已經戰到絕望的兵士們都被那些敢於趁亂衝入敵陣、燒敵人糧草輜重的尋常百姓感動了！他們是軍人，有責任也有義務為國家效力，甚至是付出生命，可百姓何辜？

遠遠的，又是一聲巨響，隨即爆炸聲連番響起，火光沖天，幾乎形成一條火龍，爆炸聲令地面也為之震顫。

霍十九等人遠眺，也能看到在敵軍後方引起了連番爆炸，定然是火燒毀了弩炮的炮彈，金軍被炸得人仰馬翻，但那些尋常百姓也有許多當場被炸得血肉模糊，還有人身上著了火，在哀嚎慘叫奔跑的，滿地打滾的……

面對如此壯烈的死亡和犧牲，小皇帝眼中又有熱淚。不是因為懼怕，而是震撼。

霍十九緊摟著小皇帝的肩膀，回過神時已發現投石器和弩炮已經很久沒有攻打黃玉山頂了，因為他們一點彈藥都沒有了。

內心驟然一鬆，剛要說話，卻見在方才爆炸火光烈烈、黑煙鬱鬱之處，有一團黑影倏然衝了出來，遠望去，卻是一人一騎。

馬上之人一身黑色勁裝，看不清臉面，只能看到身形十分瘦小，俯在一匹黑馬上，手中斜伸出一柄寒光鋥亮的長刀，人馬合一如同利劍劈開敵軍的包圍，一刀一顆頭顱高高飛上天，又一刀劈翻一名金兵，竟然如砍瓜切菜般一面衝殺，一面殺向敵軍高舉的大旗。那匹馬速度奇快，金軍即便想撥馬追擊，一時半刻也追不上。

只見馬上那人來至旗杆之下，寒光映著雪光，霎時間讓人目眩，黑馬的前蹄踹翻一名騎兵，馬鬃飛揚。而馬上之人長身一立，鋼刀力劈斬斷旗杆。

金軍那有「文」字字樣的橘紅色旗幟飄然落下，在被血紅污染踐踏成泥濘的地上，宛若展開了一朵鮮豔的花。

「好！」小皇帝一聲歡呼。「好漢子！」

霍十九這時臉已經綠了……

別人看不出，可他看得出，那「好漢」分明是他的嬌妻！

曹玉的心怦怦地跳。在那身影衝出黑煙，理解到她冒死燒掉弩炮的彈藥引發爆炸，只是為了保護山上的皇帝和霍十九時；在她揮刀砍下金國人頭顱、立馬橫刀斬斷軍旗時，他感覺到身體裡流淌的血液都要被點燃般灼熱。

「皇上，我下去幫忙！」曹玉不等小皇帝回答，就已施展輕功飛掠而去。

小皇帝也是熱血沸騰，莫說是曹玉，若他懂武功，他都想操刀加入戰團。

霍十九一手緊緊摟著小皇帝的肩膀，眼一直盯著蔣嫵的身影，只見她在敵陣中穿梭，殺進敵軍聚集之處，從背上摘下一個小罈，以火摺子點燃引線，奮力擲向金兵之中，罈子破碎，隨著發出一聲爆響，大火呼地燃了起來，數名金兵當場跌落地上，周圍又有人馬都渾身著火亂竄的。

金兵都是騎兵，馬匹見了火又一次受驚，紛紛慌亂逃竄，一時間只瞧見以火為中心，周圍至少有上百名金兵的馬四處散開。先前的破竹之勢蕩然無存，而蔣嫵又策馬奔向敵軍輜重之處。

黑色身影與胯下黑馬揉合在一處，如同一陣狂風捲過，所到之處金兵死傷不計其數，愣是被她殺出一條通往後方的血路。

在蒼茫平原之中，在遠山白雪映襯之下，在馬匹嘶鳴、喊打喊殺聲充斥的慌亂戰場上，她的身影雖瘦小，可她所過之處一人不留的狠勁和周身上下強烈的殺氣，就連站在山頂的小皇帝和霍十九等人都能感覺得到。

「好！果然真好漢！」小皇帝手舞足蹈，哈哈大笑。「若我大燕國將士個個都有如此膽識血性，個個能這般以一敵百，江山何愁不穩！」
此時狼狽不堪的英國公和安然無恙的文達佳琿也找到小皇帝這處，聞言一同望著山下已大亂的敵軍。
文達佳琿也看到了那一人一騎，驚訝之下，銳利的眼波閃了閃。
大燕軍兵也都被激發了血性，原本被擊倒上了山逃竄的精兵們在趙將軍的指揮下，怒吼著衝下山，原本一千三百人的隊伍此時只剩下不到八百人，可依舊在山底入口處形成一道堅實的鐵壁。
若衝殺敵陣，八百人對金兵如今剩下的約四千人是微不足道，但守住黃玉山要塞，利用地形阻擋金軍的進攻，在金軍沒有了輜重彈藥，投石器和弩炮都不起作用的情況下，八百人若拚盡全力，仍可一搏以待援軍。
山上終於安寧了。
英國公跌坐在地喘著粗氣，身後的宮人和隨行官員侍衛死傷無數，屍橫遍野，餘下的人都在想法子撲滅大殿的火。
霍十九與小皇帝、文達佳琿三人並列站在倒塌的石像之前遠眺戰場。
小皇帝道：「英大哥，虧得那些援兵，咱們才能得救，回頭定要重重地賞賜，還有方才那漢子，都要好生封賞。」
霍十九眼看著金兵後方，上千人圍成一圈，將輜重燃燒之處團團圍住，他的心擰緊一般地疼。

文達佳琿黯然道：「雖攻山不易，但圍剿方才徹底壞了他們大事的那些人卻是輕而易舉。皇上所說的封賞，改成追封吧。」

小皇帝臉色一變。雖聽出文達佳琿言語中的諷刺，卻也知道他說的或許沒錯，便也感到難過。

一陣寒風吹來，樹梢積雪簌簌落下，在遠方廝殺之下，他的周圍卻只餘傷者的哀叫，一切都顯得那麼寧靜。

霍十九抿著唇，吩咐身旁的人去搜索傷員。這時在敵軍重重包圍之下，他已經找不到蔣嫵的身影。

曹玉這廂下山，撿了一把金軍的大刀殺了一名金兵，奪了匹戰馬，就急匆匆往敵軍後方殺去，尋找那個嬌柔的身影。

方才她孤身一人在硝煙之中殺出重圍，奮力斬斷軍旗的英姿，就如同烙印一般刻在腦海裡。

旁人不知道她是誰，可他知道她的身分。

他們方才被圍在山頂，燕軍無力抵抗，若是再任由金軍的弩炮和投石器轟炸片刻，怕是黃玉山上的人將無人倖免，莫說文達佳琿，就是皇上與霍十九，連同他都要死在這裡。

蔣嫵懷著身孕衝進敵陣之中，燒毀輜重彈藥救了山上的人是迫不得已，可這會兒若讓她在敵軍中逗留，那就是他的不是。

他不懂婦人身體的那些事，可好歹也要護她周全，將她活著帶出包圍。

曹玉瘋了一般地劈砍，身上墨綠色的大氅染血，成了點點片片黑褐色的血漬。

就在他殺入重圍的一瞬，正看到蔣嫵橫刀立馬擋在幾名燕國尋常百姓打扮的人身前，長刀寒光閃過，又劈倒兩人。

可金軍人多，倒下兩人，自又有人補上。

她在保護那些百姓！

曹玉心頭震動，她的本事，本能夠逃走的！她殺敵毫不手軟，但對生命依舊存有憐憫。

曹玉不再多想，飛身而起，幾個起落到了敵軍中央，旋身力劈將包圍的四人斬落馬下，隨即翻身躍上蔣嫵的馬背將她護在身前，撥馬就向外殺去。

蔣嫵已是氣喘吁吁，嬌小的身形被曹玉護在身前，只得垂著刀問：「你怎麼來了？阿英呢？」

「爺無恙。」曹玉手握韁繩的同時，將蔣嫵整個圈在懷裡，另一手揮刀又斬一人頭顱。

「妳怎樣了？」

蔣嫵早已累得汗流浹背，搖頭道：「我沒事，可那些人……」

「妳已盡力了。敵眾我寡，咱們護不了他們。妳別忘了，妳還有爺，還有腹中孩兒！」

曹玉說話時，已帶著蔣嫵殺出重圍，金軍或許懼怕曹玉，並不十分阻攔，只將所有的刀槍都使在方才燒毀輜重的那些燕國百姓身上。

「烏雲」速度不減，狂奔出來時，在蔣嫵和曹玉背後是一聲聲慘叫，更有人高聲罵著。

「老子就是拚死在這兒也值了！」

蔣嫵一瞬淚盈於睫。

略一殺出重圍，曹玉就一手掐著蔣嫵纖腰將她抱起，又橫放在自己身前讓她坐在他腿上，盡力減少震動。

「烏雲」帶著二人，沿著山下奔向玉嶺，漸漸遠離了戰場。

曹玉這才減緩馬速，問：「夫人，妳還好嗎？」

蔣嫵在他挪動自己時，就知他的意思，這會兒並無扭捏。「還好，我來的路上一直在吃周大夫給的藥，每日調養著，身子好得很。」

「那就好。」曹玉將大氅脫了，裹住蔣嫵全身和頭臉，道了聲。「得罪了。」就以平緩的速度，帶她繞過玉嶺，一路上都讓她橫坐在他腿上，又穩住她的身子盡力減少震動。

到了後山，已是十分安靜的所在，曹玉扔了二人染血的兵器翻身下馬。

蔣嫵剛要自己下來，就被曹玉接住，以大氅裹著，橫抱著快步上山，細聲細氣地解釋道：「夫人方才已經勞累，還是儘量減少動作。剛才衝殺是迫不得已，您的命都可豁出去了，也無暇考慮腹中胎兒，可現在不同。」

蔣嫵知他說的對，只得頷首閉目養神，由他代勞。

從後山上山，並無臺階，也沒有路，曹玉運起輕功，動作很快。「烏雲」跟在二人的後頭，像是跑過這麼一場又見了戰場廝殺的場面很是快活，腳步輕快地上山，還快樂地打著響鼻。

蔣嫵靠著曹玉的肩膀，渾身是汗，這會兒裹著曹玉的大氅倒是暖和，細細地感受小腹的位置，只感覺有一丁點疼，像是從前小日子來時那種細細絲絲的疼，又覺得身下並無熱流，這才放心。

曹玉說的對，剛才為了救霍十九，救蔣學文，救山上的皇帝，她奔入敵陣的時候根本就沒想過要活著出來，如果她貪生怕死，霍十九他們都死了，她活下去又有什麼意思？既然將生死置之度外，孩子她也就沒考慮，現在才有些後怕。

霍十九活著，她也活著，孩子如果有事，他們都會傷心。

但她慶幸自己跟著來了，否則弩炮再狂轟亂炸一陣，燕軍根本就沒有抵擋金軍的能力，黃玉山上怕無人能倖免。

如此糾結著，不多時就到了山頂。

山頂上覆蓋著厚厚的積雪，曹玉抱著蔣嫵卻能踏雪無痕，運開輕功往清涼寺方向飛掠而去，蔣嫵只能感覺到冷風吹拂在面頰，帶來山間青松的清香。

「烏雲」又跑開來，似是能如此奔跑極為歡快，跟在曹玉身後一步不落。

不多時，蔣嫵指著牆角處的小門道：「我們走那裡，我留了人。」

曹玉這才放緩步伐，到了角門前輕輕放下蔣嫵。

蔣嫵哪裡肯像病人一般讓人搬來抱去？他雙臂一有下落姿勢，她就腰身一扭轉，輕盈落地。

曹玉只覺得臂彎瞬間一空，原本被她占據的懷抱乍然有冷風吹入，心裡不知為何生出許多悵然，望著她苗條的背影若有所思。

蔣嫵站在門外道：「聽雨，是我。」

門立即被推開。

聽雨披著一件石青色氅衣，小臉煞白地等著，一見蔣嫵回來，長吁了口氣。「夫人，您可回來了，阿彌陀佛，多謝菩薩，多謝菩薩。」雙手合十拜了拜，才發現曹玉也在，忙行禮。「曹公子。」

「嗯。」曹玉頷首，細聲細氣地應了一聲。

進了門，蔣嫵吩咐聽雨將「烏雲」牽進來，就與曹玉避開香客，先行回了廂房。

屋內沒有她在家用慣的西洋美人鏡，只有置於香奩中的一個小把鏡，隨手拿來看了看臉上，在戰場就丟了蒙面的面巾，如今臉上跟花貓一樣……怪不得方才聽雨嚇得臉色煞白。

不多時候聽雨回來，蔣嫵吩咐她打水，洗過手和臉後，笑道：「墨染，你也盥洗一下，容我先更衣。」

曹玉頷首，在外間自行兌了溫水，洗去手上、臉上的血污。

蔣嫵到了內室，換上日常穿的蜜合色夾襖之前，還特地檢查一番，見果真並無落紅，這才徹底放心。穿了水粉八幅裙，披了件藕色的大袖披衣，將長髮鬆綰雲髻，斜插一根纍絲金鳳的步搖，淡施脂粉就回到外間。

曹玉已在臨窗的圈椅上坐下，看著手邊的白瓷蓋碗發呆。聞聲抬頭，就見她已換作尋常裝束，一身淺淡柔和的顏色襯得她楚楚柔弱，金步搖在腦後輕擺，越顯嬌顏賽雪。

哪裡還有絲毫方才沙場上的狠辣與氣勢？分明是兩個人！

這個女子，真是有種說不出矛盾的魅力，也難怪爺這麼寵她。

蔣嫵在他對面落坐，問：「阿英和我爹的情況現在如何？」

曹玉回過神，聲音依舊是輕輕的。「爺與皇上在一處，無恙。蔣大人不大好，我下山時，他被砸斷一條腿，這會兒山上炮火小了，爺定然會救他出來的。不過……」曹玉看了眼蔣嫵，見她面色並無起伏，這才低聲道：「不過這種斷腿很不好，我見過許多腿毒發作要了人命的。回頭戰事結束，先送蔣大人回城中醫治才是妥當。」

蔣嫵抿唇垂眸，敗血症嗎？她內心像是壓了塊大石頭，半晌方道：「是我不孝。」

「怎會是妳的不是？」

「我若有些本事，大可早些阻攔成功，哪裡會至此。」

曹玉哭笑不得。「我一直以為妳是聰明心狠的人，現在看來卻是個傻子。」

蔣嫵一愣。曹玉對她從來談不上友善，怎麼今兒個說話倒是輕鬆起來。

「這些事妳都怪自己，那現在南方雪少，前兒爺還跟皇上說擔心翻年種地會旱，這個妳要不要怨自己？」

蔣嫵無言以對，可到底是自己的親人，心裡還是會疼。

見她這般，曹玉搖頭，她如今的模樣，就算是方才不蒙面，也無法與現在的她混為一人，說到底也不過是個小姑娘罷了。他現在終於能體會霍十九有時拿她當孩子看的感覺。

「我先回去了。」曹玉站起身。「如今金兵被阻。我也儘量殺敵，應當能夠堅持到援軍到來。夫人，今日妳立下奇功，皇上若知道，定有賞賜。」

蔣嫵搖頭。「我又不圖這個，你回去別亂說。」

「那爺呢？」

「阿英……估計會親自來審我的……」一想到霍十九在她面前冷著臉、一言不發的樣子，蔣嫵就覺得頭皮發麻。

曹玉哈哈大笑。「妳也有怕的時候，我還當妳什麼都不怕。」

他的「幸災樂禍」，讓蔣嫵十分無奈。

曹玉這才止住笑，道：「妳能如此為爺著想，我很欣慰，往後或許也不會有什麼不放心了。不過……」話音稍頓，又道：「妳若是真有對不住爺，我還是不會饒妳的。我告辭了。」曹玉拱手離開。

蔣嫵挑眉，與從前曹玉離府時的那一次談話相比，現在的曹玉對她或許已經收起滿身戾氣了。她雖不在乎外人怎麼看她，但曹玉畢竟是霍十九身邊重要的人，她總不會希望自己被記恨的。

一思及此，她心情頓時輕鬆。

第三十一章　拒封為后

周大夫來給蔣嫵診查，見並無大恙，又給蔣嫵調整了一下方子，就讓聽雨去熬藥。

蔣嫵揮退旁人，推開窗，這裡的視野雖不如塔上開闊，但到底也看得清戰場，只見黑壓壓一眾人聚集在山下，卻似攻不上山的模樣，她這才徹底放下了心。

山下的戰鬥持續到凌晨，兩軍都已疲憊不堪，金軍又無輜重糧草，帳篷來不及紮也被蔣嫵給一併燒了，餘下的三千五百多人只得在寒風中相互依靠，坐在一處取暖。

也不知是誰那麼「好心」，山上的燕軍開始生火做飯，居然還燉肉。吃也就罷了，居然還有人高聲感慨。

金軍餓著肚子聽著敵軍在吃燉肉，似乎都能越過屍橫遍野的戰場，聞得到肉香。他們雖是死士，為了完成皇命不怕犧牲，如今卻是將「一鼓作氣」的勢頭都用盡了，只覺得沒吃沒住，身心俱疲，又攻不上山，無法完成任務。一旦燕軍援兵趕到，他們就只是個死而已。

人到底還是畏懼死亡的，兩方休整了一整日，眼看已夜幕降臨。

山頂的大殿之中，霍十九將一碗肉湯遞給小皇帝。

小皇帝已經洗乾淨手和臉，換了一身乾淨簇新的龍袍，捧著碗望著篝火發呆。

自小到大，小皇帝還是第一次住漏頂的屋子，夜晚山風凜冽嗚咽，吹得人心裡發寒，可溫暖卻自手中的精緻小碗以及面前這始終雲淡風輕的男子身上源源不斷地傳來。

霍十九撥弄篝火，火星迸濺，發出噼啪聲響，映著他的俊美容顏越發溫和。

「若是估計不差，不到凌晨，金兵就會再度發起攻擊。這一次他們將拚死一搏。」

「是啊，他們若撤兵，訥蘇肯不會饒過他們，他們留下，不被我們的援兵殺死也會餓死凍死，就只能奮力一搏。」小皇帝見左右無人，才道：「英大哥，朕從來沒像今天這麼害怕過……朕好像還、還哭了，你會不會覺得朕很沒用？」

「不，皇上做得很好。」霍十九微笑地望著小皇帝，素來清冷疏遠的眼神充滿柔和與讚許。「皇上如今能夠收復疆土，完成先皇未完成的大業，先皇只會歡喜，會以你為榮。」

「那你呢？」小皇帝追問。

霍十九認真地道：「臣早就以皇上為榮。」

小皇帝的容長臉上漸漸浮現出開懷的笑容，是那種咧著嘴，極為開心的笑。

霍十九也是微笑，為小皇帝將肩上的大氅又緊了緊。

果真如他們所料，金兵次日清晨就開始進攻，或許是經過昨日的驚心動魄，今天的情景已經沒有那麼難以接受。小皇帝已能鎮定地和霍十九一同站在倒塌的石像上，看山下金兵發瘋一般地攻擊和燕軍拚命地防守。

好在黃玉山是易守難攻的地形，只要卡住要塞，金兵人就算再多，能衝在前頭的也無非就是少許人。燕軍雖然疲勞，但誰不想求生？即便金兵展開車輪戰術來耗燕軍的體力，一時間依舊無法占上風。

如此激烈的戰事過去一整日，又到傍晚時分，燕軍已要支撐不住的時候，大地震動，從永寧關方向援軍如潮水一般湧來，燕軍天藍色的旗幟被冷風吹得獵獵作響，此番救援，來的是清一色的輕騎兵，足有一萬五千人。

金兵早已飢寒交迫，灰心力竭，如今即便拚死抵抗，最終扔難逃被全殲的厄運。

文達佳琿一直站在山頂，就那麼看著訥蘇肯的精銳全部消亡，始終面無表情。

黃玉山上死守了三日的精兵，如今被耗得也只剩下四百餘人，且有一半是傷病。

小皇帝聽著山下援軍山呼萬歲的聲響，望著戰場上屍橫遍野、血流成河的慘象，只覺得有一些看法開始改觀，有一些想法也開始萌芽了。

霍十九站在他身旁，不經意間發覺這個才十四歲的少年，已有了超越同齡人的穩重和認真。

小皇帝吩咐人清理戰場，掩埋屍體，鄭重地道：「尋找那些穿了錦州城守軍軍服的屍首，還有那些尋常百姓的屍首，尤其重要的是尋找一個身著一身黑衣的瘦小男子。」

待景同離開去傳旨，小皇帝才有些難過地看向霍十九。「英大哥，你說那個好漢是不是已經死了？」

霍十九當然知道他問的是蔣嫵，只得道：「為國捐軀，是他的光榮。」

小皇帝許久才難過地「嗯」了一聲。「朕一定要查明身分，撫恤他的家人，還有那些尋常百姓。這一次在黃玉山為國捐軀的烈士，都是英雄。」

最終，燕軍的屍體都經人處理過，分批送回原籍，部分好漢的屍首卻是無人認領，有許多已經燒毀得面目全非、支離破碎，就只能與金軍一同就地焚燒掩埋，至於那些能看得出臉面的，則暫且放在一邊。

小皇帝正詫異這些燒毀輜重的百姓竟然不是錦州百姓時，玉嶺來了人。

霍十九一聽是玉嶺的人，忙快步迎了出去。

他心心念念惦記著蔣嫵，即使曹玉回報說蔣嫵無恙，已平安送回玉嶺，可是他沒有親眼看到，到底不放心。

三步併作兩步到了門廊下，卻見來者並非蔣嫵，而是聽雨。

「侯爺。」聽雨行禮。

霍十九的心咯噔一跳。「夫人怎樣了？」

聽雨見霍十九的臉都白了，不禁暗自替蔣嫵開懷，道：「侯爺莫擔憂，夫人還是那個樣子，只是吩咐婢子來與您傳個口信。」

霍十九這才鬆了口氣，抹了把額上的汗，與聽雨下了臺階，問：「她說什麼？」

「爺，夫人說了，您若是忙完這裡善後的事，就去清涼寺看看她，她說她想您了。」

霍十九又問了許多蔣嫵的事，仔細到每日吃多少、睡多少、孕吐幾次、都做些什麼。聽雨一一細回了，霍十九擔心蔣嫵身邊沒有可用之人，就讓她回去了。

回到殿中，小皇帝歪著頭打量霍十九。「英大哥，有什麼好事發生？」

霍十九一愣。「這麼明顯？」

「是啊，你看你眼珠子都在笑。」小皇帝眼珠一轉。「你做爹了？難道我姊姊生了？不對呀，還早呢……那有什麼事能讓你這麼開心？你家小妾生了？」

霍十九咳嗽了一聲，轉身出去了，只聽小皇帝在他身後哈哈大笑。

戰後的錦州城剛剛打開城門，霍十九就將一批傷者送入了城中醫治，其中就有蔣學文。

蔣學文因腿疼得臉上青白一片，幾日睡不好、吃不好，已是折磨得他眼窩深陷，雙眼無神。因他的身分特殊，旁人不看他是名臣，也會看在他那奸臣女婿的面子上，先讓他入城醫治，畢竟誰會願意去開罪霍十九？

待到忙完一切戰後事宜，霍十九終於得了空，只與小皇帝說了一聲，就帶了兩名侍衛下了黃玉山，直奔清涼寺而去。

越接近清涼寺，眾人的心就越安靜，此處清新空氣之中有淡淡的松樹清香，還有屬於冰雪特有的味道和寺內的檀香，山上寧靜，似能聽到殿中有僧侶誦經。

霍十九先去拜佛，又捐了一筆鉅額的香火錢，這才說疲憊了，要去廂房休息。

不過在屋內待了片刻，霍十九就已忍不住，帶了兩名侍衛到院中走動，往聽雨告知的方向而去。

他剛轉過月亮門，遠遠就瞧見那個熟悉的身影。

蔣嫵今日穿的是一身蔚藍的緙絲織金披風，領口和裙邊都鑲了白色風毛，長髮以一根紅寶石梅花簪子綰起，並無其他裝飾，在冬日灰濛濛的天色以及周圍暗淡的顏色中，她只悄然站在一棵高大的松樹下仰望樹上，就已為整幅畫面增添了一抹無法描摹的豔麗顏色。

霍十九停步，身旁兩名侍衛自然停步，都好奇地看向不遠處在樹下仰著頭發呆的女子。

過了片刻，見霍十九不說話，兩人面面相覷。

霍十九只是想念她，貪看她的背影，內心澎湃著，戰場上她力劈金軍大旗的英姿到現在還刻印在腦海裡揮之不去，眼前的人，他著實無法與那個沙場上滿身殺氣、令人膽寒的人聯想起來。

「來了就是發呆嗎?還要看到幾時?」低柔的聲音讓霍十九回過神。

蔣嫵轉回身，她的精緻容顏依舊，劍眉修長入鬢，杏眼熠熠生輝，面色紅潤，唇角微翹，笑容似調侃又似歡喜，是屬於蔣嫵獨有的笑容，不似尋常閨閣女子的扭捏，也不似他們初相識時她的嬌憨與彆扭，這樣從容不迫還帶著些邪魅的她，才是真正的她。

霍十九險些就跟著笑起來，可他沒有忘記還要跟她「算帳」，緊繃著臉站在原地沒動。

蔣嫵挑眉，見霍十九不主動靠近，便也樂得欣賞「美人」。

從前就知道霍十九是極好看的人，想不到這才多久沒見，加上思念的情愫，就更加覺得他順眼，如今的他在她眼中已不能用美醜來衡量，即便他沒有如今這樣的容顏，已變得垂垂老矣，她恐怕也無法不用現下這樣能將冰雪融化的溫暖眼神來看他。

在她的注視下，霍十九還是先輸了。

「嫵兒。」他無奈地嘆息，緩步走向她。

蔣嫵明白分寸，總不能讓男人家太跌面子，況且這次私自出來，雖是擔心他，可到底是讓他擔心了。

「阿英。」她快步到他身前，笑道：「你來了。」

「妳說想我，我能不來嗎?」

蔣嫵笑著捶他肩頭。

粉拳被他握住，剛要摟住她的肩膀，蔣嫵就推開了他。「佛門清淨地，不要動手動腳的。」

霍十九鬱悶地皺眉。

蔣嫵見他如此，心情大好，與他並肩走在院中，緩步向後山松林而去，笑著問：「你怎麼樣？可有傷到？」

「受了些輕傷，並無大礙。妳呢？」

「我很好啊，你看我像是不好的樣子嗎？」蔣嫵指著自己的臉頰。

霍十九果真停步打量她片刻。「嗯。看來是無恙，好像也沒有清減。」

「我是胖了。」蔣嫵拉著他的手，二人雙手交握的動作被掩在大氅之下。「皇上可好？」

「皇上很好，沒有受傷。只是岳父大人被砸斷了左腿，恐怕那條腿要保不住。」

「曹玉已經與我說了。」蔣嫵黯然，問：「我爹現在在哪兒？」

「已經安排進了錦州城的醫館。治療一定是最好的，只是好幾個有名的郎中和隨行的御醫都看過了，那條腿怕是保不住，否則將來毒發，後果不堪設想。」

「你是說，要截肢？」

「是。」

蔣嫵垂眸沈默，胸腔裡像是被塞進一把雪，涼氣從背脊竄上後腦勺，那種感覺是心焦，更是心痛。「若是我能動作快一些，或許爹會沒事的。」

「妳這孩子。」霍十九一把摟著蔣嫵，大手摸著她的頭。「怎麼這也能怪罪到自己身上？妳做得很好，比所有女子做得都好，這一次如果不是有妳及時趕到，不只是岳父，妳現在怕也要給我收屍了。妳不顧自身的安危來救了我們，保全了我們的性命，如今怎麼還能苛求自己？」

道理是這樣，可蔣嫵還是會想「如果」。

霍十九又忍不住板起臉來訓她。「還有，我出門時不是告訴妳不要跟來嗎？妳偏不聽，妳可知道得知妳離開家時我多著急！每天提心弔膽，就是擔心妳有個什麼。妳可是個孕婦，怎麼還一點兒自覺都沒有？」

霍十九從來沒有對她這般嚴厲過。

蔣嫵也知他訓斥的對，就低著頭不說話。

霍十九是個做事、說話都十分有條理的人，尤其是說話，他平日裡言簡意賅，一針見血，能如今日這樣才剛誇過她又生她的氣，可見他內心焦灼。

蔣嫵雖被訓斥，可也體會得到他的掛懷，倍感甜蜜。她乖巧地依著他的肩膀，臉頰輕輕蹭著他外氅冰涼柔滑的衣料，像一隻收起利爪的乖巧小貓。

霍十九既是心疼又是憐惜，她如此溫順的一面是在外人面前從不會展露的，是只屬於他一個人，這樣的認知，讓他什麼氣都消了，無奈地用下巴磕了下她的額頭。「妳這個小淘氣，妳是將我吃得死死的。」

「也是因為你疼我啊。」蔣嫵雙臂伸進他的大氅，圈住他健瘦的腰。

若非他心裡有她，她怕是做什麼都是錯的。前世的她留過洋，是思想新派的新女性，與當時那些溫婉的老式女子截然不同，也頂看不慣那些舊社會的陳規濫調對女子的壓迫。今生來到更遙遠的古代，想不到能遇到霍十九這樣的男子，即便他現在是難辨忠奸，可就算是奸臣，以他今日的成就與處事的鐵腕，也是她欣賞愛慕的類型。

「阿英。」

「嗯？」

「和平條約應當快簽訂了吧？」

「是啊，也就在這兩日。」

「我想進錦州城住，方便伺候我爹。你到時候可否來陪我同住？」蔣嫵仰起頭，水眸似有粼粼波光閃動。「只有我自己，我其實還是覺得不踏實。」

「好。」霍十九沒經大腦思考就已經點頭了，隨後才愣了一下，失笑道：「妳這個小壞蛋。」

蔣嫵嘻嘻笑道：「人家初次有孕，就是你在身邊才安心嘛。」

霍十九與蔣嫵在白雪青松之中相擁而立的畫面實在太美，美到前來傳信的景同走近了都還猶豫了一下，實在不願破壞那個美感。

蔣嫵早已察覺除了那兩名侍衛之外，又有人靠近。而侍衛不作聲，就說明這人是熟人，她緩緩退出霍十九的懷抱，含笑望向來人方向。

一見蔣嫵看過來，景同忙行禮。「夫人。」

「原來是景公公。」蔣嫵頷首為禮。

霍十九負手而立，如往常待人那般的疏遠矜貴，問：「何事？」

景同給霍十九行了大禮，極為恭敬地蝦腰道：「回侯爺的話，是皇上吩咐奴才來告知您一聲，金國那邊傳了消息來，金國的南平王謀逆篡位，如今已登上大寶了。」

蔣嫵聞言面色不動。

霍十九也十分平靜，問：「訥蘇肯呢？」

「回侯爺，金國皇帝駕崩了。如今南平王自封為帝，已經昭告天下，皇上說國書應當不日就到了。」

「我知道了，我這就與你回去吧。」

「是，多謝侯爺體恤。」小皇帝的確是要霍十九速歸商議要事的，可景同在這位身分特殊的爺面前卻總因私心而多存一些為自己的考慮——為皇上辦差的同時也要討好這位。是以他腦海中就在計算著要如何開口才不致惹得霍十九不快，畢竟人家可是新婚夫妻才剛見一面。

不過，也難怪皇上對霍十九不一般，他竟體貼的自己開口了。雖然霍十九的話少，但處事卻給人一種如沐春風之感。

景同給蔣嫵行禮，恭恭敬敬地垂首候在一旁。

霍十九為蔣嫵緊了緊披風的領口，道：「我這就先回去了，怕是還有一些事要處理。城中我先安排著，等住處妥當了就吩咐人來接妳去住。」

「好。」蔣嫵笑道：「你也不要太勞累。」手指輕觸他的肩膀，那裡層層衣料之下有她親手刺的傷。「可別忘了，你的身子也不能隨意損壞，你可是我的。」

聽著低柔的聲音說出如此霸道的話，霍十九心情大悅，笑著點了下她的鼻尖，就轉身與景同和兩名侍衛離開了。

蔣嫵看著一行人的背影走遠，才回了廂房。

到了傍晚時分，山下果然來人接蔣嫵一行人去了錦州城。

此時錦州城門已經關了，可或許因霍十九特地交代過，城門前還留了一名守軍，一見到他們來，特地與裡頭的人喊話開了城門，一路護送蔣嫵去了城中醫館處。

來接蔣嫵的御前侍衛恭敬地道：「夫人，蔣大人就在醫館之中，侯爺說您定然不放心，要先看看的。您的住處就在這裡。」說著，一指醫館對面的一座院落。「侯爺吩咐卑職將此處買了下來，已經吩咐人整理乾淨了。您稍後瞧瞧，還有何事卑職考慮不周的，就請夫人吩咐。」

一下午的時間，在醫館對面買下一幢民宅……這人行事還真是毫無顧忌啊！若換作旁人，定會考慮什麼名聲之類，難道霍十九是「破罐破摔」？

蔣嫵與那侍衛道了謝，就先進了醫館。

才一進門，未曾到裡間，就聽到狼嗥鬼叫的哀嚎聲此起彼伏，在那侍衛的引領之下，蔣嫵逕自去了後院東跨院的一間廂房。

站在廊下，那侍衛拱手道：「夫人，蔣大人就在此處。」

「有勞你了。」蔣嫵頷首，微笑道謝，又給了數目不小的賞賜，請那侍衛去喝杯熱茶暖暖身，這才帶著聽雨與周大夫推門而入。

一進門，看到躺在床上臉色慘白、滿臉冷汗的蔣學文，蔣嫵的心咯噔一下劇跳。

蔣學文今年四十四歲，正是男子成熟且富有魅力的年紀，且他本就是清俊非常，蔣家子女的好容貌也絕非只遺傳自唐氏。加之蔣學文腹有詩書，氣質高潔，平日裡雖然顯得有些迂腐，可到底是玉樹臨風的一個人。

但現在的他卻完全像是變了一個人，長髮散亂，滿臉鬍碴，形容枯槁，眼窩深陷，冷汗涔涔，咬牙切齒，面目扭曲……

這樣的他，讓蔣嫵很難和從前那個滿腔報國熱忱、有些迂腐卻又活力充沛的嚴父聯想到一處。

她站在門前，雙唇翕動，半晌說不出一句話，眼淚卻先一步湧上眼眶。

蔣學文咬著牙，顫抖著聲音看向屋門，原本以為是大夫來瞧他，卻見是蔣嫵，驚奇地道：「嫵姊兒，妳怎麼會在這裡？」

「爹，您感覺怎樣？疼得厲害嗎？」

蔣嫵兩、三步到了床邊，掀開被子去看蔣學文的傷腿，只見如今傷處已經腫很高，且皮膚泛著紫黑的顏色，就知道情況果真不容樂觀，又仔細地看了一遍，發覺他膝蓋並未傷到，傷處只有小腿骨，這才略微有些放心。

但是，在現今，鋸斷一條腿的風險還是很大的……

蔣嫵的眼淚再也忍不住，低聲啜泣道：「是女兒不孝，爹，是女兒不孝。」

蔣學文看著錦衣華服的蔣嫵，內心百轉千迴，甚為複雜。

其實細細去想，蔣嫵除了一心向著霍十九之外，並沒有做錯什麼。而唐氏罵他的那些話，這些日總是迴盪在耳畔，她說的沒錯，蔣嫵如今的心境和選擇，難道不是他這個做父親的一手造成的？

但是，看著她，他還是會失望，一想到他的外孫居然流著霍家的血脈，他就氣不打一處來。

「妳是不孝。」蔣學文別開眼，沈聲道：「妳若聽我的，就該早些想清楚自己的身分。」

蔣嫵聞言沈默，不想在這個時候還與重傷的蔣學文拌嘴。

聽雨等人見蔣學文與蔣嫵說私事，就都退了出去。

蔣學文道：「嫵姊兒，妳如今退步抽身還不晚，不要將感情浪費在那種人身上，多行不義必自斃，將來他早晚會有倒臺的一日，妳到時真的付出了感情，該怎麼辦？況且妳去打聽打聽，天下人有誰不罵他的？妳作為他的妻子，是爹的無能，是無奈之舉，可妳不心向正義，卻一心去幫著他，妳覺得對得起爹這麼多年來對妳的教導嗎？」

蔣學文本就傷重疼痛難忍，這一番話說下來，已是虛弱不已，疼得額頭冷汗直流。

蔣嫵拿了軟帕為他擦汗，又端了參茶餵了蔣學文幾口，這才道：「爹，您息怒。當初您叫我在霍英身邊做的事，我從來不敢忘記，也不敢忘記爹的養育之恩。只是我跟著他這麼長時間，確實發現他或許並非大家所想像的那樣，他做的事雖然乖張，可到最後造成的效果，有些卻是清流努力都未必做得到的，例如此番收回失地。」

原本蔣學文見蔣嫵如此貼心照顧他，他心裡還是熨貼的，可聽她為了給霍十九開脫，連這樣的藉口都編造出來，他心裡哪裡能不氣？

「嫵姊兒。」蔣學文咬牙切齒，本就被傷痛折磨的心這下子越發控制不住情緒，說話都大聲起來。「妳就那麼喜歡那個小白臉？他除了有一張臉，會裝腔作態地哄騙妳開心之外，還會做什麼？妳就一點是非觀都沒有，一點都不在乎他是個佞臣嗎？今次若非他與文達佳琿勾結，咱們的皇上哪裡會涉險至此？妳是沒瞧見當初的戰場，不知道那有多危險。」話及此處，他捶著床鋪。「妳爹的腿被砸斷都還算是好的，還有當場被砸得頭破血流的，妳沒見過戰場，所以妳遠遠不能想像那種慌亂和恐懼。皇上乃天子，竟涉險至此，還不都是拜他所賜？妳不分是非，竟還替他說話，妳是不是要氣死妳爹才甘心！」

蔣嫵一時間無言以對，並非是她沒有說詞去辯白，只是看著蔣學文在重傷之下被折磨成如此憔悴的模樣，身為女兒，當真是不能再讓他心焦了。有什麼話，也要等他痊癒之後再說明白，況且在醫療條件並不發達的現在，截肢是會死人的……

蔣嫵只不言語，又拿了帕子為蔣學文拭汗。

蔣學文見她不言語，越發有氣，就只訓斥她，說了半晌也累了，便靠著大引枕迷糊地睡下，但疼痛之下還是睡不踏實，不過片刻工夫就醒了。

蔣嫵一直在榻前照顧到半夜，還是聽雨連連催促著她該去歇著了，否則她自己的身子也吃不消，蔣嫵才一步三回頭地離開。

到了前頭，自然囑咐了大夫一番。那大夫五十出頭的年紀，坐館一輩子也沒如這幾天這般見了那麼多的達官貴人。蔣嫵一開口就表明身分，老大夫聽說她是霍十九的老婆，哪裡敢怠慢，連忙恭敬地說了蔣學文的情況，又吩咐了小童專門去伺候他。

蔣嫵離開醫館，去了街對面的那座宅子，雖只有一進，院落也是陳舊古樸，可因有人精心清掃整理過，不論是屋內還是院中都是一塵不染，且窗邊桌上都擺設著一些雖不見得很值錢卻很精緻漂亮的小擺設，這著實讓蔣嫵瞧著窩心。

坐在鋪設著簇新錦緞彈墨大炕褥的暖炕上，抱起還帶著淡淡清香的引枕，蔣嫵舒服地嘆了一聲。

聽雨笑道：「夫人，您看侯爺多用心啊。」

「是啊。」蔣嫵笑著躺下，道：「也真難為他百忙之中還記得。妳下去歇著吧，我也睡了。」

「那婢子伺候夫人卸妝更衣。」

蔣嫵是真不想動，不過還是起身由聽雨伺候卸了妝，換了一身居家常穿的小襖，這才打發聽雨自己去歇著。

她睡覺時，除了霍十九，身邊還是不習慣有人，否則她總睡不踏實。

被褥有一股淡淡的清香，褥子柔軟適度，暖炕燒得很暖和，蔣嫵擁著被子不多時就沈入夢鄉。

可不過是迷糊了片刻，蔣嫵卻一個激靈翻身躍起，輕盈矯捷的動作如同貓一般飛身而出，隨身攜帶的匕首尖銳一端已抵住來人咽喉。

「是我！」那人呼吸急促，低沈的聲音顫抖不已。

是文達佳琿！

「就是你才得弄死你，大半夜你來我房間做什麼？」

「妳先將匕首放下。」文達佳琿試探地伸出手，誰知指頭剛要碰到匕首，那寒冷沁骨的刀尖就向前遞了遞。鋒利銳芒對準的是他的心臟，雖沒有傷到他，但他已感覺到蔣嫵刀下的堅決強勢。

想到沙場上那衝殺時比尋常男子還要俐落的身影，想到那時她帶給他的震撼，文達佳琿緊張地吞了口口水。他毫不懷疑現在稍有一丁點不對蔣嫵的意思，他就會死在這裡。

她可是個殺人不眨眼的主兒！

「蔣嫵，我今日是來與妳道別。」文達佳琿壓低聲音說正事。「如今我皇叔謀反，不但殺了我大金國皇帝，還自立為皇，明日和平條約簽訂之後，我再無後顧之憂，就要率軍進盛京剷除叛賊，扶正江山。」

蔣嫵匕首一收，轉回身坐在一旁的太師椅上，手中把玩著匕首。因屋內光線昏暗，匕首反射零星的光，像是在她掌中開了一朵銀白色的花。

文達佳琿在她對面不遠處坐下，看著那朵銀花出神片刻，才道：「此番還要多謝妳的點撥。」

「不必客氣，你也並非是酒囊飯袋，我能想到的，其實你早就想到了，只是缺少一個契機讓你的心變得堅定罷了。」

文達佳琿爽朗一笑。「我就喜歡與妳這樣直接的人說話，大燕國的那些個官頂著名兒是文官名臣，可做事都是拐彎抹角、處心積慮，說起話來從來沒有直接表達意思的，都是有那麼多的目的。」

「這樣的臣子各國都有，可並非我燕國特產。」

「是，我金國也不乏這樣的人物。蔣嫵，我今日來是有話告訴妳。」

「我不過是尋常燕國大臣的妻子罷了，大皇子身分貴重，有什麼話就請直言吧。」

文達佳琿似沒有聽到那句「妻子」，直截了當地道：「蔣嫵，我很中意妳。如果妳現在還沒成婚，我一定會與你們國家的皇帝商議和親。不過妳現在這樣，也不代表我就得不到妳。我此番回去，也就是拚死一搏而已，我若戰死也就罷了，我若成功，自此今後妳我再見之時，我就已是金國的皇帝。屆時我願封妳為皇后，給妳想要的自由生活，給妳一生享不盡的榮華富貴。」

蔣嫵站起身，笑道：「你果然是勇敢，居然還在我面前說出這樣的話來。難道你想娶個皇后回去，每天放在枕邊練膽量？」手中匕首「篤」的一聲插入桌面，刀刃震顫，發出嗡的一聲。

「你是男子，是男子就要負起男子的責任，你有妻有妾有子，那些拿你當天的女子你不好生愛護，卻來與一個有夫之婦相約這種無聊的事。的確，你將來若榮登大寶，那天下只要你想要的東西，就沒有什麼理由得不到，可我蔣嫵從來都不吃這一套。別說是你做了皇帝，你就是做了玉皇大帝，我也不可能扔下我的丈夫和我的家庭去跟你榮華富貴！」

一口氣說了這麼多，蔣嫵的氣也消了一些，最後語重心長地道：「大皇子，這世上有比榮華富貴更重要的東西，也有比權勢利益更重要的東西。我現在擁有這些，已經足夠了，不願意去奢求其他。那不是我的東西，我不會爭。」

文達佳琿悵然地看著蔣嫵，一想到二人之間年齡的差距，再想她強勢的性格以及她已是人婦的事實，內心的憂鬱更甚。

站起身，文達佳琿道：「我今日來，是為了說這一番話，如今我所想的都已告訴妳，也就沒有什麼遺憾。不過，若我壞了事也就罷了，若我成事，我對妳還是要盡力一試的。」說著對蔣嫵拱手，轉身就走。

蔣嫵冷笑著道：「好啊，到時候你就等著將你打下的江山傳給你兒子去管理吧。」

腳步一頓，想要與她吵的話險些脫口而出，文達佳琿最後還是忍住了，回頭深深看了蔣嫵的方向一眼，才快步離開。

蔣嫵收起匕首，上了暖炕繼續睡覺。

次日，黃玉山上，就在開國皇帝的石像倒塌之處，小皇帝與文達佳琿公開簽訂了錦州和寧遠的歸還條約以及三年和平免戰條約。

臣子們歡呼陣陣，山呼萬歲，消息就如同雪片一樣飛到了全國，風雨飄搖的大燕國，已經許久都沒有如此歡騰熱鬧過。

三日後，文達佳琿啟程去往封地，不出十日就喊出了捉拿亂賊、打著為先皇訥蘇肯討回公道的大旗舉兵起事了。文達佳琿在金國原本就有極高的聲望，他在朝中也有自己的大票黨羽，且他是為了給訥蘇肯報仇，原本訥蘇肯的老部下這一下不致群龍無首，終於又有了新的明主。

如此一來，就有金國方面的消息源源不斷地傳到大燕。不到兩個月的時間，就在大燕國天元五年年關將至的時候，金國皇位再次易主，文達佳琿率領他的鐵軍活捉了殺害先帝的南平王，得到朝中大臣的擁護，登基為帝，改元為文孝元年。

——未完，待續，請看文創風337《嫵妹當道》3

2015年9月出版

一品指婚

文創風 328～332

一場看似皇室恩寵的際遇，卻惹來驚濤駭浪般的劫難！
她本是世家千金，為了保護家人和自己，
不得不放逐邊關，但這樣就能逃過殺身之禍嗎？

最大器的宅門格局 最細膩的兒女情長／狐天八月

鄔八月受太后召見，卻撞見了驚天的宮闈祕辛——
那祕密如濤天巨浪擊毀了八月平靜的生活，但無論怎麼小心、忍讓，
她還是落入有心人設下的陷阱，只能含冤吞下勾引皇子的罪名，
甚至一向備受敬重的太醫父親也受連累，落得要流放邊關；
為求自保並護著心愛的家人，她選擇和父親一起離開是非之地⋯⋯

2015年8月出版

嬌寵小妻

文創風 322～327

一個被情傷透、哀莫大於心死的女人，
再次遇上這個男人，
他一步步溫暖她冷透了的心，義無反顧地全心愛上……

醇愛如酒．深情雋永／千江月

為了能多看心愛的男人一眼，顧錦朝嫁入陳家，成為心上人的繼母。
然而在陳家的日子讓她心灰意冷，遭人誣陷卻百口莫辯。
就連娘家新抬的姨娘都說，若她是個知道羞恥的，
就該一根白綾吊死在屋樑上，還死乞白賴著活下去幹什麼！
就這麼的，未到四十她便百病纏身，死的時候兒子正在娶親。
她覺得這一生再無眷戀，誰知昏沈醒來正當年少，風華正茂，
許是上天念她一生困苦，賞她再活一遍。
當年她癡心不改，如今她冷硬如刀，情啊愛啊早已拋得遠遠。
前世所有她不管不顧所失去的，她都要一一找回來、好好守著，
就連她的心，也得守得緊緊，再不許為誰丟失……

為流浪貓狗加油 和貓寶貝 狗寶貝 廝守終生(一定要終生喔！)的幸福機會

對人來說，貓寶貝狗寶貝只是生活的一部分，
但妳（你）對牠們來說，卻是生活的全部，領養前請一定要考慮清楚——

派克

QQ

▲ 可愛虎斑等待著你

性　　別：男生
品　　種：都是可愛的虎斑
年　　紀：派克3歲多，QQ5歲多
個　　性：派克親人溫柔，QQ溫和貪吃
健康狀況：皆已結紮，打過預防針，健康狀況良好
目前住所：新北市永和區

本期資料來源：台灣認養地圖

第259期推薦寵物情人

『派克&QQ』的故事：

愛媽從派克小的時候就開始餵養牠，由於自家已有20幾隻貓咪，所以沒辦法帶牠回家。之前愛媽沒試過摸摸抱抱派克，派克也只在每次餵飯時出現。直到牠快1歲時的冬天，感染了嚴重感冒，病得幾乎快死掉。

愛媽趕緊帶牠就醫，即使經濟有限，卻仍是拜託醫生寧願分期付款都要救這些貓咪們。於是派克住院了一個多月，期間完全不挑食，甚至只會撒嬌討抱抱，也從不攻擊人。然而醫院通知可以出院後，愛媽又面臨了收留與否的難題，醫院助理得知派克只能放回馬路上也莫可奈何。

派克年輕漂亮，個性又好，實在非常希望能為牠找個好人家，後來便籌錢帶牠到中途那裡去住。中途目前照顧派克的感想只有「乖死了」三字評語，貼心至極，和QQ一樣完全不搗蛋、不惹事也不挑食。

QQ雖不像派克流落街頭，但故事卻一樣坎坷。牠曾被惡質中途收容，後因居住環境太惡劣，有一天遭鄰居檢舉，於是和其他同伴被清潔隊全數帶回收容所。其他貓咪由幾位志工分批領養出來，QQ和部分貓咪則送到動物醫院。原來的中途想帶QQ回去繼續養，但被我們攔住，勸他讓我們另外找中途照顧。

現在QQ則在新中途家中健康生活著。QQ比較沒有派克黏人，但也不具攻擊性，而且牠十分有個性。貪吃的牠當肚子餓了卻沒有吃的時候，還會遷怒，去打路過的貓XD不過這打當然是小打小鬧，畢竟牠個性還是溫和的～～兩隻可愛的虎斑貓，如果有意認養，歡迎來信cats4035@yahoo.com.tw(李小姐)，主旨註明「我想認養派克/QQ」。

認養資格：

1. 認養者須年滿20歲，有獨立經濟能力，並獲得家人與同住室友或房東的同意。
2. 學生情侶或單獨在外租屋的學生，須提出絕不棄養的保證。
3. 須同意簽認養切結書。
4. 同意送養人日後之追蹤探訪，對待派克/QQ不離不棄。

來信請說明：

a. 個人基本資料：姓名、性別、年齡、家庭狀況、職業與經濟來源等。
b. 想認養「派克/QQ」的理由。
c. 過去養寵物的經驗，及簡介一下您的飼養環境。
d. 未來預計帶貓咪到何處就診？為何選擇那家動物醫院？
e. 若未來有當兵、結婚、懷孕、畢業、出國或搬家等計劃，將如何安置「派克/QQ」？

文創風
336

嫵妹當道 2

國家圖書館出版品預行編目資料

嫵妹當道 / 朱弦詠嘆著. --
初版. -- 臺北市 : 狗屋, 2015.09-
冊 ; 公分. --（文創風）
ISBN 978-986-328-505-2（第2冊：平裝）. --

857.7　　104014035

著作者　朱弦詠嘆
編輯　黃鈺菁
校對　黃薇霓　馮佳美
發行所　狗屋出版社有限公司
地址　台北市104中山區龍江路71巷15號1樓
電話　02-2776-5889～0
發行字號　局版台業字845號
法律顧問　蕭雄淋律師
總經銷　知遠文化事業有限公司
電話　02-2664-8800
初版　2015年9月
國際書碼　ISBN-13　978-986-328-505-2
原著書名　《毒女当嫁》，由中國風語版權經紀工作室授權出版

定價250元
狗屋劃撥帳號：19001626
網址：love.doghouse.com.tw　E-mail：love@doghouse.com.tw